お鎮まりくださいませ！」
義王院《ぎおういん・》静美《しずみ》
玄麗《げんれい》
泡沫に神は微睡む 3
紺碧を渡れ異国の風、少年は朱の意味を知る

「——似合っていますよ」
雨月晶《うげつ・あきら》
ベネデッタ・カザリーニ
Benedetta Casalini

「ちょっとぉ!!」
輪堂《りんどう》咲《さき》

諒太を尻に敷く姉さん女房役現る!?

「……け、けどよ、埜乃香」

「諒太さん」

帯刀《たてわき》 埜乃香《ののか》
久我《くが・》 諒太《りょうた》

泡沫に神は微睡む

泡沫に神は微睡む

紺碧を渡れ異国の風、少年は朱の意味を知る

3

安田のら
nora yasuda

絵――あるてら

口絵・本文イラスト
あるてら

装丁
coil

目次

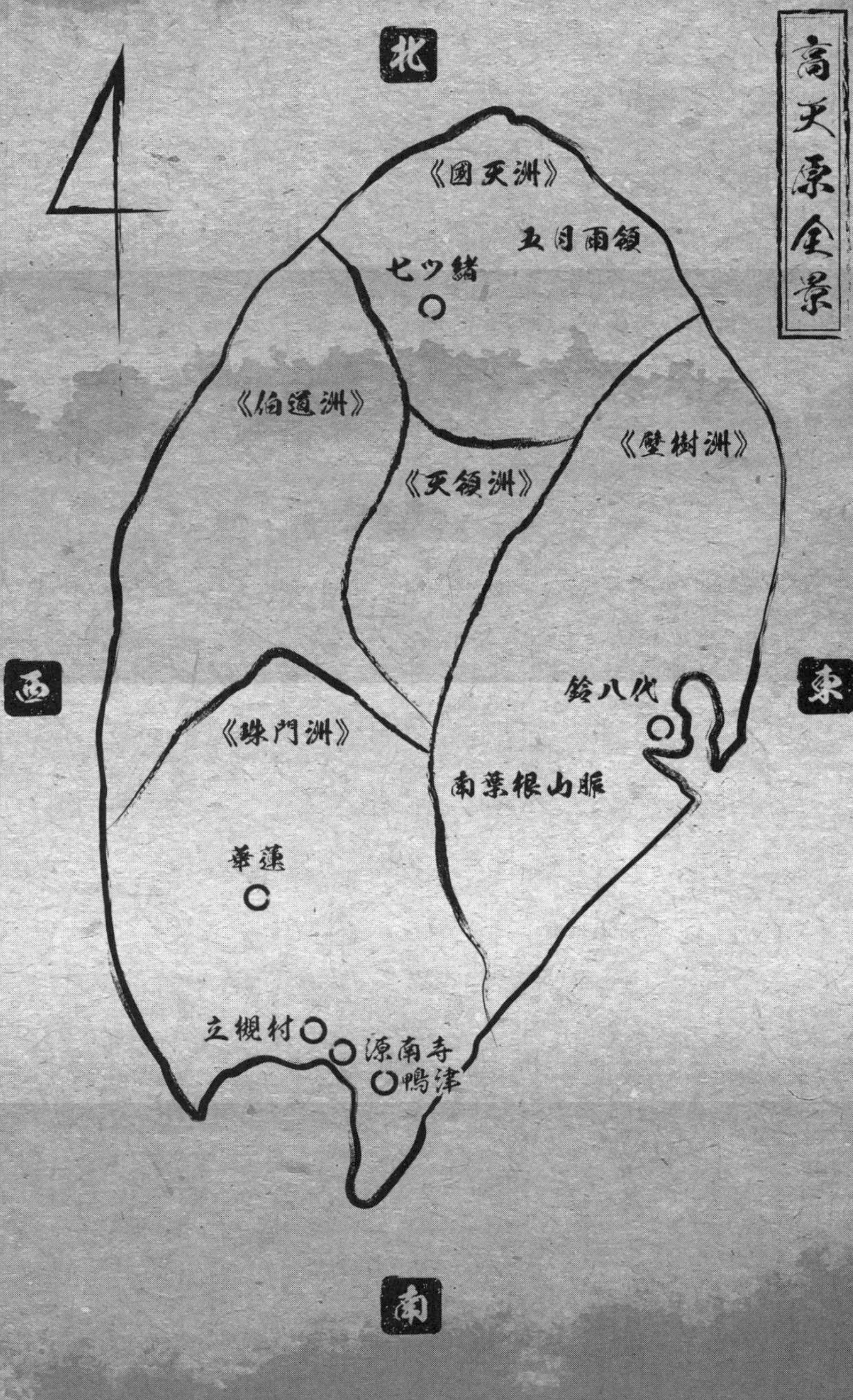
高天原全景
北
西
東
南
《國天洲》
五月雨領
七ッ緒
《伯道洲》
《壁樹洲》
《天領洲》
鈴八代
《珠門洲》
南葉根山脈
華蓮
立槻村
源南寺
鴨津

閑話　帰《かえ》り路《じ》に椀《わん》を積み、藍《あい》に能《よ》く諍《いさか》い交わす

鴨津《おうつ》と華蓮《かれん》を結ぶ南次街道は、鉄道輸送にお株を奪われつつある昨今にあっても、人の往来で盛況を極めていた。

街道に面した茶屋も、朝の開店から活況が途切れることは無い。

夕刻に差し掛かり、店主が一息に腰を下ろした頃。開放された木戸から新たな客が3人、砂埃《すなぼこり》と共に店へと入ってきた。

街道沿いには馴染《なじ》まない洋装の伊達男《だておとこ》と、その背に続く暗い表情の少年が2人。

「いらっしゃい」

「——邪魔するよ、店主。3人だけど行けるかな？」

洒落《しゃれ》者に似合う仕草で狩猟帽《ハンチングハット》を取る伊達男に3本の指で問われ、奥まった一角に据えられた机を顎《あご》で示す。

関係性が今一つ読めずに好奇心を刺激されるが、努めて無関心に腰を下ろした一団に向けて口を開いた。

「注文は？」

「実は鴨津近くへ赴いたのは初めてでね、ここいらでしか出回らないものってあるかい」

「そりゃあ、海鮮だろう。南部の自慢を知らないなら適当に見繕うが？」

「では、そいつを人数分戴《いただ》くとするか。華蓮じゃ、海鮮なんて品も限られた高級向けでね」

問われて返る声に、店主の精悍《せいかん》な口元が綻《ほころ》ぶ。

南洋を臨む鴨津の海は寒暖の大潮が交わるため、その昔から漁業が盛んだ。

だが味に好《よ》しであっても、海産物は保存に難がある。

そのために海鮮を楽しめるのは、海岸の近隣までが相場であった。

海をよく知らないと云《い》うならば、その旨《うま》さも未知のものだろう。

熱された胡麻油《ごまあぶら》へと、溶いた小麦に沈めていた鱚《きす》や野菜を放り込む。

じわりと泡の弾《はじ》ける音を耳に、慣れた手つきで隣で沸き立つ鍋《なべ》へと店主は手を伸ばした。


木組みの椅子が重なって軋《きし》む。

注文を通した武藤元高《むとうもとたか》の正面で、晶《あきら》と御井陸斗《みいりくと》が沈黙のうちに肩を並べた。

2人、揃《そろ》えたように表情が暗い。

「そう気落ちをするな、2人とも。収穫が無かった訳じゃないだろう?」

「……無いも同然だろ。結局、立槻村《たちつき》へは手前までしか近寄れなかったし、『導きの聖教』の内実なんて探れもしなかった」

武藤が漏らした慰めに、陸斗が険のある視線を向けた。

その激憤が八つ当たりであると自覚しているのか、舌鋒《ぜっぽう》を泳がせてから視線を逸《そ》らす。

『導きの聖教』に因《よ》る立槻村占拠事件。その事由調査を名目に、晶と陸斗を連れた武藤が立槻村へ先行偵察に赴いた帰りの事であった。

「武藤殿の指摘が正しいだろ。妖刀の一件に『導きの聖教』の代表は関与していないと、証言は得られた」

「俺の記憶が間違っていると？」

「そうは云っていないだろ。だけど少なくとも、神父《ばどれ》の不在証明《アリバイ》には信用が置ける」

その事実こそ、晶たちの追及を鈍らせた最大の原因。

村役場に駐留している久我《くが》家子飼いの役人から、妖刀が暴走した際に住民が動いた気配は無かったとの証言が得られたのだ。

立槻村の不穏な気配に、久我家が特にと選んだ役人。裏切りの可能性が低い以上、向こうの有利となる証言とは考え難い。

特に相手は反乱を企図した過去を持つ『導きの聖教』だ。どれだけ袖《そで》の下を忍ばせたとしても、役人を転がすことは不可能と見て問題は無かった。

「妖術《ようじゅつ》を駆使すれば、その辺りは誤魔化しが利くだろ！」

「だからこそ、解呪に際して再三の確認をした。駐留していた役人には、呪術に因る惑わしの影響が無かったろう」

宥《なだ》める武藤に、陸斗の納得は及ばない。苛立《いらだ》つ感情が、湯呑《ゆのみ》の表面で細波《さざなみ》へと変わった。

陸斗の記憶に僅《わず》かと残る、『導きの聖教』の聖印が揺れて返る光景。

三日月に嗤《わら》うその口元だけが、随分と薄れた陸斗の記憶に逆剥《さかむ》けのように残っていた。

「――お待ち」

剣呑《けんのん》な沈黙が落ちる机に、店主が持ってきた料理が三揃い並べられる。

からり。熱の爆《は》ぜる音も収まらない天麩羅《てんぷら》と、柔い出汁餡《だしあん》に泳ぐ白い麵《めん》。

「うどんかな？　これは旨そうだ」

「北はコシに拘《こだわ》ると聞くが、南部のうどんは作法が違う。食っていきな」

一瞥《いちべつ》も残さないままに、鼻を鳴らして店主は背中を向ける。

深刻な表情に何かを察したのか。距離を取る店主の気遣いに、武藤は内心だけで感謝を向けた。

「さて、食うとするか。うどんは熱のあるうちが命、旨く味わうのは最低限の礼儀だろう」

水を差された気まずさから、晶と陸斗は無言の内に視線を交える。

緊張の崩れた2人に構う事なく、武藤はうどんの泳ぐ椀へ箸《はし》を突き立てた。

掻《か》き混ぜて口に運ばれる白い麵が、雲の如《ごと》く餡を絡め取り咽喉《のど》を通る。

「――ほう、こいつは。コシが見えんのは、珍しいが」

「南部うどんは、じっくりと茹《ゆ》でるのが普通だ。よく出汁が染みるほど、喜ばれる」

「流石《さすが》は地元か、慣れたものだね」

思わずといった武藤の呟《つぶや》きに、うどんを啜《すす》る陸斗が応じた。

食事に和む2人の会話に倣い、晶は隣の天麩羅へと箸を突き刺す。

身肉が赤く際立つ大振りの一つに齧《かじ》りつくと、衣が崩れる脆《もろ》い抵抗と甘く締まった歯応えが弾けた。

「つっ、熱《あふ》っ！」

胡麻油の香ばしい熱気に包まれたそれを、問答無用に噛《か》み砕《くだ》いて呑《の》み込む。

初めての食感を夢中になって呑み込み、漸《ようや》く、隣からの視線に晶は気付いた。

「……旨い。これは？」

「海老《蝦蛄》だ、食った事無いのかよ」

「川エビはあるが、こんなのは初めてだ」

添えられた塩を舐《な》めつつ返す晶に、苦笑を浮かべて陸斗が応じる。

初めて見る蝦蛄《しゃこ》に、晶は驚きを隠せなかった。

川エビは晶にも馴染みがあるが、川で獲《と》れるそれは人差し指ほどの大きさしかない。

当然に身肉など殆《ほとん》ど無く、塩を振って香ばしい殻を齧るだけのものだ。

「腐《アシ》りの早い海老は鮮度が命だからな。冬であっても氷で締めて鉄道輸送しないと、華蓮までは届かん。そこまでの高級品、玄生だろうが然う然う味わえんさ」

「長屋暮らしで嗜好《しこう》に感《かま》ける余裕があるとでも？　公安どのは、日常で味わえるようで羨《うらや》ましい限りだ」

「残念だが、鮮度が高い海老に縁は無くてね。後は干貨《乾物》も出回るが、料亭通いに慣れた洲《しゅう》議辺りの口に消えるのが常道《オチ》だな」

陰陽師《おんみょうじ》からの指摘は、周知を避けたい晶にとって禁句の一つ。

意図した失言交じりに、晶は鋭い視線を武藤に向けた。

呪符組合に回生符を卸す際の玄生《げんせい》の雅号《名前》と晶が同一人物であると知る、武藤はその数少ない相手。

無言の警告に、武藤は肩を竦《すく》めるだけで応じてみせた。

武藤の茶々に不機嫌を増した晶の皿へ、陸斗は銀杏《いちょう》の葉に似た天麩羅を置いてやる。

食い盛りの晶と陸斗。不機嫌を宥める道具として、美味は一番の道具だ。

「これをやるから落ち着け。鮮度が命の鱚は、海老以上に地元でしか食えない珍味だぞ。華蓮へ戻りゃ自慢ができる」

「……ありがとよ」

黄金に輝く天麩羅の衣に、箸の先を突き立てる。

さくり。脆い音と共に砕けたそれは、甘く淡白な味わいだけを残して晶の口腔《こうこう》で柔く溶けた。

胡麻油の薫りが残るだけの舌を、うどんの出汁で流す。

無意識に比べるのは、祖母が手ずから切ってくれたその味。

記憶のものとまた違う濃厚な海鮮の旨味は、晶の口元に微笑《ほほえ》みだけを残して消えた。


箸が踊り会話が弾んだ暫くの後、空の椀が机に揃う。

店主が膳《ぜん》を下げるのを待って、再度、武藤は口を開いた。

「――兎《と》に角《かく》、収穫が皆無だった訳じゃない。少なくとも『導きの聖教』に外法《げほう》遣いが潜んでいる事と、元の住民が正気に戻る手立てはあると確証は得られたんだ」

「ああ」

武藤の確認に、陸斗と晶の肯《うべな》いが返る。

碌《ろく》に情報も得られなかった晶たちが次に狙いを定めたのは、立槻村からやや離れた荒《あば》ら屋であった。

元は廃村であったろう、荒廃したそこに住み着いた元の村民。聞き込むほど食い違う常識は、武藤が呪術の影響下を確信するのにそれほど時間を要しなかった。

その事実こそが、今回の偵察に於《お》ける最大の収穫であろう。

惑わしは、陰陽術にも類が多いありふれた呪術の一つだ。

対処にも当然の事、研究がし尽くされている分野。戦闘を専門にする陰陽師の武藤であっても、対処の手札を幾つか揃えていた。

「思考に条件を付けて、理性をずらす。手口からして掛けられていた呪術は、それほど珍しいものじゃない。術式の要を引き抜けば、認識阻害は一斉に解ける」

試しに解いてみた村民の一人から、今回の経緯を詳しく聞き取る事が叶《かな》った。

――事の発端は、水源の湧水量が減った春先だ。

僅かずつだが、確実に水面が低くなる井戸に村民が焦りを覗《のぞ》かせ始めた頃、

「――陰陽師を名乗る輩《やから》が村長の屋敷に滞在した、か」

「祖父《じい》さんからは、何も聞いていない」

陸斗の声に、武藤は疑っていないと意思を籠めた首肯を返した。

厳格を絵に描いたような陸斗の祖父の性格上、その辺りを伝え忘れたとも思えない。

可能性があるとすれば、呪術に因る忘却だろうが――。

「忘却と認識阻害との併用は不可能、という大前提が問題だ。御井の祖父に認識阻害の痕跡《こんせき》が見ら

れた以上、こちらの可能性は外さざるを得ん」

事態に矛盾が出てくるのはここからだ。

経験と記憶は、思考を決定づける要素の一つ。記憶を封じる忘却と思考に条件を付ける認識阻害の相性は、同系統に位置しながらも最悪に近い。

更に問題なのが、忘却には細かい条件指定ができない点だ。

「陰陽師とやらの滞在だけを忘れるなんて芸当、余程の練達者であっても不可能でな。

……兎も角、状況が歪《ゆが》み始めた発端は、その陰陽師か」

滞在の礼にと、陰陽師は村の水源の調査を申し出る。

それからの数日間は湧水量に改善も見られたと安堵《あんど》を浮かべたのが、村民たちに残る正常な最後の記憶であった。

「陰陽師なんて珍しい存在、南部の端にある小村で目にする機会など然う然う無い。水源の不安なんて隙を突かれたら、御老にも防ぐ手段など無いだろうな」

慰めを口にする武藤は、溜息と共に天井を見上げる。

誰かが何かをしているのは確かだが、手管はさておき目的としているものが見えてこないのだ。

「妖刀を利用して神域を穢《けが》す策もそうだが、仕込んでいるものに対して目的の遊びが大き過ぎる。いっそ遊ぶ事が目的と云い切った方が、通りも良いくらいだ」

「立槻村を奪う事。……じゃ駄目なのか？」

悩む武藤に、陸斗の反論が後に続く。

『導きの聖教』の一件で直接の被害を受けている陸斗にすれば、敵の目的など重要性としては二の次でしかない。

陸斗や村人にしてみれば、放棄されているだろう畑の方が余程の重要事項だ。

「駄目だ。公安がこの件に噛む条件として、久我家から『導きの聖教』の狙いを詳《つまび》らかにすることを求められている。……元々は久我家中の問題に、妖刀の一件を問題視する事で強引に介入したからな。久我家の意向《こう》は無視できん」

「――話を聞いていたら、どうにも久我家は御井家、というか立槻村を重視しているよな。何でだ？」

「さてな」

首を傾《かし》げた晶が、武藤の台詞《せりふ》へと割って入った。

指摘された部分は、武藤も気が付いていた疑問だ。一見、何という事も無い要請だが、久我法理《ほうり》は執拗《しつよう》に立槻村から視線を逸らそうとしている。

「どういう意味だ」

「言葉通りだよ。公安の目が『導きの聖教』へと向いている分には問題ないが、立槻村に注目が集まるのは避けたいんだろ。これは、そういう意図の要請だ」

損害が小さく派手な譲歩を見せて、誰かがやらかした失態を上書きする。

玄生の呪符を銘押しとして売り出そうとしている呪符組合と、今回の件は構図がよく似ていた。

だが、そう仮定するならば、問題の中心にあるのは『導きの聖教』ではなく立槻村という事になる。

「なるほど。……だけど、立槻村はただの小村だぞ。生まれの俺が断言する」

「遠目で見た分には、確かにそうだ。だが、久我家や『導きの聖教』の行動に説明がつかん。——一旦《いったん》、鴨津へと戻るとするか。御井の御老が何か知っているか、期待しよう」

武藤が立ち上がり、目深に狩猟帽を被《かぶ》り直す。

狩猟帽の狭間から寄越す視線に肯いだけを返し、晶と陸斗も跡を追うように立ち上がった。

閑話　小雨に綻《ほころ》びて、黎明《れいめい》に哭《な》く　1

——葉月《８月》中旬前、國天洲《こくてんしゅう》、洲都七ツ緒《ななつお》にて。

しとつく小雨に煙《けぶ》る中、義王院《ぎおういん》の膝元《ひざもと》たる七ツ緒にある別邸に雨月天山《うげつてんざん》とその嫡男たる颯馬《そうま》が腰を落ち着けたのは、夕闇の沈む足音も早さを見せる頃であった。

「——見よ、颯馬」

「はい、父上」

常よりもやや豪華な夕餉《ゆうげ》を終えた後、周囲を眺望できる中広間に颯馬を呼びつけた天山は、夜闇と雨の帳《とばり》に霞《かす》む黎明山《れいめいさん》の中腹を誇らしげに指差した。

「何度かこの屋敷に連れてきたから知ってはいるだろうが、あれが黎明山。我ら雨月が忠義を尽くすべき義王院の方々が住まう屋敷。そして、お前が伴侶《はんりょ》として尽くさねばならぬ方がお住まいの場所でもある。——厳しい将来《みち》だ、覚悟は良いか？」

「はい、確《しか》と心得ております！」

溌剌《はつらつ》とした颯馬の返事には、その将来に向かう迷いは欠片《かけら》も見えなかった。

使命に燃える息子の応《いら》えに、天山も頼もしさから満足そうに首肯する。

自慢の一人息子だ。

上級小学校の頃からそうであったが、天領《てんりょう》学院の中等部に進学した今でも文武の両面に於いて周囲の評価に陰りは一切見えない。

否。陰りどころか、輝きはいや増すばかり。

特に他者を率いる才に於いて、颯馬の技量は同年代のそれと比べて一線を画しているとも聴いている。

中等部の学年首席に2位以下よりも抜きんでた成績で選出されたのも、天山の自信を深める一助となっていた。

「……早苗《さなえ》にも苦労を掛けたな。領地を完全に空ける訳にはいかん故、廿楽《つづら》に留《とど》まってもらうしかなかったが、この光景を一目でも見せてやりたかった」

「母上にもご理解はいただいております。出立前にも充分に姿を見てもらいましたし、心残りも無いでしょう」

颯馬からの慰めに、胸熱く幾度か頷《うなず》きを返す。

出来損ないの穢レ擬《もど》きを孕《はら》んだ異胎女《ことはらおんな》。陪臣もそうだが、母方の一族からもそんな突き上げと陰口が多くあった事に天山は何よりも心を痛めていた。

あれを産んだ直後は相当に取り乱していただけに、颯馬への溺愛《できあい》ぶりには理解もできる。

母親からの過剰な期待に潰《つぶ》れるかとも心配はしたが、颯馬は充分に応えてくれた。

周囲への根回しと人別省の認定は、先日にようやく済んだ。

後は、颯馬の雨月嫡男認定と2人の婚姻を正式に義王院に受け入れてもらうだけであり、これはすんなり通るものと天山は考えていた。

何故《なぜ》ならば、嫡男のすげ替えは醜聞の類《たぐい》であるものの、意外とどの華族《いえ》でも行われている事であったからだ。

生まれてくる長男が優秀であるとは限らない。そうであるならば、優秀な子供以外の芽を摘《つ》んでやることは、後世に対する思いやりであり責務である。

だからこそ婚姻の約束を交わす定型文には形式上、個人の名前を入れることは無く、続柄《つづきがら》を記入することになっているのだから。

人名が明記されてさえいなければ、意外と本人《なかみ》の真偽は問われないのが華族としての常識であった。

そう考えると、あれがくたばってくれた時期も、限り限り《ぎりぎり》ではあるが最善であろう。

そこだけは評価できると、天山は思考の片隅で晶《あれ》を褒めてやった。

今年で静美《しずみ》の年齢は14を数えている。

通例として三宮四院の婚約は15歳が最終年齢だ。しかし、15での披露が瑕疵《傷持ち》と見做《みな》される現実を考えれば、今年に行われる神嘗祭《かんなのまつり》が最後にして絶好の機会である事は間違いなかった。

晶《あきら》との婚約を目前に、要求を強める義王院への誤魔化しは既に限界まで及んでいる。

——最終的には多少の無茶をしてでも晶の排除を目論まねばならないところまで、天山の心境は追い詰められていた。

「うむ、そうだな。……静美さまはお優しいお方だ。穢レ擬《晶》きを追放した事に理解はしていただけるであろうが、あれの死を悼みもされるであろう。――颯馬よ。伴侶と受け入れていただいた暁には、静美さまの傷心を篤《あつ》くお慰め申し上げるのだぞ」

「はい。父上のお言葉を然《しか》りと胸に刻んで、義王院家にお仕えする所存にて御座《ござ》います」

頼もしい息子からの迷いない返事に、天山は目頭の奥に熱が帯びる気配を覚える。

だが、気恥ずかしさからか口を噤《つぐ》んだまま首肯を返して、瞼《まぶた》に帯びた熱を誤魔化した。

「御当主さま。お約束の方々がお着きになられました」

「そうか、直《す》ぐに向かう。皆さま方は応接間にてお待ちいただけ。――これから会うのは、お前が当主の座に就くために骨を折っていただいた方々だ。お前の代以降も、雨月家とは永《なが》の付き合いとなるであろう。顔を合わせるに丁度良い機会かもしれん、お前も席を共にするがいい」

しばし、颯馬との歓談に興じていた天山は、外廊下の端から手伝いの女性からの報《しら》せにそう応える。

内心では颯馬を嫡男と認めていようと、これまで天山は、内々の重要な会談に颯馬を同席させる事は無かった。

だが、口にせずとも永代に望まれていた義王院伴侶の座を目前に控えた現在、天山は今後の事も考えてこの機会に颯馬を同席させる事を決意した。

雨月家《八家第一位》の当主と君臨する父親《天山》がここまでの気を遣うとは、これから会う相手は余程の重責を担う者たちなのか。

緊張に気を引き締める颯馬を背中に、天山は中広間を後にした。

「小雨が続きますな」

「ここしばらく、七ツ緒の天気は崩れやすく……」

応接間は、基本的に親しい者との歓談に使用される部屋である。

そこに近づくにつれ、緊張とは裏腹の和気藹々《わきあいあい》とした穏やかな語調が交わされている事に気付いた。

がらり。天山が応接間に続く板張りの引き戸を開ける。柔らかな橙色の灯りで満ちた部屋に壮年を超えた男が2人、会話を止めて天山に視線を向けた。

「お待たせして申し訳ない、井實《いじつ》殿、御厨《みくりや》殿」

「なんのこちらこそ。大願を目前にした親子の会話、遮ってしまったようで気が引けますな。……もう宜しいのですか?」

「はは、今生の別れでもありません。機会は幾らでも」

夏の小雨特有の蒸れた空気が室内を燻《くゆ》らせる中、天山たちと男2人は各々、卓を挟んで向かい合う。

「さて、お忙しいお2人の時間を割いてしまいましたな。顔を合わせるのは初めてでしょう、嫡男となりました颯馬です。――颯馬。こちらは洲議であらせられる井實業兼《なりかね》殿。そして、其方《そなた》の母、早苗の兄に当たる央洲《おうしゅう》華族の御厨弘忠《ひろただ》殿だ」

「先日、人別省に雨月家嫡男と正式に認めていただいた、颯馬と申します。井實さま、御厨さま、よろしくお願いいたします」

「おお。君のお父上に幾度となく面会を頼んでいたんだがね、ようやく応じてくれたか。

――その年齢《とし》にして立派な口上、雨月殿も一安心で御座いましょう」

「妹が偶《たま》に寄越す手紙は、君の自慢しか書いていないものでね。正直、私は初めて会った気がしないな。だが、この若武者ぶり。君の成長には妹も満足だろう」

「お恥ずかしい限りです」

褒め上げられた照れからか頬に紅が差すのを、頼もしくも微笑《ほほえ》ましく天山たち3人が視線を向けた。

天山と2人の付き合いは、それこそかなりの年月を遡《さかのぼ》る。

御厨弘忠は天山の代よりさらに先代《まえ》からの付き合いであり、洲議としての地盤固めに奔走していた井實業兼は御厨弘忠を挟む経緯で天山と縁を結んだ。

互いに狙いはあるものの、概ね目的が被る事が無かったのも、結果としては良かったのだろう。決定的な破綻《はたん》を迎える事なく、これまでの3人は穏やかに関係を育んできた。

「井實殿はもうすぐ洲議の代表選挙に打って出るとか、対抗馬は何方《どなた》ですかな?」

「力山《りきやま》、西科《にしな》……。あの辺りが出張ってくる気配を見せてますな。実力は団栗《どんぐり》の背比べですが、長年、議会を支えてきた重鎮です。油断はできんでしょう」

「ご助力が必要となる際はお声掛けを。あれが生まれ落ちた際《い》に折っていただいた労苦の一端、ここで返させていただきたい」

「助かりますな。その時が来れば是非とも」

「はは。抜け駆けとは、雨月殿も狡《ずる》いですな。井實殿。この御厨弘忠も、貴殿の後背に控えている事をお忘れなきよう」

「無論、無論。感謝しておりますぞ、御厨殿」

ははは。和やかに交わされる談笑の合間にも相手が何を望むか推し計り、都度、合いの手を差し挟む。

雨月家と2人の関係が推察できているか。ちらりと視線を向けるも、颯馬の表情に戸惑いが見えない事に天山は安堵《あんど》した。

精霊無しの忌み子が選《よ》りにも選って雨月家に産まれたという汚点は、義王院には勿論《もちろん》の事、周囲にも決して漏らせぬ秘匿事項である。

だが、人別省に登録した上、義王院が望みまでしてしまった一個人を抹消《け》す事など、幾ら八家とはいえ一華族が権力を及ぼせるもので無い事は天山とても理解はしていた。

そのため、天山が外部の協力者として助力を願った相手が、井實と御厨の両名である。

雨月の看板に泥が付く事は、関係を深めていた井實や縁組をした御厨にとっても致命傷になり得る可能性があった。

それ故に、義王院に晶の本質が知られる事もそうだが、周囲から晶の存在が無かったよう陰に日向《ひなた》に援助を受けたのだ。

時に義王院の対応が遅れるように、時に義王院と晶の接触が最低限に落ち着くように。

他家との交流で晶が表に出ないように振る舞い、積極的に颯馬が目立つように喧伝《けんでん》する。

――お陰でここまで来る事ができた。

天山は感慨深く、腰を落ち着けている安楽椅子の背もたれに背中を預けた。

洲議としての伝手《コネ》が広い井實業兼や、凋落《ちょうらく》しかけているとはいえ央洲華族《旧家》としての権勢を未《いま》だ保っている御厨弘忠の助力無しでここまでの無茶ができるかと問われれば、天山とても否と答えるしかない。

2人としても、この協力にはかなりの散財をする羽目になったはずだ。当然に、雨月家が負う借りも相当量に上っている。

だが、過去の自身が下した判断には間違いは無かった。

天山は談笑をしながらも、そう確信した。

「君を伴っての登殿は明日でしたな。……雨月殿のご苦労が報われる瞬間だ」

「はは。皆さまのご助力あればこそ、私の労苦は然程《さほど》でもありますまい。……そういえば、至心殿《義父上》は現在《いま》、何処《いずこ》に？　てっきり今日こそは、七ツ緒に足を運ばれると思っておりましたが」

御厨弘忠からの労《ねぎら》いに笑顔で返すも、ふと疑問が浮かんだ。

御厨家の先代当主であり天山の義父でもある御厨至心《ししん》は、央洲に於《お》ける御厨家の復権に苛烈《かれつ》な野心を燃やしている人物だ。

未だ、央洲で強い発言力を維持しているも、往年の権勢と比較すれば御厨家の凋落は明瞭《めいりょう》な事実。

一度沈めば浮き上がるためには相当の運気と努力が必要となる。

かなりの無理を押して雨月家に実の娘を送り込んだが、その第一子が精霊無しの晶《早苗》であったため、当時の至心の落胆と嚇怒は相当なものであったらしい。

穢《もど》レ擬《き》き、異胎女《ことはらおんな》。悪しざまに吐き捨てると共に、一時は早苗の処罰を雨月に求めるほどであった。それでも続く評判には、至心も心を安んじられたと聞く。

颯馬こそは己が直孫よ。央洲でもそう声を高らかに喧伝していると聞いていたので、少なくとも不満には思っていないはずだ。

晴れの舞台を控えたこの日くらいは顔を合わせてくれるだろうと期待していた天山は、肩透かしからの戸惑《とまど》いを隠せなかった。

「ここ数年、父上は珠門洲《しゅもんしゅう》に招かれていましてな。逗留《とうりゅう》している他家の手前、私用で洲《くに》を越える訳にはいかなかったのです。この日こそは颯馬くんと顔を繋《つな》ぎたかったと、手紙では随分と惜しんでいましたが」

「それは残念だ。にしても至心殿を招くとは、先方も随分と剛毅《ごうき》な。詳細を訊《き》かせてもらっても？」

「……ええ。長谷部領《はせべりょう》は久我家《くが》に、月宮流《つきのみやりゅう》の師範として招かれております。久我家の嫡男が土行の精霊を宿していたので、父上が教導に手を挙げた経緯があります」

「ほう」

どう返したものか少し迷ったのだろう。僅《わず》かに口籠《くごも》る御厨弘忠からの応えに、天山《てんざん》は深い得心を抱いた。

「義父上が教導をされたか。成る程、技量のほどは確からしい」

久我の神童。八家第二位如き《ヽヽ》が持ち上げる若き俊英。天領《てんりょう》学院では粋がって颯馬《そうま》に突っかかったと耳に挟んでいたものの、この場でその名前が挙がるとは。

ちらりと颯馬に確認の視線を向けると、確かに視線を下げて肯定の意思を返す。

「久我君とは三ヶ月《みつき》前に手合わせを。神気と精霊力の差から辛勝を得ましたが、手強く伸びやかな遣い手でした。……成る程、お祖父《じい》さまのご教導の賜物でしたか」

「そう云《い》っていただけると有り難い」

実際は、ほぼ刹那《せつな》の内に危なげない勝利を得たと聞いている。

多分に世辞を含ませた颯馬の返答に、御厨弘忠の表情も明らかに安堵したものとなった。

如才なく返す颯馬のやり取りに天山の表情も和らぐ。

文武に長《た》けた方が良い事は間違いないが、こういった人心を掴《つか》む話術には、また別種の才を要するのだ。

あれもこれも。多才は成長の妨げにもなるが、颯馬の力量には如何《いかん》なく応えられる範疇《はんちゅう》にあった。

「そういえば最近、義王院《ぎおういん》が少しごたついているようですな」

「何か懸念事でも？」

歓談も幾許《いくばく》の後、就寝のため颯馬の退席した応接間で、義王院の近況が明日を見据えて話題に上っていた。

「さて？　洲議会に情報が少しも入ってきませんので、議長でない私には及ぶ権限がありません。

——ただ、文月《7月》の上旬には情報統制の影響が出始めていましたから、問題はその辺りで起きたはずです」

井實から寄せられた情報も、首を傾《かし》げるしかない曖昧《あいまい》なもの。

天山は腕を組み直し、周辺の事柄から情報を埋めるべく思考に沈んだ。

収穫を控えた夏盛り。他洲へとちょっかいを掛けられるにも、時期が合わない。

逆に出すためでも、義王院に意味は無い。

――そう云えば、
ふと天啓のように、脳裏にその文言が浮かぶ。

だが、有り得ないその答えに、頭《かぶり》を振って思考を散らした。

「何か心当たりでも？」

「いや、気の所為《せい》だろう。御厨殿は、何か心当たりがおありか？」

「……いえ。その頃は央洲への水利権の話し合いもしておりませんので、義王院に嫌厭《けんえん》される理由もないはずです。……他洲に影響を受けたとかは？　父上経由で聞きましたが、確か百鬼夜行が珠門洲の洲都を襲ったとか。理由としては弱いですが、時期は合います」

「……かもしれませんな。まぁ、明日の登殿に際して、余裕があるようなら訊いておきましょう」

「助かります」

所詮《しょせん》、天山には直接関係の無い話であろう。

少し気になる情報ではあったものの、特に深く考える事無く鷹揚《おうよう》に受け答えを交わした。

やがて夜も更け、歓談が終わる。

就寝の床で格子の天井を見上げる天山は、思考の隅で思い浮かんだ言葉を再度、思い返した。

嗚呼《ああ》。

——そう云えば、穢レ擬《もどき》きがくたばったのも、その頃であったな。

閑話　小雨に綻《ほころ》びて、黎明《れいめい》に哭《な》く　2

「今、何と…………？」

告げられた言葉に、雨月《うげつ》天山は茫然《ぼうぜん》と繰り言を返した。

目の前の人物が告げた言葉を理解する事を、理性が本能的に拒否をする。

己が発した言葉すら、自身のものとも理解できない。

眼前の相手に対して尽くすべき礼すら喪《うしな》う。恥ずべき醜態を晒《さら》している事に思考を至らせる事もできずに、その問い掛けだけをもう一度、口に繰り返す。

「今、何と仰《おっしゃ》いましたか…………!?」

揃えた膝《ひざ》を乱す。これまで見た事も無い天山の惨めな為体《ていたらく》を、上座に座る義王院静美《しずみ》の双眸《そうぼう》は揺れることなく冷然と見下ろしていた――――。


昨夜までの崩れ模様の天候も何処へか、からりと晴れ上がった蒼天《そうてん》が七ツ緒《ななつお》を照らし出す早朝。

雨月天山と颯馬は、黎明山《れいめいさん》の中腹にある義王院の屋敷を訪れていた。

胸の内に不安など一欠片《かけら》も無い。

意気は高く足取りも確かに、颯馬を後背に引き連れた天山は義王院本邸に続く正門の前に立った。
ゴ、コン。樫材《かし》と鉄の蝶番《ちようつがい》が軋《きし》む重い音と共に、正門が両開きに開かれる。
開く門の動きが止まるのを見計らい、その隙間をすり抜けるようにして2人は本邸へと足を進めた。

——何だ？


口に出す事は控えたものの、天山は周囲に奔《はし》る妙な雰囲気に内心で首を傾げた。

半年に一度の登殿とはいえ、此方《こちら》も向こうも知らぬ間柄という訳では無い。

であるのに、まるで敵地に彷徨《さまよ》い込んだかのような、肌のひりつく感触。

場の雰囲気に流されたのか、初めて訪れる義王院邸の前で颯馬の表情もやや硬い。

「颯馬よ、浮き足立つな」

「……は。申し訳ありません、父上」

初めての登殿が蹟《つまず》くのは、颯馬にとっても不味《まず》い問題だ。

取り返しがつく内にと短く忠告すると、跳ねるように返事が返った。

緊張はしているようだが、下手《へた》を打つほどでは無いようだと安堵に首肯だけを返してみせた。

これまでの行動を思い返す。何も遺漏《いろう》は無かったはずだ、先触れも定例の返答を受けている。

いつも通りの義王院邸、いつも通りの登殿。だが、考えてしまえば気になってくるのが、人間の性《さが》というものだろう。

——そういえば先触れの返答が何時《つね》もよりやや、遅かった、正門の開きが2人分も無かったような。

だが、雨月の対応に遺漏が無い以上、問題は内に起きているのだろうと天山は予想《アタリ》をつけた。

――そういえば最近、義王院が少しごたついているようですな……。

気休めの思考に、昨夜、耳にした情報が脳裏に蘇《よみがえ》る。

――なるほど、これの事か。

洲《しゅう》議にも情報が下りていない以上、義王院内部でしか動いていない可能性が高い。

確か、事が始まったのが文月《7月》の初旬だったたか。

その辺りで雨月一党を大きく動かした記憶が無い以上要因は雨月とは別にあるはずだと、天山はとりあえずの結論として内心の警戒を慰めた。

――原因が何か判らないが、義王院に何かを求められたら全力で応じる覚悟程度は決めておく必要があるだろう。

周囲の者を捕まえて、あからさまに訊いて回る事もできない。

先導に立つ女給の背中が何かを語る訳でもなく、静美に呼ばれるまでの暫しの間、颯馬と2人、別室にて悶々《もんもん》としたまま待ち続ける羽目となった。


「義王院御当主さまにお目通り叶《かな》いました由、この雨月天山、お慶び申し上げます」

「ええ。半年ぶりね、天山」

何があった訳でもない、ただ待つだけの幾許の後、天山と颯馬は静美の待つ中広間へと通された。

常には柔和な微笑《ほほえ》みを崩した事の無い静美の表情から、感情らしい温度が抜けている。

初めて味わう冷酷《つめ》たい会談の場に、余程の問題を抱えているらしいと天山の警戒が引き上げられた。穏やかではない雰囲気の中、天山と颯馬は膝行《しっこう》で広間の中ほどに進み出て平伏する。

「どうやら厄介事に悩まれているご様子ですが、内容をお尋ねしても宜しいでしょうか？」

「……不要です、上半期の報告に移りましょう。その前に、雨月颯馬。この場は雨月当主とその嫡男のみに座す事を赦《ゆる》しています。其方《そなた》に赦しを与えた覚えはありません、中座《下がり》なさい」

「そ……」「はは、これは申し訳ありません。紹介が遅れるとはこの天山、手抜かりは汗顔の至りに御座《ござ》います」

状況を一顧だにせず退出の命を一下に断じる静美に反駁《はんばく》を覚えたのか、発言を赦されていない颯馬が声を上げかける。

その様子を肌で感じた天山が、颯馬の言に被《かぶ》せるように慌てて言葉を紡いだ。

「何か？」

「文月の折、颯馬は人別省にて正式に雨月継嗣と認められた由。この場にてご報告させていただきます。今後は雨月の次期当主、及び義王院の伴侶《はんりょ》としても、胸を張って紹介できるようになりました。静美さまとの慶事。この天山――」

ぎしり。天山の言が終わる間もない内に黎明山が哭いた。

中広間に座す3人のみならず洲都で息をするすべてが、巨《おお》いなる存在があげた悲痛な慟哭《どうこく》を幻聴《き》く。

「何だ――」

「気にする必要はありません。――ですが天山、雨月の嫡男たるは晶《あきら》さまであったはずです。晶さは何処《いずこ》に居られますか？」

問い掛けの形だけを繕った隷属の言霊《ことだま》が、否応なく天山たちを縛り付けた。

半神半人の末裔《まつえい》たる三宮四院には、ただ人に対し隷属を強いる権限が与えられている。

仮令《たとえ》、八家であろうと、その当主であろうと、この権限に対して抗《あらが》いを見せることはまず不可能であった。

命令一下、気にするなと命じられれば、理不尽であろうと意識する事すら難しくなる。

これまでの短い生で、静美はこの権限を行使した事は無かった。

だが、今回の騒動に及んで尚《なお》、雨月家如きに行使を躊躇《ためら》うほどの悠長さは欠片も持ち合わせていない。

「は。私《わたくし》としても残念で御座いますが、既に荼毘《だび》に付しております。遺品は幾つかを除き、総《すべ》て処分を……」

「――天山。私《わたくし》は晶さまが何処で如何なっているのか、報告してほしいのですが？」

「申し訳ございません。あれは生来より虚弱で御座いました。加えて、当主教育すら侭《まま》ならぬ無能、義王院さまに目を掛けていただいたご恩に報いさせるべく努力はさせておりましたが、体調を崩し……」

「天山、虚言で舌を躍らせるな」

逸《はぐ》らかそうとする天山の言に、静美の感情が僅《わず》かにささくれ立つ。

その感情のまま、隷属の言霊が再び中広間を支配した。

「その舌の根、乾かぬうちに重ねて問う。――晶さまは、何処で、如何なられた」

鋭さを増す静美の舌鋒《ぜっぽう》に、義王院の本気が窺《うかが》える。最早これまで。平伏を崩さぬ天山の頭《こうべ》が、一際、低く沈んだ。

——可能であるならば、雨月の汚点は義王院に知られる事なく流していただければ、結果としては最上であったのだが。

内心で呟《つぶや》きながら、天山は3年前の追放と、恐らくは洲境の山稜《さんりょう》辺りでくたばったのだろうという、己の予測を述べ連ねた。

「——申し訳御座いません。でき得る事なれば、義王院の御方々には知られる事なく処理しておきたかったのですが。……晶という名であったあれは、義王院の伴侶に向かわせる訳にはいかない無能であったのです。——雨月歴代始まって以来の汚点。あれを処分せぬ事には、今後、義王院に顔向けできぬ故に此度《こたび》の仕儀と相成りました」

「……無能、と?」

やはり、中核となる部分を訊《き》かれた。

汚点を詳《つまび》らかとするには、躊躇いも残る。しかし流石《さすが》に、雨月の忠義を疑われる事と引き替えにする訳にはいかない。

一拍の逡巡《しゅんじゅん》の後、天山《てんざん》は思い切って言葉を紡いだ。

「は。私共もあれが産まれた後に知ったのですが、あれは穢《もど》レ擬《き》きであったのです」

「……穢《もど》レ擬《き》き?」

「左様にて。我々の醜聞に、御尊顔を背けないでいただきたいのですが、

——あれには精霊が宿っていなかったのです!」

これまでの逡巡が嘘のように、天山は晶の欠陥を滔々《とうとう》と静美に説いた。

文武の両面に於《お》いて実弟の颯馬《そうま》に劣り、精霊すら宿せぬ身故に呪符も作成できない。

氏子にすら認められぬ人間以下の生き物擬《もど》き。穢《ケガ》レへ堕《お》ちるしかない生にしがみつくだけの愚物。

長年の鬱憤《うっぷん》が罵倒《ばとう》に替わり、天山は静美の前で吐き捨てるように愚痴混じりに説く。……次第に肩から重荷が消えたかのように軽くなっていった。

ああ。義王院に対しての隠し事、その苦痛が消えたのか。胸中に吹く晴々とした涼風に、天山は感慨深ささえも錯覚する。

中広間に、渡る暫しの沈黙。

てっきり称賛されるか、逆に静美からの激昂《げっこう》が下されるかとも身構えていたが、肩透かしに時間だけが過ぎた。

「――――それが?」

「……は」

ぽつりと、静美の唇が震える。

転《まろ》び出た呟きは、心底からの疑問に満ちていた。

実際にはそれほど経《た》っていないのだろうが、天山にとって永劫《えいごう》にすら思える涯《はて》の一言は自身が望んだものでも叱責でもなく、戸惑いしか残らなかった。

「精霊を宿していない。それが何か問題ですか?」

「御当主さま、それは……」

「弁明は不要。天山、事実のみを述べなさい」

雨月継嗣との婚姻を控えた昨年。芳紀13を数えた砌《みぎり》に、静美は義王院《ぎおういん》当主を継いだ。

未《いま》だ盤石とは云《い》い難い1年の短い治世は、果断であり温情に溢《あふ》れていると評価が高い。

謳《うた》われるその評価と裏腹の冷酷な眼差しが、天山と颯馬を打ちのめした。

「葉月《8月》の朔日《ついたち》に届いた晶さま名義の手紙で、〝当主教育も終わり数日を控えた登殿の折には善き報《しら》せをお届けできる〟とありましたが、これが善き報せですか？」

「は。その件に関しましては……」

義王院家に宛てた晶名義の手紙の偽造。明確な雨月の咎《とが》を衝《つ》かれ、平伏する天山の頭が一層に下がった。

颯馬の雨月継嗣が認められるまでの時間稼ぎであったが、間違いなくこれは義王院に対する裏切りである。

義王院への忠義の証《あかし》と内心で誤魔化してきた天山が、咎められた不満を口にする事はできなかった。

「静美さま。誠に勝手ながら、直言の許可を願い出ます」

「――良いでしょう、雨月颯馬。この場での発言を赦します、よく考えて口になさい」

静寂が広間を支配する中、天山の後背で平伏を続けていた颯馬が決然と口を開いた。

虚を衝かれたのか一拍を置いた後、感情の乗らない静美の許可が下りる。

「失礼ながら、私が雨月継嗣として、静美さまへの手紙を認《したた》めさせて頂きました。あの凡愚と偽った事は謝罪いたしますが、もとより手紙の宛ては雨月継嗣名義のはず。我らの手落ちとしても、義王院家の黙認あればこそ問題なく過ぎる件に御座います」

手紙が雨月継嗣名義で送られていたのは事実であり、そこに個人の名義は存在しない。

雨月継嗣が晶だという共通認識にさえ目を瞑《つぶ》れば、次期当主として教育を受けていた颯馬が手紙の相手で問題は無いだろう。

「隠す類《たぐい》の慣習ではありますが、嫡男の挿《す》げ替えは当家の勝手。此度の一件に義王院家の温情を戴《いただ》ければ、私が静美さまの伴侶となった暁の貢献を以《もっ》て、御不興の仕儀を雪《そそ》ぐ所存にて御座います」

罪科と問われても、それほどの罪にはならない。颯馬の主張は一理あり、華族間での婚姻であるならば当たり前に通る類のものだ。

寧《むし》ろ、無能を他家に送らなかっただけ、感謝されるような行為である。

滔々と語られた颯馬の返答に、ややの沈黙が流れた。

その間、平伏を続けていた颯馬たちが頭を上げる事が無かったのは、当人たちにとっての幸いであったろう。

感情の一切失せた眼差しが、目の前の小粒が犯した醜態を睥睨《へいげい》する。

どれほどの価値も無い優秀なだけの無能が喚《わめ》く主張は、静美《しずみ》をしてつまらないだけの雑音としか感じなかった。

「何を喚くかと思えば。——確かにあれは雨月《うげつ》継嗣名義の手紙ですが、末尾に捺《お》された印璽《いんじ》は誰の名義だと思っていたのですか」

「は——?」

手紙だけならば、まだしもその主張は通っただろう。

だが雨月継嗣の証明として捺されていた印璽に関して、決して無視はできなかった。

「あれは、雨月嫡男である晶さま個人へ、義王院が特にと贈った印璽です。晶さまの押印しか赦されていない印璽、――誰が、其方に使用の許可を与えたと？」

「――お待ちください。我らはあれを、雨月継嗣の印璽であるとしか聞かされていません。印璽の所在に関しては、」

颯馬に代わって天山の述べる必死の抗弁を、しかし興味の失せた静美の声音は構う事なく切って捨てた。

「もう良い。雨月颯馬が嫡男と、人別省に正式に認められたと云っていましたね。それには、晶さまの魂石《こんせき》が雨月家に戻される事が条件のはずです。

――晶さまの魂石は、何処《いずこ》にありますか？」

ここまで静美が晶に心を赦しているという事実こそが、天山にとっての誤算であった。

やはりもっと早くに晶の本性を義王院に打ち明けて、晶の処分に義王院の協力を取り付けるべきであったかと、嘗《かつ》て下した己の判断に内心で歯噛《はが》みもする。

だがこれ以上、この場で義王院の不興を買う訳にはいかない。

そこらに放り捨てようとも考えていたが、これは持ってきて正解であったか。

袖《そで》の内を弄《まさぐ》り、晶の魂石であったものを抓《つま》み出した。

壁際に控えていたそのみの手伝《てづた》いに、晶の魂石が静美へと渡る。

白いだけの小石に見えるその表面を、静美はどこまでも優しく撫《な》で擦《さす》った。

指先に遺るざらつく感触。3年前に見たきりの、遠慮がちな晶の微笑みが脳裏に浮かぶ。

もう逢《あ》えない淡い想《おも》いにじわりと帯びる双眸《そうぼう》の熱を、静美は必死の思いで堪《こら》えた。

その表情を勘違いしたのか、天山の弁明が悼む少女の感情を逆撫《さかな》でる。

「あのような出来損ないにここまでの御温情、あれも草葉の陰で感謝している事でしょう。……雨月としても、ようやく義王院に面目が立つというもの。ここに控えております颯馬は雨月歴代をみても傑物とも云える稀代《きたい》の器、恥ずかしながら、義王院御当主さまのご期待を裏切る事は決して無きものと自負しております。どうか、義王院の伴侶とし……」

「雨月」

感情の色が抜け落ちた平坦《へいたん》な声音が、煩わしいだけの長広舌を否応《いやおう》なく遮った。

「此度の登殿、大義でありました。――退出を許可します」

「は？　今、何と……？」

あまりに唐突な退出の許可に、天山の膝《ひざ》が乱れる。

「今、何と仰《おつしや》いましたか……⁉」

盛夏に猛る日差しが中広間を対照的な昏《くら》い影で満たす中、表情から感情が全て抜け落ちた静美の唇が、もう一度だけ言葉を紡ぐ。

「下がってよい。そう申し渡しました」「お、お待ちくださいっ‼」

言葉の終わりも待てず、語尾に被せるように天山は叫んだ。

晶の追放を行った事に対してある程度の不興を買うであろう事は、天山とても覚悟はしていた。

だが、雨月家始まって以来とも云えるほどの雑な扱いを受ける事に、耐えられないほどの激憤が天山の矜持《きようじ》を揺るがした。

「義王院御当主さまが雨月の行いを不愉快に思われる事は、この天山、覚悟しておりました！　ですが、これも総て義王院の面目を汚《けが》さぬため！　國天洲《こくてんしゅう》を治める伴侶として、颯馬は最良の器であります！　ご不興はさて置き、國天洲華族を統べる義王院当主としての判断を理性的に下していただきたい‼」

「……理性的？　ならば明確に断じましょう。義王院は晶さまを伴侶へと約定を望んだのであり、其方《そなた》たちに恣意《しい》を赦した訳ではない」

「それはっっ」「話は以上です」

弁明に明け暮れようとする天山の口上を切り捨てて、静美は雨月を一顧だにせず背を向ける。

……が、

「……ああ、そうね」

そのまま中広間を後にする前に、壁際に控えていた側役《そばやく》に視線を遣った。

「そのみ、後は任せます。雨月の報告を受けておいてちょうだい」

「下命、承りました」

「なっ‼」

そのあまりの扱いに、天山の顔色が絶望にも似た表情に染まった。

基本的な華族の報告は、家格がより上位のものに直接奏上する事が慣例上の礼儀とされている。

雨月家は八家第一位。これより上位の家格は、この場には義王院静美しか存在しない。

同じ八家とは云え、そのみの出自である同行家《どうぎょうけ》は雨月より家格で遥《はる》かに劣る八家第七位。

それは理解しているはずなのに、公の場で明白《あからさま》に命じたという事は、静美は言外で雨月家は同行家よりも劣っていると公言したに等しいのだ。

どう誤魔化そうとも、口さがない宮廷雀《すずめ》共は噂《うわさ》を聴きつける。

明日の昼下がりには、雨月の凋落《ちょうらく》が洲都に居る華族の食卓に上る事は、確定したも同然。

余りにも屈辱的な扱いに、雨月天山は血が垂れんばかりに両の拳《こぶし》を握り締めた。

これ以上、取り合う事は無いと中広間に背中を向けるも、外廊下に踏み出したところで、静美は最後に一度だけ足を止めた。

「ああ。そういえば、最後にもう一つ。

——神無《かんな》の御坐《みくら》という言葉を、其方は知っていますか？」

「は、そ……」「もうよい。充分です」

決して期待していた訳では無い。だが、呆《ほう》けた表情しか浮かべなかった天山に、静美の感情が遂には零下にまで凍《い》てつく。

完全に興味の失《う》せた八家《雨月家》第一位に背を向けて、静美は一切躊躇《ためら》う事なくその場を去った。


「…………姫さま。御心中、お察しいたします」

「慰めはいいわ。く、く、ろさまの下《もと》に向かいます、界符の準備を。御山が哭《な》いたから、く、く、ろさまも天山の弁明を聴いていたはず」

自身の部屋に戻り、迷う事なく着替えを始める。

晶《あきら》の死が確定となった今、玄麗《げんれい》の激怒を止める事はできない。

そうである以上、せめて被害を五月雨領《さみだれりょう》の周辺程度に抑える事が静美に課せられた急務となる。

「雨月天山、このまま帰らせて良かったのですか？」

「被害を限定し郎党を磨《す》り潰《つぶ》すために、天山《あれ》は最期まで当主でいてもらわないと。周辺に下郎共が散らばると、禍根しか残さないわ。——それよりも、晶さまの追放に関わった者の調査は終わった？」

静美の着替えを手伝いながら、千々石楓《ちぢわかえで》は僅《わず》かに視線を伏せた。

流石に昨日の今日で時間が足りないが、情報が得られなかった訳では無い。

「……天山《てんざん》が七ツ緒《ななつお》に逗留《とうりゅう》する度に交流を深めていた華族は、幾つか判明しました。別《わ》けても関係の深く有力な華族は2家。状況を知っているかどうかはさて置きますが、雨月家の対応からしても無関係という訳ではありません」

井實業兼《いじつなりかね》、御厨弘忠《みくりやひろただ》。挙げられた2つの名前に静美は眉根《まゆね》を寄せた。

正直に云って印象に残っていない華族の名前、思い出すのに数拍を要したからである。

「確か井實は洲《しゅう》議の者よね？　妙に細かい嘆願を奏上してきたものに記憶があるわ」

「その嘆願を持ってくる時期ですが、晶さまの登殿と妙に符合します。推測ですが、恐らくは……《時間稼ぎ》」

「そういう事、ね。——御厨家は央洲《おうしゅう》華族よね、なんで七ツ緒にまで出張っているの？」

「はい。弘忠はそこの当主です。調べたところ、天山《てんざん》の妻、雨月早苗《さなえ》の係累だと」

厄介な。苛立《いらだ》ちも露《あら》わに、静美は歯噛みをした。

問題が國天洲の内部だけであるなら、義王院がどう鉈《なた》を振るっても最終的に文句は云われない。

だが他洲に籍を置く華族を処断するとなると、央洲華族を統括する月宮《つきのみや》か、法の裁定を司る藤森宮《ふじのもりみや》の判断を仰がなければならない。

「思い出したわ。央洲へ流れる水脈の采配権《さいはい》を欲しがって、旧家の一党が七ツ緒に滞在していると」

「はい。昨今の御厨家は凋落が著しく《いちじる》、水利権を握る事で失点を取り戻す狙いがあると見えます。……御厨家先代当主は、雨月颯馬《そうま》こそ己が直孫と公言して憚らず《はばか》。最低でも弘忠と先代当主の処断を求める必要があるかと」

「問題ありません。旧家と云えど、たかだか零落れた《おちぶ》華族一つ。月宮に伺いを立てましょう」

「承りました」

手間がかかるだけで不可能ではない。静美は躊躇う事なく御厨家を潰す判断を下した。

「――――お母さまは？」

「御先代は、奥津城《おくつき》の所領を退いてこちらに向かっていると連絡がありました。今日中にもお屋敷に戻られます」

「そう、なら大丈夫ね。――鎮めの儀を調えて。く、くろさまがお怒りになられたら、直《す》ぐにでも取り掛かってちょうだい」

「……畏《かしこ》まりました」

静美の言葉に、楓は緊張を隠せなかった。

大神柱の激怒。その象徴たる荒神堕ちは、高天原《たかまがはら》の歴史でも2度しか記録に残っていない。

その何方《どちら》に於《お》いても、土地に残る爪痕《つめあと》を見れば尋常でない災害が襲った事は想像にも容易く《たやす》窺え《うかが》た。

加えて玄麗は水行の大神柱である。

玄麗が荒神堕ちをした場合、高天原全土の水源に影響が出る事は間違い無かった。

ただ人は飢えには強いが渇きには弱い。もし水源が瘴気《しょうき》で澱《よど》みでもすれば、途轍《とてつ》もない被害が高天原を襲うのは想像に難くなかった。

「私《わたくし》が神域から戻ってこなかった場合、躊躇う事なくお母さまを義王院《ぎおういん》当主として指示を仰ぎなさい。そうすれば、最悪は防げるはずよ」

「――はい」

逡巡《しゅんじゅん》を見せるも、ややあってから楓は決然と頷《うなず》いた。

神威が吹き荒《すさ》ぶ神域に向かうのだ。半神半人たる静美であっても無事でいられる保証は無い。

清めた衣に袖を通す。できる限りの瘴気除けを身に纏《まと》ってから、静美は覚悟を胸に立ち上がった。

玄麗の神域、黒曜殿《こくようでん》を満たす水は凍えるほどに熱く、沸き上がるほどに冷たい。

静美の身体《からだ》を苛《さいな》む矛盾した玄麗の激情は、それでも荒神堕ちを既《すんで》の処《ところ》で耐えているようであった。

「――晶は？」

「……くろさま」

塗り潰さんばかりの闇に在って尚《なお》、漆黒の輝きを放つ童女の姿をした大神柱は、ぽつりと桜色の唇を震わせた。

中広間での天山の放言は聴いていたはずだ。

それでも問うてきたのは、最後の最後まで信じたくはなかったからだろう。

静美とても、玄麗の呟《つぶや》きに応える言葉を持つ事はできない。

「晶は、何処《いずこ》ぞ」

「天山の繰り言、その裏を取っています。追放が3年前であるなら、徒歩で至れる限界の周辺に居られたはずです。無一文で五月雨領を出た上で生活を維持しながら移動したと考えれば、洲境《くに》の辺りかと……」

「そのような事を訊《き》いているのではない！」

うわん。玄麗の叫びが黒曜殿を揺らす。

細波《さざなみ》が幾重にも波紋を生み、神柱の激情が静美の身体を更に苛んだ。

「晶は何処ぞ‼　きっと泣いておる‼　今すぐ迎えに行ってたもれ‼」

「それは……」

玄麗の気持ちは、痛いほどに理解できた。

晶は幼い頃から顔を合わせている少年である。

産まれた時から婚約関係が結ばれていた少年の、偶《たま》に見せる控えめな微笑《ほほえ》みは静美をしても心を安んじる間柄であった。

世間一般で云う恋愛とは違ったものであったろうが、これからの人生を共に歩むならば最高の相手であったのは間違い無いだろう。

「そも！　吾《あれ》の加護を与えておるのじゃぞ⁉　仮令《たとえ》、他洲に渡っておったとしても、晶の身に害が及ぶ訳は無かろう‼」

「…………」

そこが、静美《しずみ》たちをしても首を傾《かし》げる点であった。

晶に与えられている加護は、『氏子籤祇《うじこせんぎ》』でただ人に与えられるそれとは格が違う。

確かに國天洲の外に足を踏み出せば格段に効力が落ちるのは間違いないが、玄麗の神気が残る限り並大抵の災禍は晶を避けて通る。

仮に神気を残らず喪《うしな》った場合、居場所を含めて即座に玄麗の知るところになったであろう。

今回の一件は、神気と加護を同時に喪失か封印でもしない限り、起き得ない事態であるはずであった。

だが、既に起きてしまった以上、どうして起きたかは重要ではなくなってしまっている。

その結果、如何《どう》なったかが重要なのだ。

意を決した静美が震える指先で、晶の魂石《こんせき》であったものを玄麗に差し出した。

「……どうぞ、くろさま」

「――これは、何ぞ？」

「晶さんの魂石です」

ひう。玄麗の咽喉《のど》が怖気《おぞけ》を呑《の》み込んだ。

僅かに震える掌《てのひら》に載せられたその表面を、玄麗の指先が優しく擦《なぞ》る。

魂石と晶の繋《つな》がりが断たれて一ヶ月《ひとつき》。随分と晶の気配は薄れたが、それでも完全に抜けた訳では無い。

それが誰の魂石であったものか、玄麗であれば即座の看破も容易かった。

それでも尚、慎重に、念入りに魂石に残留する気配を探り、

――その都度に、玄麗は底知れない絶望に沈んでいった。

黒曜殿に静寂が落ちる。

誰も何も、感情すらも凍てついた時間が流れる。

ただ、大海から押し寄せる津波の前触れが如《ごと》く、刹那《せつな》の平穏が黒曜殿を支配した。

「――晶は、吾《あれ》の御坐《みくら》、ぞ」

ぽつり、玄麗の唇から絶望が漏れる。

「吾《あれ》の、初めての神無《かんな》の御坐《みくら》、ぞ」

その呟きが蟻の穴となり、堰《せき》を切る勢いで感情が崩壊を始め、
玄麗の唇から呪詛《じゅそ》が紡がれるままに、水面《みなも》が激しさを増して逆巻いた。

「――吾《あれ》の妹背《いもせ》の君。吾《あれ》の、初めての、良人《おっと》だったのじゃぞ‼」

「！！！？？　くろさま、どうかお気を確かに‼　どうかお鎮まりください‼」

うあぁぁあぁぁぁん！　玄麗の激情に黎明山《れいめいさん》が哭き喚いた。

黒曜殿を満たす水面から、赤黒い輝きが立ち昇る。

水気に瘴気が滲《し》み始めているのだ。

荒神堕ちの前兆。決死の思いで叫ぶ静美の努力も虚しく、身に着けた瘴気除けの護符が幾つか燃えて尽きる。

護符の燃《も》え滓《かす》が波間に攫《さら》われる間も与えずに、玄麗の呪詛が瘴気の禍々《まがまが》しい色に染まる黒曜殿を揺るがした。

「赦《ゆる》さん！　赦さんぞ雨月《うげつ》‼　ようも、ようも吾《あれ》の良人《おっと》を辱《はずかし》めてくれようたな！　応能を気取った心算《つもり》かぁっ！　――嗚呼《ああ》、そうとも。愚物らの謀《たばか》りに来迎を赦すなど、吾《あれ》は決して認めぬ‼　死して尚、黄泉路《よみじ》を這《は》いずり回る筒虫の末路がお似合いじゃぁ‼」

「く、くろさま！　お鎮まりくださいませ‼　斯様《かよう》に荒ぶると、晶さんの魂石が崩れてしまいます‼」

「‼」

一時なりとも落ち着きを願う静美が放ったその一言に、玄麗の荒《すさ》ぶ神威が劇的に収まった。

繋がりの輝きを宿す魂石は、仮令、神柱であれ干渉が難しい強度を誇るが、輝きを喪えば白く脆《もろ》い石ころと変わりはしない。

掌に遺された晶の魂石であったものを大事に胸元に包み込み、自身の神威に曝《さら》されないように玄麗は必死に護《まも》った。

激情が間断なく吹き荒び、それでも格段に勢いの落ち着いた暴威のただ中。

ややあって、玄麗がぽつりと零《こぼ》す。

「……雨月は赦さぬ」

「勿論《もちろん》で御座《ござ》います」

「晶を辱めたものに、それ以上の絶望をくれてやる」

「はい、御気の済むままに」

「静美。――吾《あれ》は、晶を悼む。暫し、声をかけてくりゃるな」

「側《そば》に控えております故、ごゆるりと。晶さんを休ませて差し上げましょう」

「う…………うぁあああああんん～～～‼」

悲痛な悼みのまま、玄麗は揺れる水面に涙を零す。
感情の堰が切れた童女の慟哭《どうこく》は、いつまでも黒曜殿の闇を揺らし続けていた。

その日を境に國天洲《こくてんしゅう》を巡る水脈に澱みが生じ、大規模な瘴気溜《だ》まりが五月雨領を中心とする一帯総てを災禍の渦に貶《おとし》めた。
荒神堕ち。これがその前兆となる現象である事は、未《いま》だ、そこに住む者たちが知り得るものでは無かった。

序　遠方よりの潮風は、波間に揺れて

——嗚呼、これは夢か。

ベネデッタ・カザリーニは、訳も無くそう確信した。

懐かしきは故郷《ヴァンスイール》。その王都に座す、至尊たる王宮《パレス》。

王宮の最奥にある青月の間が、記憶の中で鮮やかに浮かび上がった。

高窓の玻璃硝子《ステンドグラス》から零れ落ちる、碧《みどり》に染まった陽《ひ》の光。

紺碧《こんぺき》の輝きが磨き抜かれた白い大理石の床へと落ち、その度に深い海底の色で青月の間を染め上げた。

——……極東に向かう、と？

白の玉座に座す少女が、いと尊きその高みよりベネデッタへと不思議そうな呟きを向けた。

褐色の肌に銀の髪、そして、どこまでも碧い中《なか》つ海の輝きを湛《たた》えた瞳《ひとみ》。

年齢《よわい》10ほどの少女の姿をしているが、この約束の地《ヴァンスイール》に在って数千年を数える永遠無垢《むく》。

原初《はじまり》の乙女《はは》にして、無垢の玉座の主。——聖アリアドネ。

これまでも。そして、これからも無限の愛を人類に与え続ける唯一神。

紺碧の記憶に優しく慰撫《いぶ》されながら、ベネデッタは忠誠を捧《ささ》げると誓った神柱へと無上の敬愛を籠めて跪《ひざまず》いた。

——御意。ここしばらく、御前のもとを不明とする事をお詫《わ》びいたします。

——善い。それもまた、余の宿願であれば。

珍しく、寂しそうな嬉《うれ》しそうな感情を視線に滲《にじ》ませ、玉座に座る神柱が頷《うなず》いた。

——往《ゆ》くが良い。旅路の果てに、其方《そなた》は運命《さだめ》を知るであろう。

——はい。

運命とは何か。訊こうともしたが神柱が応える事も無いと思い、首肯するだけに留《とど》めた。

それは預言《神託》。神柱だけが知る未来からの囁《ささや》きだからだ。

所詮《しょせん》、人の世に生きるだけのベネデッタは、その時になるまで言葉の意味を悟る事すら無いのだろう。

——ご安心ください。聖下の愛を知らぬものたちの瞼《まぶた》に掛かる霧を、我らの教えを以《もっ》て晴らすだけに御座いますれば。

——……そうか。

——聖下？

僅《わず》かに云《い》い淀《よど》む少女の姿に、云い知れぬ不安に似た何かを覚えて、ベネデッタは問いかける。

常には見せない長い逡巡《しゅんじゅん》の後、意を決したように神柱はベネデッタの瞳を、ひた、と見据えた。

——やはり、其方には告げるべきであるな。

——は……………。

永劫《えいごう》の年月が降り積もる乙女が口にする、それは預言の続き。

ベネデッタは頭《こうべ》を垂れて言葉を待った。

——託宣である。征《ゆ》く道の先に、其方は恩寵《おんちょう》の滴と交わるであろう。余の領地に下りゆく鉄の幕は……。


——カラン、ラン、ラン。

頭上から降る鐘の音に誘われて、記憶の深潭《しんたん》に意識を沈めていたベネデッタは薄く瞼を開けた。

教会の最奥に設《しつら》えられた、狭い石造りの礼拝室。その奥壁に掛けられた『アリアドネ聖教』の聖印へと、敬愛を籠めてもう一度だけ双眸《そうぼう》を伏せてから少女は跪拝《きはい》を漸《ようや》くに終える。

物理的、霊的に外界から切り離されるように設計された司祭専用の礼拝室から一歩を踏み出すと、教会を護る壁の向こうから届く日々の喧騒《けんそう》がベネデッタの耳を楽しませた。

大洋に面する鴨津《おうつ》は、交易の中継点として極東でも有数の繁栄を誇っている。

それ故、この港湾都市には海外からの移住者も又多く、顧客の獲得に熱心な久我《くが》家現当主は様々な優遇策を打ち出していた。

諸外国の領事に、ある程度の自治権を認める、異人居留地《租界》の制定もその一つ。

この租界は高天原《たかまがはら》との国交を一纏《ひとまと》めに担う、領事館としての役目も兼任しているのだ。

高天原との間に正式な国交のない波国《ヴァンスイール》は、海外主権を保有する領事館も存在しない。

そのため、宣教会が建立したアリアドネ正教会を一時的な領事館と定め、ヴィンチェンツォ・アンブロージオが率いるベネデッタたち波国《ヴァンスイール》の使節団はその一角へと身を寄せていた。

『おはようございます、皆さん』

『——おや？　お姫《ベティ》さまが、漸くに御目覚めのようだ』

『おはよう、カザリーニ嬢』

朝の鍛錬だろうか。中庭で木刀を構えていたサルヴァトーレ・トルリアーニとアレッサンドロ・トロヴァートが、その切っ先を降ろして快活に笑う。

自身の筆頭近衛でもある2人の腹心から投げられた生温かい揶揄《やゆ》に、少女の輝きを残したベネデッタの頬が僅かに膨らんだ。

『朝の礼拝ですよ、聖アリアドネに今日の感謝を捧げていました』

『いなくなったと騒ぎになった挙句に、礼拝室で居眠りをしていたのは誰だったかな』

『……私です。んもうサルヴァトーレ《ト ト》、一体何歳《いくつ》の話題を持ち出しているんですか。とうの昔に時効でしょう』

『幼馴染《おさななじみ》にも時効があれば、そうだったろうさ。無いから俺もここに居る。——何歳だろうが、君は俺の護るべきお姫さまだよ』

『ははは。聖女殿の悪行が、白日の下に曝されていくな』

『トロヴァート卿《きょう》。物理的に、その口を塞《ふさ》いでほしいですか？』

『おっと。これ以上は、聖女殿の勘気に触れるか』

低くなった口調は、それだけの互いに気安い仲。戯《おど》けて肩を竦《すく》めるアレッサンドロに、ベネデッタは一睨《ひとにら》みだけをくれてやった。

穏やかなだけの会話を交わし、中庭を抜ける吹き抜けの通廊へと3人連れ立って歩き出す。

途中ですれ違う修道女へと会釈を向け、その向こうから歩み寄るアンブロージオの姿に、ベネデッタは感情が凍る音を幻聴《き》いた。

蛇を想起させる痩躯《そうく》の男。ベネデッタと同じ司教に在位するヴィンチェンツォ・アンブロージオは、皮肉な嗤《わら》いを浮かべながらベネデッタへと拝礼した。

『おはようございます、聖女さま』

『おはようございます、アンブロージオ卿。……租界の代表とは連絡が付きましたか?』

『ええ。主席枢機卿《ソルレンティノ卿》の要請は、向こうも無下にできなかったようですな。――現在の代表は辺境論国《ロンダリア》の領事。先方が、後日に会食の場を設けたいと』

『辺境などと。――西巴《せいは》大陸の躍進は、論国の技術革新が有ってこそではありませんか』

『く。聖女さまは実に慈愛が深い。聖アリアドネと袂を分かった不心得者共にも、斉《ひと》しく光を向けるとは』

アンブロージオが見せる形だけ《皮肉》の敬拝に、近衛《サルヴァトーレ》の眦《まなじり》が痙攣《けいれん》したように引き攣《つ》る。

護衛の職を果たそうと身動《みじろ》ぐ気配を覗《のぞ》かせるが、その行く先を遮るベネデッタの左手に思い止《とど》まった。

『分かりました。領事との顔繋ぎは、私が表に出れば円滑に済むでしょう。先方には協力の要請をすれば?』

『不要でしょう。属領相手に領土割譲の密約など、愚断極まりない。論国の囀《さえず》りを赦せば、ソルレンティノ卿の不興は免れません』

『……了承しました。では、騒動の黙認を要請するだけに留めておきましょう』

言葉の端々に混じる侮蔑《ぶべつ》の響きを、ベネデッタは肚《はら》に蟠《わだかま》る感情ごと努めて聞き流した。

建前上、司教と成るためには身分の貴賤《きせん》は問われない。しかし、如何《いかん》ともし難い教育格差から、司教となれる身分は自然と決定されてしまう現実があった。

その前例を覆し司教となった平民出身のアンブロージオは、しかし故国にいた頃から他の司教たちより一段低く見られるのが常であった。

鬱屈《うつくつ》とした感情が相当に溜まっていたのだろう。波国《ヴァンスイール》を離れた折りより、アンブロージオは事有るごとに見下す態度を増長させていた。

同意の肯《うべな》いを交わし両者の肩がすれ違う。その刹那《せつな》、アンブロージオの誇るような呟《つぶや》きが通廊に響いた。

『素晴らしいと思いませんか？　狭い島国でありながら桁《けた》の違う龍脈《レイライン》を擁し、風穴が犇《ひしめ》かんほどに存在する。――身の程知らずの蛮族共が蔓延《はびこ》るこの地に、然《しか》して世界最大の龍穴があるその事実を』

『……アンブロージオ卿』

ベネデッタは不満を抑えながら、アンブロージオを見遣った。

アンブロージオは、『アリアドネ聖教』の主流である主戦派に在している。その派閥に属していないベネデッタとは、同じ司教位に在っても同じ立場では無い。

『その情報《はなし》は私も聞き及んでいますが、本当なのですか？』

『おや。聖女さまは、長年、星導観測局が追っていた惑星配列計算の結論に疑いを持つと？』

『そういう訳ではありませんが……』

皮肉気に問いを問いで返されて、ベネデッタは口籠《くちご》った。

――世界を流れる霊力の奔流。龍脈《レイライン》と呼ばれるそれは、通常は大地の奥深くで脈々と流れているが、世界各地に点在する龍穴から大気へと霊力を放出している事が知られていた。

無尽蔵の霊力の泉とも云える龍穴だが、ただ人がそれを支配する事は叶《かな》わない。

だが、間接的に支配する知識は存在している。

——神柱《かみ》に依る支配。

秩序そのものである高次の存在が龍穴を支配する事で、その土地に神柱の恩寵が満たされる。地を生きるただ人は、その加護の下に繁栄が赦《ゆる》されるようになるのだ。

ベネデッタが奉じる『アリアドネ聖教』も、西巴大陸で最大の龍穴を聖地として擁《よう》し、大陸のその他の龍穴とそこに住まう神柱を眷属《けんぞく》神として支配する事で、大陸最大の宗教として君臨していた。

だがその繁栄も過去のもの。『アリアドネ聖教』の凋落《ちょうらく》は、誰の目にも明瞭《めいりょう》なものであった。

状況が変わったのは、蒸気機関の台頭で貿易航路が安定した数年前。龍脈《レイライン》を観測して地図を作成する星導観測局が、一つの論文を提出したところから始まった。

——曰《いわ》く、東の果ての島国、高天原に、龍脈《レイライン》の始まりとなる地を発見した、と。

龍脈《レイライン》の始まりとなる地の発見に、上層部である枢機委員会、特に主席枢機卿であるステファノ・ソルレンティノが色めき立った。

強引な権力の専横と軍備の拡大。目の前にいる司教、ヴィンチェンツォ・アンブロージオが実行可能な聖地回復作戦を上奏した事により、使節団とは名ばかりに今回の派遣が決定されたのだ。

『聖典「ヤソクの民の旅路」第3章に於《お》いて言及されていた東の涯《カナン》とは、正にあの島の事であると、枢機委員会では専《もっぱ》らの噂《うわさ》です』

『お待ちください。それはヴァンスイールにある契約の丘の事だと、100年も前に結論が出たではありませんか』

なんとか沈黙を守っていたサルヴァトーレが、慌てて口を挟んできた。

愛国心の強いこの友人は、自身が強く信仰する本国の聖地を蔑《ないがし》ろにする噂の存在が赦せなかったのだろう。

『トルリアーニ卿、落ち着いてください』

『落ち着く⁉ 我らが聖地、延《ひ》いては我らが神柱《めがみ》が貶《おとし》められたのですよ？ 何を落ち着けと‼』

『卿。噂ですよ、ただの噂です』

興奮のあまりか、上司であるアンブロージオに食って掛かるサルヴァトーレを、アレッサンドロとベネデッタで抑え込んだ。

『何方《どちら》にしても、高天原が豊潤《ほうじゅん》な恵みである事実は変わりません。にも拘《かかわ》らず、我らが唯一神を差し置いて神柱を僭称《かた》する蛮神共が、この島に5体も巣食っている』

興奮冷めやらぬサルヴァトーレを意に介さず、アンブロージオはベネデッタたちへ背を向ける。

『その事実は理解しています。故に、枢機委員会は我らの派遣を決定したのですから』

お願いだからこれ以上、サルヴァトーレを刺激する発言は慎んでほしい。

言外にそう懇願するベネデッタを余所《よそ》に、アンブロージオの独白めいた演説は続く。

『聞けば、宣教会は５００年もの間、遅々として進まない教化をあの地で続けて満足しているだけとか』

アンブロージオは、懐から手布《ハンカチ》を取り出して芝居掛かったように口元を覆ってみせた。

『温《ぬる》い。何とも、生温い。我らは、唯一神たるアリアドネの尖兵《せんぺい》としてあの島を支配する蛮族を導き、栄光の礎たる龍穴を我ら「アリアドネ聖教」の手で適切に管理してやる義務と権利があるのです』

『……理解していますとも、アンブロージオ卿。我らは女神アリアドネの威光を背に、聖地回復運動《レコンキスタ》へ殉ずる覚悟をもってこの地に来たのですから』

『聖女さまの断言とは心強い。――では、手抜かりなくお願いします』

ベネデッタは、アンブロージオが時折見せる妄信的な興奮をできるだけ刺激しないよう言葉を選びながら、同意の意思だけを示した。

嘘は口にしていない。ベネデッタの断言にその事実だけを確信したアンブロージオは、満足そうに通廊の向こうへと去っていった。


『あの男、随分と云いたい事だけを吐き捨ててくれた！』

『気にするな、トルリアーニ卿。故国に帰れば、所詮、小者の一人に過ぎん』

憤懣《ふんまん》遣る方無い様子のサルヴァトーレたちを背に、ベネデッタは思考の淵《ふち》に沈んだ。

様々な思惑が絡んだ今使節団の詳細は、ベネデッタすら知らされていない。

しかし妄信的なあの眼差しに、見えてこない恐怖をベネデッタは危惧《きぐ》した。

『アンブロージオ卿が準備を終える前に、私たちも目的を急ぎます。――差し当たっては、租界の代表と顔を繋《つな》ぎましょう』

『そうだな』

だがそれは、ベネデッタも同じ事。枢機委員会の長《おさ》たるステファノ・ソルレンティノが率いる主戦派とは、見ている未来の方向が違うのだから。

晴れ渡る天を仰ぐ。波国《ヴァンスイール》にいた頃とは違う、淡く高い——それでも続いていると信じられる青い空。

『ね、トト』晴天が誘う甘い思い出が、ベネデッタを攫《さら》う。

『——ゼノベアを覚えている？』

『お姫さまが勘気を起こした翌日に、下町へお忍びに行った事くらいかな』

『ええ、そう』

今でも覚えている。白い壁が迫るほどに細い路地を抜けた先、漁師と商人で賑《にぎ》わう露店と帆の林立する港。

——青と青を別け断つ、一筋の水平線。

当時から枢機委員会の監視下にあったベネデッタ・カザリーニが覚えた感動は、今も尚《なお》、褪《あ》せる事無く記憶に刻まれていた。

『あの海の向こうはどうなっているのか、凄《すご》く気になった。——縛られた家名を捨てて、自由に旅をして』

『何時《いっ》かはできるさ』

『無理よ。大洋を越えても、主戦派の息から逃れる事はできなかった。それに、』

サルヴァトーレの慰めに、ベネデッタは頭《かぶり》を振った。

『聖下と波国《ヴァンスイール》を見捨てるなど、羊飼いたる私たちに赦される自由ではない』

嘗《かっ》ての聖伐で敗北した代償として、当時のカザリーニ家は大きく力を削《そ》がれた過去がある。

主戦派の台頭と暴走は、当時から続く爪痕《つめあと》だ。

『救いを求める民たちに、聖アリアドネの教えを。共に斉しく世界を満たすのは、西へ吹き渡る風なのだから』

何処《どこ》へ辿《たど》り着《つ》いたとしても、彼女は波国《ヴアンスイール》の姫。

ベネデッタの足が、決意に立ち止まる。

——その先に在る扉を開けると同時に、響き渡る聖歌。

鴨津租界に住む『アリアドネ聖教』の敬虔《けいけん》な信徒たちが万雷の歓迎を以《もつ》て迎える中、ベネデッタは中央に据えられた主祭壇に立ち無垢《むく》の笑顔を信徒《こども》たちに向けた。

『聖アリアドネは告げられました。——西方の風が満ちる地に繁栄を、人は生きるもの全てを導くべく、母たるアリアドネに傅《かしず》くべしと……』

◇

同刻、南部珠門洲《しゆもんしゆう》、長谷部領《はせべりよう》、鴨津《おうつ》。

守備隊の屯所は、何処であっても大体が同じ造りになっている。

事務所と装備品を保管する戦具倉庫。——そして何よりも、精霊技《せいれいぎ》を主に鍛錬するための道場。

それは、鴨津であっても変わりはしなかった。

無論、精霊技だけではない。

身体《からだ》の完成していない子供が多くを占める練兵の鍛錬も、その目的の一つだ。

夜番や不寝番《ねずのばん》、そして日の糧を得るための奉公。その合間にある朝夕の数刻だけが、練兵たちを生き残らせるための貴重な時間である。

しかしここ暫くの練兵たちは、気も漫《そぞ》ろに道場の一角へと視線を泳がせるばかり。

——まったく。気持ちは分からんでも無いが、こうも浮き足立つかね。

鴨津守備隊の隊長である峯松義方《みねまつよしかた》は愚痴混じりの嘆息を堪《こら》え、練兵たちが向ける視線の先を見遣った。

その先に立つ晶《あきら》と咲《さき》が、一挙手一投足を揃《そろ》えて樫《かし》材の床を踏み鳴らす。

攻め足からの大上段《火行の構え》。

「吹《フ》ッ」」

——疾《シッ》‼

同時の呼吸で振り下ろされる木刀と薙刀《なぎなた》が、削ぐように虚空を断ち割った。

残心から滑らかにもう一度、二つの切っ先が天を指す。

「吹ゥッ‼」」

焼き直しのように切っ先が叩《たた》き落とされ、その度に樫材の床が軋《きし》みを上げた。

——そして又、もう一度。

木刀が振り下ろされる度に、晶や咲の肌から珠と噴き上がる汗がしとどに落ちる。

何処か鬼気迫るその様相に魅入られたか、少年たちが息を呑《の》んだ。

「——練兵《ガキ》ども、手を休めるなぁっ！　そんなに暇なら、走り込みに行かせるぞぉっ‼」

「「す、すいませんでしたぁっ」」

峯松の号声一下、我に返った少年たちが素振りを再開する。

急《せ》かされた挙句の木刀は不揃《ふぞろ》いのまま天を指し、気息を整える事なく踏み込んだ練兵たちの攻め
足は不協和音で床を鳴らした。

早朝から行われていた練武の時間もやがて終わり、晶は道場の庇《ひさし》の下で一息をついていた。

手拭《てぬぐ》いで流れ落ちていた汗の跡を拭い、竹筒に入った水を口に含む。

海が近い事もあってか遠くに潮気を感じる清水が、咽喉《のど》を伝って胃腑《いのふ》に染みた。

「は、ぁっ」

「お疲れ様、晶くん」

深く息を吐いて満足に浸る最中。

教導である少女が、定位置となりつつある晶の左隣へと腰を下ろす気配がした。

――無意識に身動ぎをする。

晶と触れ合うほどに近く腰を下ろした咲との間に、拳《こぶし》二つ分ほどの空間が空いた。

お互いに意識しているのか、していないのか。

雰囲気の妙味すら判別のつかないままに、晶に倣って咲は自身の竹筒から清水を呑んだ。

こくり、こく。可愛《かわい》らしく上下する咽喉に自然と吸い寄せられるが、慌てて視線を逸《そ》らす。

「——咲お嬢さまも、お疲れ様です」

「うん。どうせなら、誰かに師事を仰ぐか仕合を組んでほしかったけれど、今の状況じゃ無理な話よね」

「はい。『導きの聖教』も、妖刀を持ち出して以降は音沙汰《おとさた》も無いですし」

「妖刀か。……仕込みは随分と手間を掛けていたのに、証拠の隠滅は杜撰《ずさん》なのが気に掛かるのよね。あれじゃ、難癖付けるのにも容易だと思うんだけど」

「公安《武藤》どのも同じ指摘をしていました。しょっ引くのは簡単ですが、どうにも違和感が残ると。……確証を得るためにも、明日もう一度、陸斗《りくと》と共に立槻村《たちつきむら》へと向かうそうです」

「私が動けない間に、晶くんは勝手に先行したもんね。——ならそちらは武藤《むとう》殿に任せて、私たちは自分の仕事に集中しましょう」

大きく伸びをして、咲は中庭に敷かれた砂利の上へと降り立った。

蹴立《けた》てた白い玉砂利が小さな波紋を跡に残し、翻る少女の掌《てのひら》が晶の右手を引き寄せる。

「仕事ですか、——お嬢さま!?」

勢いに釣られて、蹌踉《よろ》けた晶の足が玉砂利へと乱れた波紋を刻んだ。

転ぶほどの無様までは晒《さら》す事なく堪えた晶の肩に、咲の手が落ちる。

「一本取ったり。晶くんは、まだまだ精進あるのみ」

「参りました。——それで、仕事とは？」

悪戯《いたずら》に微笑《ほほえ》む咲の笑顔に、晶は苦笑して本題を促す。

晶の問い掛けに、道着の襟元を直しながら咲は表情を引き締めた。

「久我《くが》家から山狩りの依頼が来たわ。北東の山に巣食う猿《ましら》の群れが下りる気配を捉《とら》えたって。近くには村もある、水際で抑えるわよ」

「――――判りました」

穢《ケガ》レとの新たなる闘い。強張《こわば》る感情に、晶の表情も引き締まる。

――統紀3999年、葉月《8月》10日。

穢《けが》れた猿の一群が鴨津へと牙《きば》を剥《む》く一報が、晶たちの戦いに新たな局面を運んできた。

1話　宴《うたげ》を前に、猿が笑う　1

三日月が見下ろす夜半。鴨津北部の山麓《さんろく》を時ならぬ喧騒《けんそう》が襲っていた。

――吼《ホ》、哮《ホ》、朋《ホウ》、甫《ホウ》、甫《ホウ》‼

瘴気《しょうき》に腐り果てた夜気を裂いて、猿の猛る咆哮《こえ》が響く。

抗《あらが》う能力の持ちえない者ならば、生きる気力も根刮《ねこそ》ぎ奪われてしまうであろう卑賤《いや》しい獣声。

猿は本来、知恵が回るだけ臆病《おくびょう》な性格《タチ》をしている。

だが、この日。群れ成す穢獣《けもの》共の欲望は突如として、ただ人の灯明《あかり》が息衝《いきづ》く鴨津の街並みへと溢《あふ》れ出た。

警告だけを残して、山間《やまあい》の集落が一つ消える。

集落が稼いだ貴重な情報と僅《わず》かな時間。それらを基に領主である久我法理《ほうり》は、猿とそれを率いている化生の討滅を目的とした山狩りを命令した。


パチパチと薪《まき》が爆《は》ぜる音と共に、穢獣《けもの》封じの松明《たいまつ》から流れる煙が瘴気に粘つく山間を清めながら広がっていく。

流れていく煙に護《まも》られながら、大勢の足半《あしなか》が山道を覆う落ち葉を踏み締めた。

夏の山中に籠《こも》る草熱《くさいき》れの中、守備隊の男たちが荒く息を吐く。

その表情《かお》に恐怖は浮かばず、そこに垣間《かいま》見《み》えるのは穢《ケガ》レを狩る興奮だけ。

遠くに見下ろす山麓の方向から、青の信号弾が打ち上げられた。

狩りの合図。

「半鐘を鳴らせぇっ」

――かあぁぁぁん……。

鴨津の守備隊を纏《まと》める峯松義方の号声に、獣除けの半鐘が幾重にも打ち鳴らされた。

――吼《ホ》、哮《ホ》、吼《ホ》、哮《ホ》、吼《ホ》ッ⁉

清めの呪《しゅ》を乗せた煙に、山奥へと散り逃げる選択肢は塞《ふさ》がれている。

僅かに残った煙と煙の隙間に生き残る可能性《みち》を懸けて、獣除けの半鐘に追い立てられた猿の一群は先を争うように殺到した。


遠くから近くから、狂奔《きょうほん》する猿の戦慄《わなな》きが山を揺るがした。

肌がひりつかんばかりの瘴気を伴った雪崩《なだれ》が、山麓の一隅に広がる平原を圧《お》し潰《つぶ》さんとばかりに響く。

その真反対側にある、小高い丘の頂。溢れるであろう穢《ケガ》レの到来を待ち望んでいた視線が、狂騒に揺れる平原を見下ろしていた。

「……追い立てに成功したな」

「はい。斥候から上げられた報告通り、ほぼ全てが猿の群れです。冬の籠り支度でも無い時分に臆病な猿が山から下りるなんて、――鴨津では珍しくないのですか?」

獣除けの松明が立てる熱波に煽《あお》られたか、吹き上がる山風で羽織の裾《すそ》を揺らしながら久我諒太《りようた》が呟《つぶや》く。

睥睨《へいげい》する視線の先では、獣除けの煙が平原の逃げ道を塞ぎゆく様がよく見えた。

諒太に一歩を譲る後方で佇《たたず》む帯刀埜乃香《たてわきののか》が、頬に指を当てて応じる。

「いいや、鴨津でも相当に珍しい。――咲。名瀬《なせ》領じゃどうだ?」

「偶《たま》に見掛けるくらい。――いないって訳じゃないけど、そもそも猿は北寄りの穢獣《けもの》だし」

諒太が投げた話題に応じつつ、咲は傍らに立つ晶へと視線を向けた。

「晶くんは、猿を相手にするのは初めてよね。大丈夫?」

「はい。かなり大きな群れのようですが、猿の群れはこれが普通ですか?」

「ううん。猿は大きな群れを形成するものだけど、この規模は珍しいわ。……もしかしたら、」

「――本当か?」

晶の疑問に応じる咲の背中から、年配の男が声を上げる。

伝令からの報告を受け取ったのだろう。鴨津守備隊の隊長を務める峯松義方が、晶たちへと向き直る。

「久我《くが》さま、斥候からの報告が上がりました。群れの奥に白毛の巨猿を確認、――猩々《しようじよう》です」

猩々。苦く告げられたその響きに、晶を除くその場に立つ全員の表情に緊張が走った。

その化生と相対した記憶は、咲たちにも鮮やかに刻まれている。

一人前に衛士《えじ》と目されるためには、単独でその首級《しるし》を上げる事が条件となる化生の名前。

「久我くん。鴨津の面子《メンツ》に横槍《よこやり》を刺して悪いけれど、今回の相手は譲ってちょうだい」

「……ち」「――諒太さま」

舌打ち一つで応じようとする諒太を、埜乃香が脇から窘《たしな》める。

尻《しり》に敷かれている自覚はあるのか、気まずそうに視線を逸らして、諒太は吐き捨てるように咲へと譲ってみせた。

「判っているよ。――精々、感謝してくれ。猩々狩りはタダじゃない」

「ええ。輪堂家からの補填《ほてん》は考えているわ。――晶くん、猩々は知識にある？」

時間も無いため、諒太との打ち合わせは短く留《とど》め、後方に控える晶に目線を移す。

その意図を充分に理解して、硬い表情で晶は首肯だけを返した。

「……猩々を単独で下す事が、防人《さきもり》として認められる最低条件だと」

「うん。私たちが猿を掃滅するから、晶くんは猩々に集中して」

「――判りました」

晶の腰に結わえられた落陽柘榴《らくようざくろ》が、濡《ぬ》れたような臙脂《えんじ》の鞘《さや》から鯉口《こいくち》をカタリと鳴らす。

「大丈夫、猩々は練習台程度の弱い化生よ。日頃の訓練を忘れなければ、然程《さほど》に苦労も無く下せるわ」

晶の緊張に気付き、咲は柔らかく微笑んだ。

己がこれまでも向けられた記憶の無いその笑顔に、諒太の表情に嫉妬《しっと》が走る。

だが、そんな感情に引きずられる状況でもない事くらいは自覚している。舌打ち一つに苛立《いらだ》ちを止《と》めて、見下ろす平原に意識を集中させた。


赤黒く脈打つ瘴気の波濤《なみ》が平原を囲む木々を騒《ざわ》めかせ、大規模な穢獣《けもの》どもの肉薄する様を報《しら》せる。

大きく一つ、二つ。寄せては引く瘴気の潮騒《しおさい》を数え、頃合いと見たか諒太は丘を駆け下り始めた。

「先に行くぜ！」

「混戦になりかけているから、範囲技は避けてね！　特に猩々は巻き込まないで‼」

――なんだよ、咲《さき》の奴《やつ》。外様《よそ》モンにばかり気を向けやがって‼

緒戦に赴く背中にかけられた言葉に、諒太の身を案じる響きは無い。

咲の憂慮が晶《あきら》の利益を第一に案じている事実に、云《い》いようのない妬心《としん》が諒太の内心に湧いた。

抑える事のできない感情のままに、機先を制すべく己の精霊器を脇に構える。

それは土行のみならず、全ての精霊技《せいれいぎ》にとって最初期と目される精霊技。

月宮流《つきのみやりゅう》精霊技、初伝――。

「――延歴《えんれき》‼」

荒い感情のままに、迸《ほとばし》る精霊力が応える。

雑木から転《まろ》び出た猿の赤ら鼻に、捻《ね》じれた衝撃の刃《やいば》が喰《く》い裂かんばかりの勢いで殺到した。


――吼《ホ》、哮《ホ》、朋《ホウ》！　、哮《ホ》ォオオオッツ⁉

見えぬ牙に喰い裂かれるかの如《ごと》く、先頭を駆ける猿の頭部が半ばから抉《えぐ》られる。

崩れ落ちる後方。恐慌に陥る猿の群れの只中《ただなか》へと、諒太がその場に飛び込んだ。

退路を塞いだ諒太は、見た目には年相応としか見えない。

突破は易いと判断した猿が数匹、牙を剥き出しに飛び掛かった。

威嚇するだけが能の戦果《エサ》に、鬱憤《うつぷん》の晴らしどころを求めていた諒太の口の端が嗜虐《しぎやく》に歪《ゆが》む。

——抜き放たれた精霊器の刀身、その切っ先から半ばまで炎に包まれた。

放つは目の前に炎を落とす中規模範囲の精霊技、
月宮流《つきのみやりゆう》精霊技、中伝——

「——夏断落《かだんお》としィッ‼」

炎の塊が中央の猿を両断、弾《はじ》けるように生まれる業火の群れが残りの数匹を呑《の》み込んで灼《や》き尽した。

「久我《アイツ》っ！　また指示を無視して‼」

基本的に平地を嫌う猿の群れを、雑木の無い平原まで誘引してきた苦労。

守備隊の苦労を台無しにしかねない暴挙に、咲は歯噛《はが》みをした。

諒太が向かった先で炎が乱舞し、舐《な》めるように紫電が地を這《は》う。延焼を誘発しやすい火行や金行の精霊技の連発は、間違いなく意識してのものだ。

この独断専行の癖があるからこそ、今一、咲は諒太に信頼を置けないのだ。

月宮流《つきのみやりゆう》は全ての門閥流派の始まりたる流派である。

取りも直さずそれは、全ての精霊技の基礎が月宮流《つきのみやりゆう》に存在するという事実を意味している。

これこそが土行の精霊が強力と云わしめる原点、月宮流《つきのみやりゅう》は他の門閥流派に属する精霊技をある程度まで模倣できるのだ。

「――私が抑えます」

群れの只中で弾ける火焔《かえん》が、夜風を煽る。猿が平原から散らばりかねない危惧《きぐ》に、埜乃香が進言を残して丘から夜闇へと地を蹴《け》った。

「あっ、……もうっ‼　――私も征《い》くわ！　晶くんは、猩々を待って丘から下りて‼」

「はいっ‼」

駆ける、翔《か》ける。ともすれば空中に足を取られてしまいそうな速度で、埜乃香は諒太のもとへと疾走《はし》った。

己の精霊器《えもの》である2尺8寸《約84cm》の太刀《たち》を大きく掲げ、精霊力を一瞬で練り上げる。

それは現神降《あらがみお》ろしの強化倍率を激甚に引き上げる、玻璃院流《はりいんりゅう》の真骨頂。

玻璃院流《はりいんりゅう》精霊技、初伝――。

「唸《うな》り猫柳《ねこやなぎ》‼」

玻璃院流《はりいんりゅう》は他流に比べて、遠間の敵を倒す精霊技の種類が少ない。

だが、内功に属する身体強化の巧みさと間合いを管理する中距離の精霊技に関しては、他流のそれを圧して余りある。

昂進《こうしん》する身体能力に物を云わせ、感情のまま荒ぶる諒太へと跳ね飛んだ。

殆《ほとん》どのあらゆる生き物にとって、頭上は基本的に死角である。それは、衛士や果ては穢獣《けもの》であっても変わりは無い。

穢獣《けもの》が埜乃香を見失う隙を突き、素早く精霊力を練り上げた。

薄く、だが精緻《せいち》に、精霊器へ精霊力《ちから》を注ぎ込む。

玻璃院流《はりいんりゅう》精霊技、止め技《とどわざ》。

「――下野弾《しもつけはず》み‼」

諒太の眼前に降り立つ格好《かたち》で、埜乃香は太刀を地面に叩《たた》きつける。

薄緑の精霊力《ちから》が少女の羽織を宙へと踊らせ、波濤《なみ》と奔《はし》らせながら周囲に圧し広がった。

波打つ精霊光が繁茂する草花の根の如く猿《ましら》の動きを縛り、その都度に諒太の広げた炎を消し飛ばす。

土行の精霊技は、他行《ほか》の精霊技を模倣する。

しかし、飽《あ》く迄《まで》も土行の精霊力を下地にしている事には変わりはないのだ。

木克土。土行の精霊技が唯一、膝《ひざ》を屈し得る流派。

それが玻璃院流《はりいんりゅう》であり、帯刀埜乃香が諒太のもとに嫁いだ最大の理由であった。

「――諒太さま、猿を釣り出すのもタダでは無いんです。守備隊の方々の努力を、無駄にするお心算《つもり》ですか？」

「……け、けどよ、埜乃香」「諒太さん、、」

諒太が上げようとした無気《なけ》なしの反駁《はんばく》は、埜乃香の変わらぬ笑顔に押し潰される。

二句を失い口の中で形にならない文句を口籠《くごも》らせた後に、大きく舌打ち一つ。

諒太は埜乃香に背を向けて、何も口にする事なく猿の掃討に戻った。

諒太の行動を掣肘《せいちゅう》した埜乃香は、戦闘中に妙な反駁を見せなかった事に大きく息を吐く。

——その時、
埜乃香の放った下野弾《しもつけはず》みの効力が失われ、躯《からだ》の自由を取り戻した猿の数匹が、獰猛《どうもう》に爪を振り翳《かざ》し埜乃香へと殺到した。

「——百舌貫《もずぬ》きィッ‼」

その脇腹を、裂帛《れっぱく》の気合と共に放たれた火焔の槍《やり》が串刺《くしざ》しに貫く。

業火の槍と変じた精霊器《薙刀》を突き込んだ咲が、突進の姿勢を維持したまま猿の懐深くに一歩、足を踏み入れた。

猛る戦意に、心の奥でエズカ媛《ヒメ》が高らかに笑い声を上げる。

己が宿す精霊の上げる喜びの声に押されるがまま、膨大な精霊力《ちから》が咲の薙刀《なぎなた》を菫色《すみれ》に染め上げた。

奇鳳院流《くほういんりゅう》精霊技、連技《つらねわざ》——。

「雙独楽《ふたつこま》ァッ‼」

咲の戦意が充分に籠められた薙刀の穂先が跳ね上がり、踊るように切っ先と石突が二つ重ねに真円の軌跡を描く。

業火に燃え盛る薙刀の穂先が断末魔に藻掻《もが》く猿の上半身を灼き断ち、石突きが放つ衝撃が別の猿の内臓を潰《つぶ》した。

——それだけで勢いは止まる事なく、身体《からだ》を捻《ね》じり奥で逃げ腰となる猿に向けて灼熱《しゃくねつ》の切っ先を大きく伸ばす。

薙刀は絶叫に啼《な》く猿の片腕と脇腹を大きく断ち割り、

――咆《ホ》、甫《ホウ》、哮《ホ》ォオ‼

――そこで止まった。

本来『雙独楽《ふたつこま》』は、対象二つを同時に相手取るための精霊技である。

流石《さすが》に3匹目と色気を出して、完全に威力を保てるものでは無い。

内臓と瘴気《しょうき》を零《こぼ》しながら尚《なお》も戦意を失わないのか、猿は牙《きば》を剥《む》き出して薙刀を掴《つか》んだ。

「――穢獣《けもの》風情が精霊器を汚《けが》すか」

菫色の精霊光を立ち昇らせた少女の目尻《めじり》が瞋恚《しんい》に歪み、薙刀を捻じり更なる精霊力《ちから》を注ぎ込む。

奇鳳院流《くほういんりゅう》 精霊技、連技《つらねわざ》――。

「鉢冠《はちかぶ》せ‼」

――撞《ド》ゥンッッ‼

薙刀を伝って爆音と衝撃が咲の両腕を突き揺らし、穂先に生まれた爆発が猿の腹部を喰い破る。

「吹《フ》ぅうう」

周囲の猿が及び腰になった頃合いを見て、咲は大きく呼気を吐いた。

「お見事です、咲さま」

「ありがと、久我くんは？」

「――問題は無いでしょう。また手間に我慢ができなくなったら、私が抑えます」

油断なく太刀を構えながら声を掛けてきた埜乃香が、ちらりと反対側で狩りに興じる諒太の様子を確認する。

先刻に釘《くぎ》を刺した事が堪《こた》えているのか、剣技と精霊技で猿を潰している姿勢に変わりは無い。

埜乃香の断言だ、信頼はできるだろう。咲は肩の力を抜いた。

「埜乃香さん、私たちは猿の掃討に専念しましょう。一匹も逃さないように。もし雌《メス》猿を逃したりしたら、目も当てられない事になる」

「はい、心得ております」

咲の懸念に、埜乃香は迷いなく肯《うべな》いを以《もつ》て応じる。

――その時、
チリチリと生命《いのち》を木枯《こが》らす瘴気の風が、暗闇の向こうから木々を騒めかせた。

揺れる瘴気に中《あ》てられ見る間に腐り落ちる青葉が、咲たちを挑発するかのように夜闇に舞い散る。

――刺《シ》、屍《シ》、死‼

嘲《あざけ》りにも似た独特の叫声《きょうせい》が己は此処《ここ》にいるぞと云わんばかりに猛り、木々を腐り折りながらその主たる存在《モノ》がゆっくりと闇の奥から姿を現した。

――刺《シ》、屍《シ》、……憎《ニク》シ！　脆《モロ》シッ‼

5尺9寸《約180cm》、それの背丈はそれほどでもない。

だが、白く強靭《きょうじん》な体毛が表皮を覆い、濃密な瘴気が更にその周囲を守っている。

立ち振る舞う背格好は、猿よりも人間寄り。黄昏《誰そ彼れ》の向こうで手を振られたら、知り合いかと勘違いしそうになるくらいには近かった。

それは森の奥に潜む穢《ケガ》れた猿どもの支配者《あるじ》。

白毛大猿の妖魔《ようま》、猩々《しょうじょう》である。

「――不味《まず》いわね、何人か喰ってる」

「はい」

狙い通りの目標を釣り出せたのにも拘《かかわ》らず、咲の表情に苦みが走った。

猩々は非常に臆病《おくびょう》で狡猾《こうかつ》な性質をしている。

まず単独では行動しない。猩々同士では群れないが、猿の群れを見つけると親玉と挿《す》げ替わり、群れを乗っ取る事が知られていた。

単体としての脅威は、そこまででは無い。

しかし、猩々の脅威はその知性、その源泉にこそある。

山間《やまあい》へと彷徨《さまよ》い込んだ人間の脳髄を啜《すす》り、その知恵を簒奪《さんだつ》するのだ。

つまりは、喰らった人間の数だけ脅威の度合いが高くなるという事。

濃密な瘴気で猿の群れを穢《ケガ》レに堕《お》とし、その王として君臨する妖魔。

猿どもの偽王。それこそが猩々であった。

「……どうしますか？　私たちで弱らせてから、晶さんに当てる方法もありますが」

目の前の猩々は幾らかの人語を発していた。

それが意味するのは、人語を理解できる程度には人間を喰らっているという事。

――つまり、それだけ脅威という事だ。

それでも、咲は埜乃香《ののか》の提案に頭《かぶり》を振った。

山狩りの予定で、猩々が釣れたのだ。これ以上を求めればキリが無い。

逆に考えれば、これは千載一遇の機会なのだ。強ければ強いほど、厄介であれば厄介であるほど好機である。

——最低限、対人戦闘の仕上げに当てるなら丁度いい。が、対人戦闘の仕上げに最高の相手になった、とも云《い》えるのだし。

猩々が衛士《えじ》の登竜門と指される最大の理由は、人間の格好をした化生だからだ。

衛士となった以上、晶も何時《いつ》かは人間と対峙《たいじ》する瞬間がやってくる。その時に足踏みをしないよう、人斬りを疑似体験させるための相手。

「いいえ。問題無いわ。——それに、もう来てる」

そう埜乃香に応じた咲の背中を、一陣の風が吹き抜けていった。

朱金の神気が夜空に舞って踊り、炎の閃《ひらめ》きが一条、虚空《くう》を裂く。

それは奇鳳院流《くほういんりゅう》における突きの精霊技、

奇鳳院《くほういんりゅう》流 精霊技、初伝——。

「雲雀《ひばり》突き‼」

颶風《かぜ》を捲いて地を駆ける。落陽柘榴《らくようざくろ》を携えた晶《あきら》が迷いなく、猩々の土手腹《どてっぱら》に槍の如《ごと》き炎の突きを叩き込んだ。

1話　宴《うたげ》を前に、猿が笑う２

「――雲雀突《ひばりづ》き‼」

晶から放たれた火焔《かえん》の一撃が、雲耀《うんよう》の閃きを以て猩々の土手腹《どてっぱら》に吸い込まれた。

現神降《あらがみお》ろしを行使《つかっ》した上で、充分に加速の距離をとった最速の一撃。

それは外す事の方が難しい一撃、のはずであった。

――だが、

神速のうちに放たれた炎の槍が虚空を貫き、勝利を確信していた晶の瞳《ひとみ》が開かれる。

思考と共に動きも止まりそうになるが、全力で回避を叫ぶ第六感《本能》を信じて前方に身体を投げ出した。

――刺《シ》、屍《シ》、死《シ》ィイイツッ‼

耳障りに嘲《あざけ》る叫声が、頭上から圧《お》し潰さんと降ってくる。

――撞《ド》オンッッ‼

轟音《ごうおん》。晶の視界よりも高くに跳躍した猩々が、瘴気と妖魔の膂力《りょりょく》を以て晶の立っていた場所に両腕を叩きつけた。

瘴気混じりの剛風が踊り、猩々の振り回す腕の勢いのままに晶に向かって吹《ふ》き荒《すさ》ぶ。

その脇の下を転がるように潜《くぐ》り抜けて、晶は必死に猩々の攻撃圏内から逃れようとした。

――虚《ムナ》シ、愚《オロ》カシィッ‼

晶を弱者と嘲る叫声が響く。白毛の大柄な体躯《たいく》が振り被《かぶ》り、その奥から瘴気を纏《まと》った拳《こぶし》が放たれた。


――死ぬ！


身の危険から半身を捩《よじ》ると、寸で蟀谷《こめかみ》を掠《かす》めて拳が通り過ぎる。

猩々の放つ追撃の嵐に抗《あらが》い、晶は必死に落陽柘榴《らくようざくろ》を拳に合わせた。

落陽柘榴《らくようざくろ》に籠められた神気と猩々が纏う瘴気が、撃音と火花を散らして互いを削る。

嗜虐《しぎゃく》に歪《ゆが》む猩々の赫《あか》い濁光《視線》と、死の恐怖に揺れる晶の視線が火花に照り返されて消えたその時、

――隠し持っていた火撃符が晶の指を離れ、猩々の眼前を舞った。


右手が剣指を象《かたど》り、返る一挙動が霊糸を斬る。

刹那《せつな》、轟音と共に爆炎が膨れ上がり、呪符に封じられていた炎が解放された。


――迂《ウ》ァアァァアンッッ！！？？


忌避すべき浄化の炎に煽られ、猩々が啼き喚《わめ》く。

頑是無い子供のそれに似た、憐れみを掻き立てる響き。

袈裟に落とそうとした晶の太刀筋が鈍り、距離をとって落陽柘榴《らくようざくろ》を構え直した。

幼児そのものの啼き声は、理性が理解をしていたとしても覚悟が揺らぐ。

思わず震えそうになる感情を鼓舞し、晶は自問自答を繰り返した。


――斬れるか？　子供そのものの啼き声を。

だが、どうあっても斬るしかない。

狸々は化生《中位の穢レ》としては下位であるが、その性質は臆病で執念深く、――厄介極まりない。

逃がす訳にはいかない。ただ人の里に下りられたら、それこそ被害が余計に広がる可能性があるからだ。

それに、晶自身の都合もある。

人間の知識を簒奪し、背格好《なり》も非常に近い狸々は、当然、戦い方もその見た目に倣《なら》っている。

それは対人戦闘、それも防人《さきもり》を想定した仮想敵として最適の脅威度を備えている事を意味しているのだ。

粗くでも呼吸《いき》を整えて、現神降《あらがみお》ろしを行使する。

――対人の仕合に於《お》いては、精霊技《せいれいぎ》の一撃よりも竹刀《しない》の一撃の方が速い。

技術《わざ》の駆け引きに於ける明暗は、速度がその優劣を決定する。

生命を賭《と》したこの局面で蘇《よみがえ》った厳次《げんじ》の教えに、漸《ようや》く一つ晶は大きく首肯した。

晶の足元で爆発したかのように落ち葉が舞い散り、吹き荒ぶ颶風《かぜ》すら置き去りにする速度で加速する。

精霊力の充溢《じゅういつ》した落陽柘榴《らくようざくろ》を水平に薙《な》いで、現神降《ちから》ろしに任せた吶喊《とっかん》。

朱金の精霊光が棚引く軌跡を虚空に刻み、放たれた平薙ぎの一撃は狸々の左腕を正確に捉《とら》えた。

激突。

――甘《アマ》シッツ‼

狸々の腕に濃密な瘴気が凝《こご》り、浄滅の意思を宿した落陽柘榴《らくようざくろ》の刃《やいば》が喰《く》らい合う。

拮抗《きっこう》は一瞬。左腕に凝った瘴気が弾《はじ》け散るのと同時に振り抜かれた狸々の腕が、晶の身体を撥《は》ね飛ばした。

確かに、ただの剣技は精霊技の一撃よりも速い。

だが、決定的な威力に欠ける事もまた事実。猩々の剛力に抗えるほどに、晶の現神降《あらがみお》ろしは錬磨されていなかった。

晶が穢レ《ケガ》相手に決定打を得るためには、精霊技を以て相手の防御を食い破らなければならない。

「――っっ、まだまだぁっ‼」

舌打ち一つ。容易《たやす》く空中に浮く己の身体に苛立《いらだ》ちを覚えるも、大きく振り薙いだ猩々の脇腹が外気に曝《さら》された事実に心が逸《はや》る。

心の中で仔狼《矜持》が猛り吠《ほ》えた。

――まだ立てる、まだ征《い》ける、まだ噛みつける！

喰らいつけ‼

猛る咆哮《ほうこう》に押されるままに両手両足を地面に踏み締めて、転がろうとする慣性を強引に耐えた。

立ち昇る土煙。猩々の膂力を凌《しの》ぎきった証明《あかし》を、4条の傷跡《あと》として地面に刻み、
奇鳳院流《くほういんりゅう》精霊技、初伝――。

「――燕牙《えんが》ぁっ‼」

己が宿す膨大な精霊力に任せて、炎の斬撃を放った。

燃え盛る一撃が夜気を引き裂きながら猩々に肉薄、

――刺《シ》ッッ！

最早、それは通用せぬと云わんばかりに嘲りながら、悠々と猩々は跳躍を以て回避した。

……なるほど確かに。あからさまな一撃ではこの猩々に届かせる事もできないだろう。

この大猿《おおましら》の首を獲《と》るために、隙が生まれるのを待つなどできない。

隙を強請《ねだ》るなど論外だ。

――できる事はただ一つ、
高く跳躍した猩々は、遥《はる》か眼下、己の着地点《あしもと》で燃え盛る刃を携えた矮小《わいしよう》な弱者《晶》が待ち構えている姿を見止《みと》めた。

――死《シ》ッ⁉

鋭く交差する視線。晶の戦意は陰りを見せていない事に、猩々の背筋は云いようなく粟立《あわだ》つ。

警戒心が回避を叫ぶままに必死に逃げ道を探るが、そんなもの空中に在りはしない。

仕方ない。拙い思考で刹那の覚悟を決める。

引きずり出せるだけの瘴気《しようき》で隙間なく躯《からだ》を覆う。あれの一撃は手痛いが、高密度の瘴気で防ぎきれる事は先刻の攻防で証明済みだ。

その後は逃げる。全力で瘴気を撒《ま》き散《ち》らして、嫌な煙を突破する。

ここまで大きくした群れを失うのは残念だが、己さえ無事なら次がある。

――相貌《カオ》は憶えた。憶えたぞ。

――次は無い。次はこの猩々がお前たちを狩る番だ‼

凝る瘴気の奥で瘴気よりも粘つく嗤《わら》い、猩々は次に得られるであろう勝利に酔う。

故に瘴気の向こうで、晶が悠然と落陽柘榴《らくようざくろ》を構えた事に気付かなかった。

それが幸だったのか不幸だったのか、それは晶にも猩々にも判りはしない。

「鳩衝《きゅうしょう》」

奇鳳院流《くほういんりゅう》精霊技、初伝――。

下から上へ。鳴動する衝撃の奔流が大きく突き上がり、着地する寸前の猩々を呑《の》み込んだ。

衝撃と共に吹き荒れる朱金の神気が猩々を護《まも》る瘴気を悉《ことごと》く削り飛ばし、剥《む》き出しになった腹を夜闇の外気に曝す。

そう。隙が生まれるのを待つなど、猩々は赦《ゆる》してくれない。

できる事はただ一つ、隙を生ませて強引に抉《こ》じ開ける。

晶の実力では、それが限界。

――それだけだ。

奇鳳院流《くほういんりゅう》精霊技、連技《つらねわざ》――。

「時雨輪鼓《しぐれりゅうご》ぉっっ‼」

落陽柘榴《らくようざくろ》の切っ先に沿ってうねる火焔の渦が勢いを増し、爆《は》ぜる衝撃と共に猩々の腹を深々と斬り裂いた。

内臓を撒き散らし、腹から両断された猩々が湿った音と共に地面に落ちる。

――屍《シ》………。

末期の息を漏らす猩々の盆《ぼん》の窪《くぼ》を深々と落陽柘榴《らくようざくろ》の切っ先が貫き、大きく晶は呼気を吐いた。

己たちの主《あるじ》である猩々を喪《うしな》った猿の群れは、目に見えて統制《まとまり》を無くした。

逃げ惑《まど》うしか能の無くなったその群れは、それから4半刻《30分》もいかない内に一匹残らず鏖殺《おうさつ》の憂き目にあった。

守備隊の防人たちが精霊器を振るう中、猩々を狩った晶は1人、休息を強制されていた。

「——晶くん、お疲れ様」

「……ありがとうございます」

周囲の掃討を粗方終えた咲《さき》が、手拭《てぬぐ》いを差し出して晶を労《ねぎら》う。

どちらかと云《い》えば気疲れの方が強かったが、その労いに対して晶は短くも素直に感謝を口にした。

2人肩を並べ、しばしの沈黙が間に横たわる。

猿の掃討は続いているのか、時折、追い立てる声と猿の吠《ほ》え声が響く。

「……狩りに参加しなくていいんでしょうか？」

「不満？」

「いえ、不満じゃなくて」

気不味《きまず》さに、晶の口調が鈍る。僅《わず》か一ヶ月前まで、晶は練兵としてあの掃討戦の中に生命の危険と共に加わっていたのだ。

手持《ても》ち無沙汰《ぶさた》と云うよりは、しなければならない事をしていない、そんな焦燥感が晶の背中を押していた。

「……気持ちは判るけど、今は身体《からだ》を休めなきゃ駄目よ。人間に最も近い猩々を相手にした負担は思っている以上なの。

気付いていないだけで実際はかなり興奮しているのよ。その感情のままで動いたら疲弊した神経がささくれて、知らない間に削られるわ」

「……はい」

奥歯に物が挟まったかのような微妙な表情で、一応の肯《うべな》いを返す。

咲の提案を受け入れてはいるのだろう、だが、納得はしていない。そんなところか。

……まぁ、いい。その内にイヤでも実感する。

戦術を思考する生き物と相対する見えない負担。――それは自身の体験で、既に経験済みであった。

それに、もう一つ理由がある。

……いや、こちらが本当の理由か。

晶の気持ちが落ち着くまで、こちらはまだ明かす訳にはいかないが。

「ここに居たら気も休まらないでしょ？　後方に、……どうしたの？」

後方に下がらせようと晶を見遣ると、明後日の方向に視線を向けて首を傾《かし》げている晶の様子が視界に入った。

同じ方向に視線を向けるも、視界に入るのは遠くにある小高い山一つ。

「いえ、その……」

「気になった事があるなら云って。斥候を派遣して調べさせるわ」

「問題ありません。その、誰かに視《み》られている気がしたもので」

改めて、晶が向けた視線の先を見遣る。

やはり変わらず、何の変哲もない山間《やまあい》の夜景しか視界には映らない。

晶の懸念に今一つの緊迫感を持てない。晶とは正反対の理由で、咲は首を傾げた。

「……何も無いけど、気の所為《せい》じゃない？　気になるなら一応調べようか」

「そこまでする必要は無いです、申し訳ありませんでした。――やっぱり疲れているみたいですね、後方に下がります」

自身が口にした一言で大事を呼び込みそうになる気配に、晶は慌てて頭《かぶり》を振った。

咲の反応も待たずに、後方に設営された簡易天幕《テント》に足を向ける。

遠慮したのだろうか、晶の背を追う気配は無く。

――それが有り難いと思えたかどうか、当の晶《あきら》も判別はできなかった。

◇

事務報告か、天幕の奥から出てきた陸斗《りくと》と視線が合った。

片手を上げた晶に気付いたか、硬い表情を浮かべる。

「参加していたのか？」

「これでも正規兵だ。昨日まで抜けていたから、出戻りって冷やかされたが」

「立槻《たちつき》村は公務だろ。武藤《むとう》殿が手を回してくれたんじゃないのか？」

すれ違いざまに踵《きびす》を返し、晶は陸斗と肩を並べた。

砂利を踏む音が不協和音を奏で、やがて一つに重なる。

「峯松《みねまつ》隊長は理解してくれている。今回も参加する予定じゃなかったが、欠勤続きの埋め合わせをしろとのお達しでね」

「そりゃ、災難だ」

練兵は当然、正規兵の死亡率も莫迦《ばか》にならない事を晶は知っていた。

跳ね上がる俸給目当てに正規兵を志す者は毎年いるが、その年季も明けて生き延びる者は練兵よりもさらに稀《まれ》だ。

晶の同情に気付いて、陸斗は軽く肩を竦《すく》める。

「守備隊を務め上げろってのは、祖父《じい》さんの厳命だしな。ここで戦功を立てれば、華族へ戻れる可能性が一気に見えてくる」

「……陸斗は、華族に戻りたいのか」

躊躇《ためら》いながら問う晶へと、陸斗は首を傾げた。

「どうだろうな。――けど、」陸斗はただ、祖父の願いに従っただけだ。そして言葉は続く。

「華族であれば赦されたってのは、立槻村が奪われてから身に染みたよ。特に、村民を救うためには、絶対に必要だ」

「とは限らないだろ」

「限るさ。村が奪われた際の陳情は後回しにされたし、お陰で後手も良い処。――だから俺は妖刀を手に入れようとしたんだ」

晶は陸斗へ応える言葉を持てなかった。

華族の立場を放逐されたのは、晶も同じだからだ。

防人になる。雨月《うげつ》を見返す。晶の中に在る覚悟は確かに。だが陸斗のそれと多くを共有しても尚《なお》、陸斗の意思には届かないとの確信があったからだ。

「華族じゃなくても、できる事なんて幾らでもあるだろ」

「それは、持っている奴《やつ》の台詞《せりふ》だ。——お前は良いよな、晶。輪堂《りんどう》家が後見に立ってくれて、恵まれているじゃないか」

「俺は別に……」

晶が恵まれていないのは、晶自身が感じてきた事実である。

振り絞る抗弁も、陸斗は晶から覗《のぞ》く落陽柘榴《らくようざくろ》の柄《つか》を指差した。

「恵まれているさ。その精霊器、妖刀を斬った際にも見たが相当な等級だぞ」

「……そうなのか？」

「本性を顕《あらわ》した音々切《ねねぎ》りを一瞬で両断だぞ。陰陽《おんみょう》殺しの異能を無視って事は、甲種でも尋常じゃない出力だ。

——まるで、話に聞く神器のようだった」

嫉妬《しっと》を多分に含んでいるが、それは何気ない陸斗の感想なのであろう。

正鵠《せいこく》を得ていた陸斗の呟《つぶや》きに、晶は落陽柘榴《らくようざくろ》の柄を隠した。

晶は既に知っている。——落陽柘榴《らくようざくろ》は、間違いなく神器だ。

朱華《はねず》によって渡された神柱の二振り。

何故《なぜ》、晶がそれを振るう事を赦され、——何故、奇鳳院《くほういん》家がそれを黙認するのか。

曖昧模糊《あいまいもこ》とした周囲に置かれ、晶は自身の揺らぐ感情を覚えた。

重なっていた歩調が乱れ、晶の足が緩やかに止まる。

「どうした？」

「何でもない。——陸斗は明日からまた立槻村か？」

「ああ。前回は外周までしか近寄れなかったからな。武藤殿が、正式に久我《くが》家へと協力を取り付けてくれた」

「そうか、良かったな」

強引な話題の転換に気付かれただろうか。だが、陸斗は首を傾げるだけで、深く応える事は無かった。

暫く二人は取り留めなく雑談を交わす。

どこか上の空で聞く晶に、その記憶が残る事は無かった。

◇

「あ、……もう」

「咲さま」

反対側から埜乃香《ののか》に声を掛けられて、天幕に向けて消える晶を呼び止めることを、咲は肩を竦めて諦《あきら》めた。

久我の監視《め》が逸《そ》れている内に色々と話をしておきたかったが、全部ご破算になった形である。

「埜乃香さん、お疲れさま。——猿《ましら》の群れは片付いた？」

「粗方は。今のところ、包囲網が破られた形跡《あと》はありません」

「良かった」

今回の狩りで逃亡を赦した形跡はない。その報に、咲は一応の安堵《あんど》を胸に得た。

猩々が君臨する群れの雌猿《メス》を逃してしまえば、胎《はら》から出てきた新たな猩々が新たな群れを率いて人里に仇《あだ》を成すのだ。

――戦闘を終え、随所で青白く浄化の炎が燃え立つ。夏の夜気が熱波に煽《あお》られる中、埜乃香が咲と肩を並べた。

「咲さまは、猩々を何歳《いくつ》の時に狩られましたか」

「――2年前に。あれほどの大物では無いけれど、冬先に仕留めた事を覚えています」

突然の話題。不覚にも、咲の反応が一拍遅れた。

悍《おぞ》ましい猿の群れが咲の故郷を襲う記憶。阿僧祇《あそうぎ》厳次《げんじ》に護られ、猩々を討ち取るまでの被害は村落一つ分を数えた。

それは、咲が守備隊へと志向した根幹に根差す理由の一つ。

――否。埜乃香が問う、本当の疑問は理解している。

社会を構築する生き物である以上、人間は同じ人間《ひと》を殺す事に強い忌避を覚える本能を持っている。

その本能を麻痺《まひ》させて、人間《ひと》の容姿《かたち》をしている生き物《もの》を壊す事に慣れさせる。それが猩々を晶《しょうじょう》の手で下す事を強要した、本当の理由。

……それは咲も通った経験。酷ではあるが、衛士《えじ》になる以上、晶とて例外ではいられなかった。

◇

『――――っっ‼』

思わず呼吸《いき》を押し殺し、ベネデッタは手にした望遠鏡から目を離した。

しゃこり。軽い音を立てながら掌《て》に収まるほどに畳まれたそれを懐に仕舞い込み、平原から視界を隔てた後方へと身を隠す。

『どうした、ベネデッタ《ベティ》？』

『……離れましょう、気付かれたわ』

『そんな馬鹿な、平原《あそこ》から此処《ここ》まで何キロあると思っている』

同じく望遠鏡を覗いていたサルヴァトーレが、怪訝《けげん》そうな表情をベネデッタに向けた。

その表情には疑念の色が強かったがそれでも彼女の言葉を狭量に切り捨てはせず、ベネデッタに追従する。

『……大規模な聖術を行使している感触は無かったから、視線を感じたとか』

『千里眼なら未《ま》だしも、我々が行使したのは身体強化だけだぞ。あれの痕跡《こんせき》をこの距離で見破るなど、物理的に有り得ん』

ベネデッタたちが隠れていた丘山から晶たちのいた平原まで、1里半《約6キロメートル》は離れている。

この距離を無視して視界を遠方に飛ばすためには、本来ならば千里眼と呼ばれる聖術の行使が必要不可欠になるはずであった。

非常に便利な聖術ではあるが、その反面、視界を飛ばした相手に術の痕跡が露呈しやすくなるという欠点を持ち合わせている。

それ故にベネデッタたちは、波国《ヴァンスイール》で開発されたばかりの望遠鏡を秘密裏に高天原《たかまがはら》へと持ち込んでいた。

一見すると手元に収まるほどのちゃちな望遠鏡だが、身体強化を掛けた教会騎士が使用する事で本領を発揮する超長距離仕様の望遠鏡。

術ではなく機械による視力の強化。未《いま》だ文明開化の途上にある高天原の人間では発想にも及びつかない、近代技術の結晶だ。

『青道《チンタオ》の港町で、道術《タオ》の一つに視線を辿《たど》る術があるって聞いた事があるわ。高天原の呪術って道術《タオ》が基礎になっていると聞いたし、類似の呪術があってもおかしくない』

サルヴァトーレの疑問に応えながら身を翻《ひるがえ》す。

慌てて後背についてくる青年の気配を感じながら、ベネデッタは山を下りるべく足を速めた。

望遠鏡越しの視界で晶の視線がベネデッタを捉《とら》えたのは偶然ではないと、ベネデッタは確信している。

よしんば偶然であったとしてもこの場は離れた方がいいと、ベネデッタの勘が囁《ささや》いているのだ。

聖女たる己の勘を、ベネデッタは信頼している。疑うまでの理由が無かった。

それに観《み》たいものは観られた。

守備隊の練度、一部隊に於《お》ける戦闘要員の装備と人数《かず》。

――そして、珠門洲《しゅもんしゅう》の大神柱が加護を与えている者の実力。

『やっぱり、晶さまは私たちの前に立《た》ち塞《ふさ》がると思う』

『ベネデッタ《ベティ》が推す坊やか。随分と野卑な戦い方だったが』

『でも加護の強度が尋常じゃない。あれだけ強かったら、間違いなくこの地の全ては彼に味方するはず』

先刻の戦闘を思い出す。

荒削りの戦術、拙い技術。サルヴァトーレの指摘通り、洗練されているとは云《い》い難い泥臭い戦い。

――だが若いその体躯《たいく》を覆う、世界を塗り潰《つぶ》さんばかりの濃密な加護。

対峙《たいじ》にしていた妖魔《ディモン》もそれなりの格を有していたが、あの加護では勝利の可能性は微塵《みじん》も無かっただろう。

『私としては、ピストルが普及していないのが意外だったな。長銃《ライフル》すら構えている様子が無かった。――こちらとしては都合がいいが』

『……そうね。鴨津《おうつ》の租界代表も、銃の普及が今一つと嘆いていたわ。真国《ツオンマ》でも上位階級よりは幇《マフィア》の連中が購入に意欲的だったし、治安悪化を考えれば銃の輸出業に関しては一歩退《ひ》いた方がいいかもしれない』

晴れぬ憂いを笑い飛ばすサルヴァトーレ《友人》の快活さに、ベネデッタは応じるように微笑《ほほえ》みを返した。

砂煙を立てて、乾いた岩肌を滑り降りる。向かうその先に佇《たたず》むアレッサンドロ・トロヴァートと合流して、平原の反対側に下山すべく足を急がせた。

『気付かれたとしても、距離はある。慌てて離脱するほどの事態ですかね？』

『慎重好みのお姫さま《ベティ》は、今の内と仰せである。トロヴァート卿《きょう》、異論は無かろう？』

『無論ありませんとも、執事《トルリアーニ》どの。そうとなれば、――む？』

日頃の軽口を交えようとしたアレッサンドロが、滑り降りる先へと怪訝な表情を向けた。

細くも充分な月光とは裏腹の、広がる暗闇の只中《ただなか》に赫《あか》く猛る輝きが幾つか点《とも》る。

――……咆《ホ》、哮《ホ》、、甫《ホウ》ゥ。

運良く平地から抜け出す事が叶《かな》った群れか。瘴気《しょうき》に穢《けが》れた猿が幾匹、暗闇から進み出て牙《きば》を剥《む》いた。

その中央に隠されるように護《まも》られた白毛の猿《猩々》の幼体が、獰猛《どうもう》な眼光をベネデッタたちへと向ける。

未だ幼い猿の偽王に呼応したのか、蠢《うごめ》く瘴気が一層にその密度を増した。

『逃げ道に先回りされたとでも勘違いしたかな？』

『先刻の妖魔《猩々》なら未だしも、猿程度に知性を望むのは酷だろう』

アレッサンドロの呟きに応じつつ、サルヴァトーレが一歩前へと進み出る。

『ベネデッタ《ベティ》、どうする？　正直、高天原の尻拭《しりぬぐ》いをしてやる義理は無いが』

『潰すわ。見逃しても後の禍根になるだけだし、地の秩序を回復するのは聖下の望みでもある』

サルヴァトーレへと返るベネデッタの判断に、迷う響きは見られなかった。

未だ年齢も若い少女が下した聖教司祭としての裁きに、サルヴァトーレは荒々しい笑みを口の端に刻む。

ベネデッタたちはもとより、ただ人の守護たらんとする聖教の尖兵《せんぺい》である。

――仮令《たとえ》、立つ地が極東の異境であっても、人を護る剣たる事を忘れる理由はない。

対峙する相手の脅威を本能的に悟ったのか、先頭に立つ猿の一匹が牙を剥き出して飛び掛かった。

迫る餓欲の本能に動じる事なく、サルヴァトーレは夜闇に掌《てのひら》を差し伸べる。

虚空から掴《つか》むは、心奥に納《おさ》められた一振りの刃金。

『主命、承った。啄み 崩せ《sorbendum praebe》、

──左に羽撃く蜂鳥《Huitzilopochtli》』

瞬転。サルヴァトーレの掌には、装飾は疎《おろ》か、刃止めの鍔《つば》すらない一振りの両手剣が収まっていた。

無造作に振り下ろされたその軌跡に従い、夜闇を塗り潰す黒い雲霞《うんか》が飛び掛かる猿を呑《の》み込む。

無数にさざ鳴る蜂の羽音。黒い雲霞が過ぎた後、残っていたのは無数に孔《あな》の穿《うが》たれた猿の残りだけであった。

容易《たやす》く仲間が屠《ほふ》られた光景に、拙い猿の感情が怒気に染まる。

──咆《ホ》、哮《ホ》、甫《ホ》オオォォッッ‼

猿と共に雪崩《なだれ》と落ちる蠢く瘴気。赤黒い穢《ケガ》レの波濤《なみ》が、猿の躯《からだ》すら覆い隠してサルヴァトーレへと向かった。

サルヴァトーレの振るう黒い雲霞が、押し寄せる瘴気を猿ごと幾何《いくばく》か削る。しかし、総数に対して圧倒的に届いていない。

『ふん。私の神器《Tesoro》と相性の悪い手段を取るか。成る程、猿なりに知恵は回るらしい』

『──であれば、私の出番かな』

然程《さほど》に残念そうな響きも無いサルヴァトーレの代わりに、アレッサンドロが前へと進み出た。

前に掲げるその左手に、掴むものは何も無い。

それでもサルヴァトーレの同輩たる大柄な教会騎士は、確信を以《もっ》て心奥に在るものを掴んだ。

『悠然と在れ《Certe illic》——地に伏せる輩《ENKI》‼』

瞬後。アレッサンドロの左手に方形の楯《たて》が顕れ、吹き荒れる剛風が瘴気の悉《ことごと》くを吹き散らす。

赤黒い輝きは容易く散り去り、しかしそこには、虚《うつ》ろな空間がただ広がるだけであった。

『うん？』

『晶さまの時と同じ手口、あの白い猿は逃げる手管に長《た》けているようですね』

意図が外れたアレッサンドロの呟《つぶや》きに、ベネデッタが応じて前に出る。その細い腕に有るのは、一抱えほどある大きな聖典の姿。

白銀に輝く清浄な風が、聖典と少女を包む。

碧《あお》い視線が見据えるのは、木立の向こうへと逃げようとする見えぬはずの猩々。

『——だからと云って、逃げられるなどと浅はかでしかありませんが』

白銀の輝きが暴風と変わり、ベネデッタと猿の距離を刹那《せつな》に渡った。

——屍《シ》、死《シ》ィッ⁉

戸惑う猩々の末期が、木立の向こうから響く。

瞬転。膨れ上がる風圧が一帯を薙《な》ぎ祓《はら》い、刹那に夜闇が昼の明るさを取り戻した。

——響く轟音《ごうおん》は、距離を隔てていた守備隊にも届く。

無視できない脅威の可能性。だが、派遣された防人《さきもり》の斥候が見つけたのは、爆発で大きく抉《えぐ》れた円形の地面だけであった。

ＴＩＰＳ：望遠鏡について

ベネデッタたちが持っていた望遠鏡は、波国で開発された最新式の望遠鏡である。
見た目はただのちゃちな折り畳み式だが、強屈折の水晶体《レンズ》で構成されているそれは超長距離仕様の望遠鏡となっている。

ただし、常人が覗《のぞ》いたところで歪《ゆが》んだ風景が映るだけで、身体強化の術を行使した人間が使用する事を前提としている。

軍用で開発された割には非常に壊れやすく、本国の軍関係者《脳筋ども》には渡せないと開発者が渋ったとか何とか。

2話　日々は過ぎて、眠るように謀《はか》る　1

――南部珠門洲《しゅもんしゅう》、長谷部《はせべ》領、鴨津《おうつ》。守備隊屯所、道場。

朝の練武に一息を吐《つ》けた頃。練兵たちが賄い飯に騒ぐ庭先を外れ、晶《あきら》は独り汗を拭《ぬぐ》っていた。

麻の粗い手触りが、雫《しずく》となって滴る汗を吸い取っていく。

粗方の熱が汗と共に去り、頬を撫《な》でる乾いた風の心地よさに晶は双眸《そうぼう》を眇《すが》めた。

道場の庇《ひさし》の下に置かれた、自身の賄い飯を見る。

どうにも、食欲が湧いてくれない。

何か腹に収めなければ午後が保《も》たなくなると理解はしているのだが、昨日の夜から如何《どう》にも箸《はし》を進める気にならなかった。

原因は理解している。何かしらを口にしようとすると、猩々の影が脳裏にちらつくのだ。

月の明かりを背に、腕を振り被《かぶ》る人に似た影。臙脂《えんじ》の刃《やいば》が躯《にく》を断つ瞬間は、一昼夜を越えても晶の手に鮮烈なものを残していた。

「……聞いてはいたけど、これは……結構来るな」

慨嘆にぼやき、縁側へと腰を掛ける。

盛りを迎える蝉の鳴き声が、晶の耳に何処《どこ》か遠く響いた。

倦怠《けんたい》感を吐き出そうとした晶の後頭部へ、華奢《きゃしゃ》な手刀が軽く落ちる。

「こら、気を抜かない。今日だって、まだ始まったばかりだよ」

「……お嬢さまこそ、向こうは大丈夫なのですか？」

痛くも無いそこへと無意識に手を当て、晶は何時《いつ》の間にか後方に立った輪堂咲《りんどうさき》へと視線を向けた。

咽喉《のど》を鳴らして、一つ年下の教導役が隣へと腰を下ろす。

晶が身動《みじろ》ぎ、そこに生まれる拳《こぶし》二つ分の距離。晶と咲の距離。

その事実に気付いて咲は唇を尖《とが》らせたが、その感情が何処から来るものか判らないままに努めて明るい声を上げた。

「衛士《えじ》候補と云っても、所詮《しょせん》、鴨津じゃ私は外様《とざま》。事務の会話に交ざるのなんて、部外者には気が引けるものよ。——朝食、まだ食べてないじゃない」

「暑気に中《あ》たりましたか、少し食欲が無くて」

縁側に置かれた握り飯には齧《かじ》られた様子もなく、眉根《まゆね》を僅《わず》かに寄せる。

晶の言い訳が建前だとは、咲もすぐに思い至った。

「駄目よ、晶くん。水で誤魔化しながらでも、咽喉に通しておきなさい」

「……分かってはいます」

思わず強くなる口調に、それでも晶の返事は鈍いまま。

……白毛大猿の妖魔とは聴いてはいた。

だが、猩々《しょうじょう》が垣間《かいま》見《み》せた余りにも人間臭い所作は、一日が経《た》とうとする現在でも晶の心身に想像以上の負担を掛けていた。

「——宜しいではないですか」

2人語らう時間に水を差す声。振り向いた晶たちの視界に、道場奥から鴨津守備隊の隊長である峯松義方《みねまつよしかた》が歩み来る姿が映る。

練武も終わり穏やかな朝の休息。険の無い表情に、裏があるようには見えない。

「自分が猩々の首を挙げたのは15の頃でした。この年齢《とし》になっても憶えていますよ。母が特別に蒸してくれた栗御強《くりおこわ》、好物なのに半分も口にできなかった。今、思い返しても口惜しい」

峯松の戯《おど》けた食い物談義は、おそらく晶への気遣いなのだろう。

肩を揺らして飄々《ひょうひょう》と云ってのけるその姿からは、嘗《かつ》て覚えただろう晶と同じ懊悩《おうのう》の影は見当たらない。

「……峯松どの、何か御用でしょうか？」

「ああ。懐かしさのあまり、失念していました。──輪堂さま。久我のお部屋《帯刀埜乃香》さまが、後日の予定を擦り合わせたいとお見えです」

「またですか？」

峯松から告げられたその名前に、分かり易く咲は双眸を眇めた。

滲《にじ》む苛立《いらだ》ちも当然か。晶たちが鴨津へと訪れてこの方、帯刀埜乃香《たてわきののか》は何かにつけて咲との交流を図っていたからだ。

お陰様で初日以降、晶と共に行動する機会にはかなりの制限が掛かっている。

──それに、これを断れば次に姿を見せる相手は久《く》我《が》諒《りょう》太《た》であろう事は、咲をして想像に容易かった。

咲の鴨津滞在が久我家の要請を前提にしている以上、不満が残るも断りにくい状況である。

「直《す》ぐに向かいます。埜乃香さんは、」

「――私は此方《こちら》に」

峯松の向こう。道場の陰から、ここ数日ですっかり顔馴染《かおなじ》みとなった少女が姿を覗かせた。

袖《そで》を通している着物は、木綿仕立てと判る質素なそれ。

着物に施された丁寧な造作は、平民が袖を通すものと一線を画している。しかし日常使いのものだとしても、彼女が壁樹洲《へきじゅしゅう》の上位華族出身だとは到底に思えない装いであった。

穏やかに、しかし心中の読めない笑顔のまま、埜乃香は軽く会釈を見せる。

「割って入るのも無粋かと思いまして、落ち着くまで待たせていただきました」

「……気を遣わせてしまいましたか。直ぐに着替えます」

「私が待ち切れなかっただけですので、お気になさらないでください」

久我諒太の側室となった少女の返事に、咲は双眸を僅かに眇めた。

東部壁樹洲《木行》の門閥流派である玻璃院流《はりいんりゅう》は、身体強化を始めとした内功に秀でた流派である。

その方面における術式の格差は圧倒的で、身体《からだ》の一部分を鋭化する事は得意分野と断言できるほど。

初対面の頃、当の帯刀埜乃香が見せた手妻《聴覚強化》は、数日前の事である以上に咲の記憶へと鮮烈に刻まれていた。

先刻の晶との会話を思い返す。

守備隊の手前もあって四方山話《よもやまばなし》に終始していたが、埜乃香の優秀さを前にすればどんな情報を抜かれていたのか、咲には想定もできなかった。

何故《なぜ》ならば猩々戦の際、埜乃香は晶への明確な疑念を口にしている。

咲が話題を濁したため疑念の程度は不明のままだが、埜乃香の思考に棘《とげ》として残ったのは間違いなかった。

久我家の狙いが咲である事は、連日の打ち合わせで咲自身も確信するに至っている。

初日以降、強引な手段へと訴える事は無かったものの、側室の埜乃香が一歩引いた姿勢を示す事で、周囲への広告代わりに既成事実を積んでいるのだ。

感情と認知。外堀を柔く埋める手法は使い古された搦《から》め手だが、その分、対処が難しい。

強引に突破も図れるが、久我と輪堂の関係に亀裂が生まれた場合、咲だけの責任では止《とど》まらなくなってしまう。

「少々お待ちください、汗を流してまいりますので」

「咲さまの衛士働きを軽んじる不躾《ぶしつけ》な者はおりませんので、ご安心ください。とはいえ、淑女《おとめ》に不如意を強いるも失礼ゆえに。――こちらを」

絹に包まれた白木の箱が、埜乃香の手元から咲へと渡った。

華奢な指に包まれても、然程の重さを感じないそれに咲は首を傾《かし》げる。

「これは？」

「渡来物の香水です。折よく先日、波国《ヴァンスイール》の貨客船が鴨津へと入港いたしまして、御当主さまが咲さまへ是非にと」

埜乃香の言葉に、思わず咲の口の端が引き攣《つ》った。手にした白木の箱が、その価値にずしりと重みを増した。

高天原《たかまがはら》で香水と云《い》うと、椿のそれが高価であるが一般にも存在はする。

だが、ただでさえ希少なそれの渡来物とくれば、円札を積んでも入手は困難を極める逸品だ。

仮令、八家のお嬢さまをしても持っているだけが精々で、普段使いは躊躇《ためら》うほどの値段となる。

袂《たもと》に忍ばせる匂い袋程度なら、咲も気軽に礼を返せるのだが。

久我家の窮地に訪れたと云えど、小娘程度に渡すものでは無い。咲を絡め取りに来た久我家の本気が、否応《いやおう》なく咲にも伝わった。

「――ありがとうございます。波国《ヴァンスイール》由来の手巾《ハンケチ》を持っていましたから、合わせてみます」

「お待ちしています」

だが咲にも淑女の矜持《きょうじ》がある。

渡来物の持ち合わせがあると、言外に反駁《はんばく》を残し咲は踵《きびす》を返した。

去り際にもう一度だけ、晶の表情を流し見る。

華咲く2輪の会話に興味はないのか。導く相手が見せている平坦《へいたん》な眼差し《感情》に、訳もなく咲は苛立ちを覚えた。

素早く思考して、埜乃香へ視線だけ向ける。

「埜乃香さん。明日の予定があれば、詳細をお聞きしても宜しいでしょうか?」

「――いいえ。明日の予定は、久我家の方も定まっていませんが」

その予定を擦り合わせる名目で来ているのだ。そう返すしかない状況に、咲の問いへ返す埜乃香の声も僅かに遅れる。

予定は基本的に先着順だ。

既に定まった他者の予定を自身の都合で動かすのは、仮令《たとえ》、上位から下位であっても礼儀知らずの視線を免れない。

余程の事が無ければ避けるはずと、咲は晶の方へ口を開いた。

「晶くん。明日は休暇よね？」

「は、」

「――休暇よね」

「はい」

出向の身、基本は平日と休暇の別など無いはずだが。教導である少女の笑顔に気圧《けお》されて、思わず晶は疑問を呑《の》み込んだ。

言質《げんち》は取った。咲は埜乃香へと、一層に華やいだ声を上げる。

「埜乃香さん。明日ですが、私と晶くんは休暇を頂こうと思います」

良いですよね？　言外の念押しに、咲の意図を理解してくれたか。

「……畏《かしこ》まりました」

戸惑う晶を余所《よそ》に置いて、咲と埜乃香は互いに読めない微笑《ほほえ》みを交わした。

閑話　戯れに歩幅を合わせ、他愛無《たわい》く微笑みを

——その翌日。

「待って、待って！　乗る、乗るから！」

「お待ちください、お嬢さま！」

チンチン。係留港へと向かう路面電車《トラム》が、出発の鐘を鳴らした。

遅れまじとその後方から駆けてきた輪堂咲は、二歩、三歩と停留所の石框《いしかまち》を蹴《け》り登る。

生まれた勢いのまま、開け放たれた路面電車《トラム》の入り口へと飛び込んだ。

「あ、とと。——う、ひゃう⁉」

「申し訳ありません、お嬢さま。少々、姿勢が厳しいので、もう少し中に入ってください」

「ご、ごめんなさい」

現神降《あらがみお》ろしを行使しない現状での咲の身体能力は、鍛えている成人男性のやや上辺りといった処。

路面電車《トラム》に追いついたはいいものの、走る勢いに耐えきる事ができずに咲の姿勢がやや崩れかけた。

路面電車《トラム》の加速に負けて、一拍遅れて続いた晶の胸元に背中と頭を預けてしまう。

思いのほか広い少年の胸に、咲は吃驚《きっきょう》に似た奇妙な声を上げる羽目となった。

電車内の人影は少なく、見るからに身形《みなり》の良さそうな乗客が数人。騒がしい若者たちへと、迷惑《めいわく》

そうな視線を向ける。

しかし、見るからに上位華族のお嬢さま然とした咲の姿。明白《あからさま》に不満を口にする訳でもなく、静かに視線は脇へと散っていった。

当然、静かなだけの空間を荒らす意図は晶たちにもない。

少年少女は肩を並べて、大人しく中ほどの空いている席へと腰を下ろした。

――時刻は正午にやや早い巳の刻《10時頃》の事。

守備隊の練武も終わった後。急ぐ咲の背中に誘われ、晶は動き出した路面電車《トラム》へと飛び乗っていた。

「あの、咲お嬢さま。何方《どちら》へと向かう予定ですか？」

「ん～。終点が港だし、このままで良いんじゃない」

普段の咲からは想像もつかない、漫《そぞ》ろに緩んだ応えに晶《あきら》は首を傾げる。

何かにつけ最近は難しかったものの、教導役である咲への帯同は晶にとって基本原則だ。

普段は目的を明瞭《めいりょう》にする咲が、ここまで曖昧《あいまい》に応える理由が不明であった。

気になると云えば、少女の手にある荷物もそうだろう。

華奢《きゃしゃ》な腕に余りそうな、布包みの丹《に》塗《ぬ》りの桐箱。

――随分と上等なそれ。

「あの宜しければ、お持ちいたしますが」

「え、これ!?　いいわよ、私が持つから」

「ですが……」

晶の申し出が不味《まず》かったのか、少女の声に慌てたものが混じる。

しかし女性が荷物を持っているのに、男性は手持《ても》ち無沙汰《ぶさた》なのだ。傍目《はため》の絵面に晶の口調も渋るが、咲《さき》は一層に届かない方へと桐箱を押しやる。

「いいから。——それよりも、窓の外を見てみて」

「？」

誤魔化す少女に促されるまま、晶は車窓の外へと視線を巡らせた。

流れる鴨津《おうつ》の景観が、ある境界を越える。

——その瞬間、晶の視界に異国の風が吹き込んだ。

「！」

「長谷部《はせべ》領の領都である鴨津が持つ、二つの顔のもう一面。久我家より渡った領事権が自治を与《あずか》る外国人居留地《租界》。

——久我家が頭を悩ます不可侵地であり、繁栄を齎《もたら》す源泉がこの小さな土地よ」

白く塗られた壁に、大きな板硝子《ガラス》の陳列窓《シヨウウインドウ》。長く向こうまで続く道路は、瀝青《アスファルト》で舗装された平坦なそれ。

高天原の匂いを全く覚えない、近代技術の粋で築かれた西巴《せいは》大陸の都市が晶の前に広がっていた。

通りを行き交う人にも、高天原出身の者が随分と少ない。

明るい髪色や深い色調の肌。その出身が大洋の向こうに在ると、否応無しに理解できた。

「嘗《かつ》て、『導きの聖教』が叛旗《はんき》を翻した際、母体である『アリアドネ聖教』は『導きの聖教』を擁護するのではなく鴨津と手を組んで積極的な排除に動いたの。

その協力を友好の証《あかし》として、波国《ヴァンスイール》へ譲渡した権利が租界《ここ》の自治権。つまり一時的な領事権なの」

「領事権があるという事は、ここに高天原の司法は届かない訳ですか」

「その辺りは、奇鳳院《くほういん》家と久我《くが》家の方が一枚上手だったわね。——久我家が許可を与えたのは、この人工港湾の領事権そのものよ」

従来の権利の在り方は、人に権利を付帯させるのが常である。

しかし久我家は、埋め立てて造られたこの人工港湾に領事権を与えたのだ。

後年に法人と呼ばれる、組織に権利を付帯させる手法の走りである。

向けられた水に、晶は車窓の外を一瞥《いちべつ》した。

周囲には電柱が立ち、舗装された路面。一見して高天原のそれよりも数段上と判る、近代技術の粋がそこにはあった。

「……人工港湾という事は、ここに水源は無いという事ですね。水利権を掌握しているのは、久我家の所有する鴨津の方ですか」

「うん、正解。晶くんの長屋は畑が近くにあるものね、それは判るか。——後、居留地に権利が付帯している以上、人には与えられていないの。居留地を離れた途端、一時的にもその権利は失効するわ」

水利権は、どの国であろうと求められる最大利権の一つ。それを牛耳るという事は、今後に軋轢《あつれき》を生みかねない際どい綱渡りだ。

晶が住まう長屋の正面には、田圃《たんぼ》と畑が広がっている。

水源の順番を争って揉め事《もごと》を起こすのは、晶たちもよく知る春の風物詩なのだから。

よくまあ諸外国との交渉経験に拙い高天原が無事であったなと、晶は変な方向で感心をした。

――否、これは久我家が優秀だったのだろう。

久我法理《ほうり》の優秀さは、先日の会話で充分に実感している。

論国《ロンダリア》との交易が過不足無く履行されているのは、偏《ひとえ》に久我家歴代当主の契約調整能力が卓越しているからなのかもしれない。

「思った以上に身動きが赦《ゆる》されなかったからでしょうね。波国《ヴァンスイール》はアリアドネ聖教圏である論国《ロンダリア》へと領事権を貸与して、自身は一線を退いているって聞いている」

「先日に、会いましたね。――っ痛《い》て」

咲の呟《つぶや》きに、晶は金髪碧眼《へきがん》の少女を記憶に思い浮かべた。

一陣の風に金の髪を躍らせた少女の記憶が、しかし脇腹を刺す痛みにより現実へと引き戻される。

「ふんだ。鼻の下を長くしない」

「す、すみません」

晶の口元に女の影を覚えた咲が、脇腹を抓《つま》んだ指を袂に戻した。

何を云っても逆効果となるだろう確信から、晶の頭が素直に下がる。

それだけで留飲を下げてくれたのか、咲が言葉の続きを舌に乗せた。

「現在の西巴大陸は、潘国《バラトウシュ》と真国《ツオンマ》に興味を持っていると聞いているわ。特に潘国《バラトウシュ》は悲惨の一言ね。西巴大陸の諸国が、鉱山欲しさに属領を切り分けているって」

「この状況に乗じて、高天原へと手出しをする気でしょうか……?」

「考慮はしているけど、可能性は低いと思う。――先年の青道《チンタオ》戦役を、晶くんは知っているかしら？」

「名前だけは、尋常中学校の授業で憶えがあります」

「高天原じゃ、対岸の火事だもんね。……私も、つい先日に武藤《むとう》殿から聞いた知識しかないけど、それでも結構な被害があったようよ」

青道《チンタオ》戦役自体は有名であったから、晶も知識にはあった。しかし、詳細となると海を隔てた異国の出来事。

咲の口から告げられた事の顛末《てんまつ》は、晶をして愁眉《しゅうび》に澱《よど》むものを覚えた。

波国《ヴァンスイール》の『習俗派《エトス》』が暴走して、真国《ツオンマ》の青道《チンタオ》を一方的な属領と宣言した事で始まったのが青道《チンタオ》戦役と呼ばれる戦争である。

波国《ヴァンスイール》は分派の追放を決定したのだが、尻馬《しりうま》に乗っかった論国《ロンダリア》が習俗派《エトス》を吸収した事で、混乱に拍車が掛かったのだ。

混沌《こんとん》とした泥沼の後、論国《ロンダリア》の属領となった青道《チンタオ》が交易港としての復興を終えたのはつい最近の事。

今では西方交易路に代わる海洋運輸の拠点として、東巴《とうは》大陸切っての繁栄を謳歌《おうか》していた。

……だが、青道《チンタオ》で果てた人命に龍脈の疲弊。被害は相当に上ると聞いている。

住民たちの感情が落ち着くまでには未《ま》だ時間もかかるだろうと、晶をして想像は容易《たやす》かった。

——後日、仲介を挟まない会談を設けていただきたい。

ベネデッタが話題に上った事で、去り際に彼女が残した台詞《せりふ》を晶は思い出した。

「仲介を挟まないって事は、内密にって事ですよね。用件は何でしょうか」

「さあ。恩を売られた手前、応じるしかないけど。……根回しはしておいたから、後で先方に日程を送るわ。さ、面倒な話はこれで終わり、――着いたわよ」

「着いた？」

車窓の外へ視線を向けて、咲は嬉《うれ》しそうに双眸《そうぼう》を眇《すが》める。

怪訝《けげん》な晶の声も終わらぬうちに、路面電車《トラム》が軋《きし》み速度を落とす気配を見せた。

三々五々。乗客が散っていく中、夏の薫風に誘われて、晶は線路の先へと視線を向けた。

遠くに垣間見《かいまみ》える蒼《あお》い輝きに、視線と意識を奪われる。

「……へぇ」

思わず漏れる感嘆の声を、猫に似た呑気《のんき》な啼《な》き声が彩った。

見上げた空に行き交う、見た事の無い白い鳥。

「鴨津に来てから、碌《ろく》に観光もできなかったでしょ。今日一日くらい、私たちものんびりしましょう」

視線を奪われた晶の足が、自然と水平線の方向へと向く。

煉瓦《れんが》と漆喰《しっくい》に固められた街並みは直《す》ぐに終わり、歩む先に延びる防波堤。

渦を捲く潮風に誘われて、晶の足はその突端へと辿《たど》り着《つ》いた。

ざん、ざざん。人工の岸壁に、絶え間なく波が打ちつけられる。

寄せては消えて、寄せては消えて、無数の飛沫《ひまつ》へと白く砕けて消えていく。

その波の繰り返しを愉しんでから、遠く水平線の彼方《かなた》へと晶は視線を移した。

水の蒼と空の蒼が引く線上に浮く、諸外国の船舶へと興味が惹《ひ》かれる。

吐き出される蒸気と黒煙に時折響く汽笛を、晶は暫く声も無く飽きずに眺めた。

「晶くん、海は初めて?」

「遠間でなら一度だけ、洲《しゅう》鉄の車窓越しに見た事は。こんなに近くでは初めてですね。

——正直、想像以上です」

晶が故郷《五月雨領》を放逐《お》われた時、逃げるように乗り込んだ洲鉄から遠くに広がる海の蒼さを目にした事はある。

だが、あの時は気力体力ともに限界であったため、外の光景を愉しむ余裕など全く無かった。当然、感動どころか、記憶も曖昧なままである。

「そう。名瀬領《私の故郷》も海に面しているから見慣れているけど、初めてはやっぱり感慨深いもの?」

「人それぞれだとは思いますが、海を知らない者からしたら一見の価値はあるでしょうね」

じゃり。小石混じりの足元の砂地を鳴らして、咲の方へと向き直った。

変わらず広がる大洋の光景を目の当たりに、肚《はら》の底に蟠《わだかま》る感情が解けていく。その違和感を押し隠して、晶は無理に笑顔を浮かべた。

「お待たせしました。次は何処《どこ》へ行きましょうか」

「居留地の通りを散歩したいけど、その前に食事をしましょう。……高宿の行楽弁当を頼んだの、美味《おい》しいわよ」

柿渋に染められた布包を持ち上げた咲は、そう悪戯《いたずら》っぽく微笑《わら》う。

その笑みに深く考える事を止《や》めて、晶は食欲から大きく首肯を返してみせた。

鴨津《おうつ》最大の係留港を一望できる防波堤には、釣り人が糸を垂らす以外に余人の姿は見当たらない。

夜釣り用なのか設置してある石灯籠《どうろう》の脇に在る腰掛けに、先刻と同じく2人肩を並べて弁当の包みを広げた。

「手伝います」

「駄目。皿に分けるだけだもの、一寸《ちよつと》だけ待っていて」

咲の華奢な指が、布包みを解《ほど》いて丹塗りの桐箱を開ける。

黙々と準備を進める少女のうなじが視界に入り、気恥ずかしさから晶は視線を逸《そ》らした。

晶とて男子《おのこ》。

逸れた視線の先で、帆を畳み舳先を並べる船舶が視界に入る。

異国の風を運んでくる船舶の威容には、抗《あらが》い難く興味を惹きつけられた。

「あの船舶は、何処から来ているんですかね」

「大体は論国《ロンダリア》じゃなかったっけ？　青道《チンタオ》を経由して、西巴大陸から来るのが一般的って聞いたけど。

──はい、お茶」

「──ありがとうございます」

頷《うなず》くも、子供っぽいと思われたらどうしようなどと、妙な気恥ずかしさが晶を襲う。

それを察したのか、咲は取り立てて追及する事なく視線を弁当の彩りへと移す。

「どういたしまして。ねぇ、今日くらいは敬語じゃなくてもいいわよ。晶くんは男なんだし、年齢

んで」

「……それは勘弁願います。咲お嬢さま相手にそんな応対をすれば、阿僧祇《あそうぎ》隊長からドヤされます

「う～ん。阿僧祇の叔父さまは、そんな事を気にする方じゃないわよ。もしそうでも、私が許可したと云えば大丈夫だけど」

も1歳上《ひとつ》だし」

というか、咲としては是非ともそうしてほしいところである。

何を考えているのか、輪堂孝三郎《ちちおや》は晶への気遣いを頻《しき》りに念押ししてきた。

そればかりか常にない勢いで、晶との間に蟠りが無いように気を回したくらいだ。

奇鳳院《くほういん》からの勅令も後押ししてか、咲としてももう少し砕けた関係で晶との距離を保っていたかった。

「八家のお嬢さまと肩を並べているだけで、俺としては望外の立場ですが」

「八家って云っても、私くらいになるとそこまで凄《すご》いものじゃないよ。――はい、お握り」

晶《あきら》の皿に、胡麻《ごま》が振られた白い握り飯が並ぶ。

「あ、ありがとうございます。――その、お嬢さま」

「だって、兄1人に姉1人いるのよ。3人目なんて味噌《みそ》っかすもいいところ。――〆鯖《しめサバ》に、焼いた鶏肉《とりにく》。ねぇ、どっちが欲しい？」

特別にと頼んだ老舗《しにせ》の仕出しゆえか、随分と献立も詰まった豪華な弁当だ。

行儀が悪いと知りつつも弁当の彩りに目移りがして、うろうろと箸《はし》先が踊る。

「で、ではメ鯖《しめサバ》を。――では無くて、その、お嬢さま」

「後は、……とりあえず箸休め。——卯《う》の花《はな》とお浸しはどっちがいい？」

「卯の花を。……それで、よろしいでしょうか？」

「うん、食べよっか。……で、何？　——あ」

そこで漸《ようや》く咲は周りを見渡し、晶が気にしている現状を理解した。

身を乗り出して、甲斐甲斐《かいがい》しく晶の食事の世話をする。その光景を第三者が見れば、どういう印象を持つか。

周囲で釣り糸を垂らしていた暇人たちが、揃《そろ》い踏《ぶ》みで咲の方に視線を向けている。

何とも云えない微笑《ほほえ》ましいものを見るかのような、生温かい視線。

注目の的と化した咲は、あまりの状況に理解を拒否して凍り付いた。

「……華族のお嬢さまってなぁ、随分と女房風がお好きなようですなあ」

「うなぁっ⁉」

最も近くに座っていた老爺《ろうや》の釣り人が、揶揄《からか》いに声を掛けてくる。

客観的にはどう見られているのか、ある意味で的確な指摘に咲《さき》の頬にさっと朱が差した。

気恥ずかしさから、晶も咲も揃って熱を帯びた頬を隠すように俯《うつむ》く。

ははは。その様子からも気の合う恋人同士だと取られたのか、周囲から嫌味の無い笑いが沸き上がった。

「さ、咲お嬢さま」

「い、いいから食べましょう。せ、折角の行楽弁当なんだから、楽しまなきゃ損よ——あ、美味しい」

体の良い見世物と化した現実を振り払うために、咲は手にした握り飯に勢いよく齧《かじ》り付いた。

丁度いい塩加減に丁寧な梅干しの酸味。

ぱらりと口腔《こうこう》に広がる米粒の味に、先ほどの気恥ずかしさも忘れて感嘆の声が咽喉《のど》から漏れる。

「ああ、美味《うま》いですね」

「うう。これ、私でも作れるかなぁ」

「流石《さすが》にこれは玄人《くろうと》仕事でしょう。咲お嬢さまは料理を?」

「当たり前でしょう。天領《てんりょう》学院だって女学部の本業は花嫁修業よ。

——ちょ、一寸《ちょっと》だけ苦手だけど」

視線を逸らして、後半は口籠《くご》もった。

本音を云えば、咲にとって料理は最も苦手な分野である。

武家の娘として生まれた咲は、何よりも先に薙刀《なぎなた》の振るい方を教わったのだ。

ならば料理が苦手なのは当然だろうと自己弁護してみるが、何とも情けない後味の悪さが口に残る。

「晶くんは料理できるの?」

「はい。味噌汁に焼き魚、煮もの程度は一通り」

「そ、そう、……」

そりゃあそうだ。男であろうと子供であろうと、包丁の扱いは長屋の一人暮らしに求められる必《ひっ》須《す》技能に違いない。

納得は出来るが、咲だって悔しさはあるのだ。

——華蓮《かれん》に戻ったら、セツ子さんに料理を教わろう。

最近、つとに料理に誘うセツ子の顔を思い出す。

内心でそう決意を固め、咲はこれ以上を考える事を止めた。


「——そう云えば、晶くん」

「何でしょうか?」

弁当も食べ終わり、2人で肩を並べて穏やかに流れる時間を楽しむ。

そんな中、咲がふと晶に声を掛けた。

晶が視線を向けると、やや真剣みを帯びた咲の眼差しが晶を射抜く。

「昨日の練武、随分と所作が固かったわ。——未だ、猩々《しょうじょう》を引き摺《ず》っている?」

「………俺、そんなに判りやすいですかね?」

咲の問いに、晶《あきら》は咄嗟《とっさ》に返す言葉を持てなかった。

逸《はぐ》らかそうと口調を明るくしてみるが、咲の視線は揺らぐ事は無い。

ややあって、晶は降参とばかりに肩を落とした。

「猩々の討滅自体に、然程《さほど》と思うものはありませんが。……咲お嬢さまは、何歳《いくつ》の頃に猩々を討伐されましたか?」

「2年前だから、10歳《とお》の頃かな。大体は誰も、同じ頃だと思うよ」

軽く返された声が、晶の脳裏をざらりと舐《な》めて不協和音を残す。

晶の弟だった雨月颯馬《うげつそうま》が猩々の討滅を経験したのは、更に若い9歳《ここのつ》の頃。

3年前に追放されるその直前に、床に臥《ふ》せった祖母をそっち除《の》けで祝宴を挙げていたからよく覚えていた。

翻って晶は、今年で既に13歳である。

咲の言葉が事実であるなら、晶は他の者たちよりも3年は出遅れている事になるのだ。

その焦りが晶の一歩、その踏み出す覚悟を鈍らせてくる。――それは誰よりも、他ならない晶が自覚していた。

「俺は、このままで良いんでしょうか？」

「良いって、……良いんじゃない？　嗣穂《つぐほ》さまも私も、晶くんに不満なんか無いわよ」

「そうでは無くて……」

輪堂家《八家第五位》の次女として過不足ない教育を与えられた咲に、きっとこの悩みは理解できないだろう。

口にしながらも、晶は焦《じ》れた確信を抱いた。

「お祖母《ばあ》さまに願われた通り、俺は華蓮の片隅で生きたかっただけです。望みを口にしても、俺は叶《かな》える意思も覚悟もありませんでした」

――生きるんだよ、晶。そうすれば、お前が精霊無しである理由は、きっといつか判る筈《はず》だよ……。

死の間際に祖母が願った最後の一息。

その言葉があればこそ、晶はただ息を吐いて吸う惨めな日々を甘受できた。

俯いて地面を眺める日々。路傍《みちばた》で飢える狗《いぬ》畜生の如《ごと》き、練兵として生き永らえてきた理由そのもの。

防人《さきもり》になると、常日頃から晶は口にしていた。

然《しか》しそれは、叶う事も無い望み。既に晶の本心は諦《あきら》めて終わり、その先を想像した事すらなかったのだ。

——皮肉にも、晶は望んだ全てを得たが故に、自分がこれからを生きる理由そのものを喪《うしな》ってしまっていた。

細波《さざなみ》が寄せて砕ける優しい音だけが、暫し2人の間を支配した。

晶の感情を理解する事は、正直、咲には難しかった。

立場が違う。価値観が違う。

——何よりも、彼女は生に執着した事は無い。

「うん、確かに晶くんの悩みは分からないかな」

だからこそ、晶の本音に正直に応えるしかなかった。

「——けど、晶くんのお祖母さまが望んだのって、晶くんが生きる事？」

「え？」

「私は晶くんのお祖母さまを知らないけど、随分と華族に近い考え方の人ね。そんな方が、単純に生きろなんて云《い》わない気がするの」

それはただの勘だ。

だが、晶から漏れ聞こえる彼の祖母の人柄は、短絡的な結論だけを求めていないような、そんな確信を咲に抱かせた。

困惑に黙り込む晶の視線を、覗《のぞ》き込むようにして無理やりに自分の視線と合わせる。

真摯《しんし》な咲の視線が、晶の感情を揺さぶる。

「晶くんは戦う理由が無いって云っていたけど、多分、忘れているだけじゃない？

──思い出して。お祖母さまは、なんて云っていたの？」

「それは……」

──…………んと……し………………。

記憶の帳《とばり》の向こうで、祖母の声が幻聴《き》こえた気がした。

ぼぉおおお。港を発《た》つであろう船舶の汽笛が、２人の時間を我に返らせる。

吐息が睫毛《まつげ》を揺らさんばかりに、お互いの距離が近い。

「あ……」

「も、申し訳ありませんっっ‼」

幾ら片方が平民と云っても、未婚の男女が近づいていい距離ではない。

弾《はじ》かれるようにして、２人の距離が腰掛けの端と端へ離れた。

埋《うず》め火に照り出されたかのように、顔が熱い。

頰から耳まで朱の差したお互いの様相に、自然、顔を見合わせて苦笑いが浮かぶ。

「お、お嬢さま、そろそろ行きましょうか」

「う、うん、そうね。私も少し、買い物をしていきたいし」

己たちの感情を誤魔化すように、ぎくしゃくと2人は言葉を紡いだ。

肩を並べて立ち上がり、そのまま歩幅を揃《そろ》えて防波堤を後にする。

夏の陽炎《かげろう》に2人の姿が滲《にじ》んで消え、

——その後背には、晴れやかな微風が渡っているかのように見えた。


TIPS：青道《チンタオ》戦役について。

青道《チンタオ》戦役は、波国《ヴァンスイール》の分派、習俗《エトス》派の暴走によって引き起こされた戦役の通称。

波国《ヴァンスイール》の意向を無視したため本国の激怒を買い、習俗《エトス》派はアリアドネ聖教からの追放が宣言された。

当時の主戦派を構成する分派でも最大の派閥であり、波国《ヴァンスイール》の主戦派が勢いを喪った原因の一つ。

直後に習俗《エトス》派は論国《ロンダリア》の国教として認められ、青道《チンタオ》戦役は論国《ロンダリア》が火種ごと引き継いだ。

戦役の終結後、青道《チンタオ》はその先に広がる大洋への玄関口として整備された歴史を持つ。

開戦の発端については諸説あるものの、結果として青道《チンタオ》が属領となった事実だけは、明確に歴史へと刻まれている。

2話　日々は過ぎて、眠るように謀《はか》る　2

瀝青《アスファルト》で舗装された居留地の通りが、普段歩く砂利道に慣れた晶の足取りを滑らかに受け止める。心地のいい足裏の感触に、晶《あきら》と咲の足取りも穏やかに弾んだ。

通りに続く陳列窓《ショウウインドウ》を覗いて、並べられた商品が醸す異国情緒を楽しむ。

精巧な作りの人形と、発条《ぜんまい》仕掛けの自鳴琴《オルゴオル》。隣の服飾店で、異国の女性が衣服に袖《そで》を当てる様子。開かれた店舗の奥で、職人が焼釜《オーブン》からパンを取り出す光景を、晶たちは飽きずに眺めた。

「――面白いわね」

「はい。華蓮《かれん》の繁華くらいでしか、見た事の無い造りですね。論国《ロンダリア》の建物はこんな感じなのでしょうか」

赤煉瓦《あかれんが》の建物と白塗りの木造戸建てが、通り沿いに肩を並べている。

舶来物と直《す》ぐに分かる、透明な硝子《ガラス》窓の向こう。商談が決まったのか、異国の紳士たちが握手を交わしていた。

「……幾らかは高天原《たかまがはら》に対する示威行為もあると思う。気付いた？　通りを歩いている人は、大体が裕福な服装をしている」

「海向こうは豊かなのでは？」

「ううん。産業革命以降、西巴《せいは》大陸では貧富の格差が酷《ひど》いって聞いている。――天領《てんりょう》学院に赴任してきた論国《ロンダリア》出身の教師が授業で愚痴っていたから、その情報は間違いないわ」

愚痴と陰口は少なくとも真実の側面を切り取っている。それが無かったとしても、晶たちが歩く通りは不自然だ。

誰もが通らざるを得ない大通りは、事情に拘《かかわ》らず人が一堂に会する社会の縮図。ここを見れば、租界に於《お》ける社会層の割合が見えてくる。

「貧困層と判る人が一人もいない。そんな事、有り得ないでしょ」

「……確かにいませんね」

行き交う馬車と蒸気自動車《スチールモビール》。歩く人々の服装も、紳士服《スーツ》と婦人服《ドレス》が殆《ほと》ど。――何よりも不自然なのは、子供の姿が見えない事実だ。

「租界は、鴨津《おうつ》でも有数の観光名所よ。そういった人たちが目に付くと、客足も鈍るって考えているんじゃない？」

「成る程。この租界自体が、大きな店舗という訳ですか」

咲《さき》の応《いら》えに納得して、晶は通り沿いの露店へと視線を彷徨《さまよ》わせた。

平棚に陳列している色とりどりの装飾品を、晶は何の気なしに覗き込んだ。

浮き彫り《カメオ》の施された胸飾り《ブローチ》。女性や花が意匠の大半を占める中、数少ない鳥を配《あしら》った。

同じくもう一方の棚を覗いている咲の背中へ視線が移ろい、不意に覚えた気恥ずかしさに商品を戻した。

なんとなく、腰に佩《は》いた落陽柘榴《らくようざくろ》へと視線を落とす。

妖刀を叩《たた》き折った日、晶は落陽柘榴《らくようざくろ》の銘を与《あずか》るそれの正体を知った。

――臙脂《えんじ》の刀身をした神器は、その日からも変わる事無く晶の傍らに在る。

誰も、何も云わない。返却は疎《おろ》か、分不相応の陰口を叩かれた気配もない。

日々に追われて考えもしなかった、晶の置かれた異常な状況。

一旦《いったん》でも思考に浮かんだら、留《とど》まる事無く疑問が浮き上がっては弾けて消えた。

八家の息女である咲が晶の教導に就いた理由。嗣穂が直接面会してまで後見になってくれた理由。

総《すべ》ての疑問の発端であり、その根底で微笑《ほほえ》む朱金の童女。

――朱華《はねず》とは、誰なのか。

それを知りたくも、晶は恐怖から動く事はできなかった。

これまでとは打って変わって恵まれた日々が、事実を知った瞬間に消えてしまうかもしれない紙一重の恐怖。

それこそが、これまで晶を躊躇《ためら》わせてきた現実の根底であった。


そんな晶の様子にも気付かず、咲は商品の襟止めを抓《つま》み上げた。

男物の、やや主張が強いそれ。想像だけで晶の襟に当てて、――質実剛健を旨とした隊服には合わないと元に戻す。

「あら、勿体《もったい》無い。――良いと思いますよ」

「!?」

別の商品へと彷徨う咲の傍らから、白い指先が戻された商品を抓み上げた。

玲瓏《れいろう》と響く、女性の声。発音に残る僅《わず》かな甘さは、逆に彼女の魅力か。

驚いて振り向く2人。その視線の先で、司教衣を身に纏《まと》ったベネデッタ・カザリーニが微笑んでいた。

「土台は丈夫ですし、大人しくも彫金は手が込んでいます。——似合っていますよ」

「え」

「——ちょっとぉっ‼」

戸惑う晶の襟元へと、ベネデッタの指先が当たる。

咲は想像だけで迷った行動。余所《よそ》の女に掻《か》っ攫《さら》われた光景に、理由も無く咲は憤りを覚えた。

晶を背中に、ベネデッタの前に立つ。

「使節団とは随分暇な仕事ですのね。——そちらの目的は久我《くが》家では？」

「その辺りは、筆頭《リーダー》であるアンブロージオ卿《きょう》の仕事ですね。末端に過ぎない私の関与する処《ところ》ではありません」

尖《とが》った咲の口調にも微笑みを崩さず、ベネデッタは露店の主《あるじ》へと視線を向けた。

指を2本立てると、頸《くび》を横に振られて3本が返される。

「3円《3万円》とは、随分と足元を見ますね。勉強はしていただけませんか？」

「——司教さま相手に徳を積みたくはありますが、こっちも商売でね」

返る応えに折れる様子は無く、吐息を漏らしてベネデッタは視線を落とした。

Ｅ・Ｖ。彫金に隠された文字を指先で辿《なぞ》り、微笑みを深める。

「此方《こちら》はヴァローネ《Varrone》の看板《ブランド》ですか？　彼女は高級志向の店舗専売を宣言していたはず、……こんな遠方で露店許可を取り付けるとは、随分と遣り手ですね」

何でしたら、御用達にしても良いですよ。ベネデッタの親切めいたその言葉は、露店の主の口元に苦笑を刻んだ。

「判っていて、随分とお人が悪い。……そちらのお嬢さんに、胸飾り《ブローチ》を勉強《サービス》するというのは？」

「素晴らしい決断です。貴方《あなた》に西方の導きが有らん事を」

交わされる笑みは互いに含むものはあるも、そこに蟠《わだかま》りを感じない。晶たちを蚊帳《かや》の外に、ベネデッタは商品を受け取った。

「どうぞ、咲さま。お近づきの記念に、大切にしていただければ嬉《うれ》しいです」

「ありがとうございます。……あの、今のは」

いたたまれず、早々に場を引き払う。露店の主は、もう晶たちに興味が無いようであった。

「大したものではありません。彼の商いが贋作《がんさく》だと、暗に指摘しただけです」

「贋作、ですか」

「E・Vの印字《サイン》は、波国《ヴァンスイール》の老舗《ブランド》ヴァローネの商標《もの》ですが、エリザ・ヴァローネは露店売りを禁じています。つまり、あそこにあるのは正規品ではない」

「盗品の可能性は」

「ありますが、こんな海向こうで露店売り《叩き売り》する意味がありません。残る可能性は、名を騙《かた》っている方でしょう」

笑いながら、もう一方の襟止めを晶の襟元に添える。

暑気を払う冷たい指先の感触。晶の頬に朱が散る様子に、咲の頬が分かり易く膨らんだ。

「……ですが、嘘を吐《つ》いていなかった処を見ると、本名の頭文字がＥ・Ｖなのでしょう。

――肖《あやか》ったと云うのが言い訳になりますね」

詐欺紛《まが》いの言い訳だが、舶来品の知識に疎い高天原の小金持ちには有効な手段である。

咲たちの後背。身形《みなり》の良い男性が露店に釘付《くぎづ》けとなっている光景を目に、咲と晶は苦笑した。

「造作はしっかりしています。２つ合わせて３円ならば値段相応、誠実な部類の取引ですよ」

「感謝します。俺たちでは過剰に支払う処だった」

感謝を向けた晶へと聖印を切り、ベネデッタは咲へと向き直った。

「咲さま、でしたね。丁度いい機会ですので、以前のお話を正式にお願いを申し上げます」

「会談の件、ですよね」再度要請されるとは思っていた。僅かに悩んで、咲は肯《うべな》いを返した。

「了承いたしました。明後日で宜しいでしょうか」

「素晴らしいご決断、感謝いたします。――お互いに内密が都合も良いでしょうし、私たちの滞在する正教会にご招待いたします」

鋭い咲の視線とベネデッタの微笑みが交差する。

互いに思考を探り合う刹那《せつな》の後、言及する事も無く交差する視線は解《ほど》けて離れた。

◇

ガタリ。路面に転がる砂利を撥《は》ねたか、軽快に走る蒸気自動車《スチールモビール》が大きく揺れる。

揺れる身体《からだ》を押さえ込み、御井陸斗《みいりくと》は抗議を籠めた視線を、運転する武藤元高《むとうもとたか》へと向けた。

「……もう少し、丁寧に運転してくれよ」

「久我家所有の蒸気自動車《スチールモビール》だ、文句は云《い》うな」

「速度は認めるさ。だから一昨日、俺の実家《いえ》にある蒸気自動車《スチールモビール》を借りようって提案しただろ」

鴨津から立槻《たちつき》村までの距離は、約4里《16キロメートル》。

峠を一つ越えたら平坦《へいたん》な道程が続くだけだが、徒歩で気軽に日帰りできる距離ではない。

そのために陸斗は、実家の蒸気自動車《スチールモビール》を移動手段の当てにしていた。

しかし初日、武藤は陸斗の提案を固辞したのだ。

「偵察は隠密が前提だ。と、そう説明しただろう。こんな派手に駆動音を響かせるもの、往復の時間を省かせるだけに利用できんよ」

「久我家の蒸気自動車《スチールモビール》は良いのかよ」

「ああ。こいつは云わば、久我直下の公務という御印籠《いんろう》だ。久我家の家紋があればこそ、立槻村で大手を振って行動できる」

説明を理解できても、納得は難しい。鼻を鳴らして不満を露《あら》わにする陸斗の表情に、武藤は肩を竦《すく》めた。

そもそも陸斗の不満は、久我家との不仲が原因の根底にある。

その久我家から蒸気自動車《スチールモビール》を貸して貰った事実も、御井陸斗としては複雑な気分なのだろう。

「――自分としては、御井家が蒸気自動車《スチールモビール》を所有している方が意外だが」

「親父《おやじ》が廻船《かいせん》を購入して、塩の流通で一山当てたからな」

普及が進んだとはいえ、蒸気自動車《スチールモビール》はまだ高嶺《たかね》の花《はな》の現在。

蒸気自動車《スチールモビール》の個人所有は、充分に成功の証明であった。

「自分としては羨《うらや》ましくあるがね。御井は親父殿の跡を継ぐのか」

「いや。……正直、迷っている。操船には興味はあるが、祖父の希望があるからな」

「華族に拘《こだわ》らずともいいだろう」

この時代、職業の自由など概念としても遠い。

親の職は子供の職、しかし御井家には華族落ちの変遷があった。

御井左伝次《陸斗の祖父》をして中位精霊を宿した陸斗は、華族へと返り咲く最後の希望なのだろう。

「華族というより、村長としての役目を全うする方だな。……こっちも少し揺らいでいるけどさ」

陸斗の返答に滲《にじ》む苦さは、先日に呪術を解いた元村民たちからの反応故だろう。

家財の一切を奪われた現実から、華族として自分たちを守れなかった御井家に不満が集中したのだ。

顔見知りの村民から投げられる心無い罵声《ばせい》に、陸斗も思うところが無い訳ではない。

「そうか。まだ進路に悩むなら、――公安はどうだ」

「何で？」

「そもそも華族に戻る事が難しいが、戻れたとしても御井家が華族社会に受け容れられるかは別問題なのは気付いているか」

「………………」

返る沈黙は、武藤の問いに充分過ぎるほどの肯定を示していた。

どう言い繕おうとしても、御井家が華族から落ちぶれたのは事実である。

洲《しゅう》議制度を導入して以降、護国の義務を怠り権利だけを享受する華族が急増しているのだ。

今はまだ練兵《子供》たちを犠牲に持ち堪《こた》えているが、その事実を甘く考えている華族の何と多い事か。

「防人《さきもり》としての才能の有無は判らんが、御井陸斗に陰陽師《おんみょうじ》の才能が有ると私は見込んでいる」

「けど、俺は陰陽師の知識がないぞ」

御井の秘奥である陰陽闘法は修めたが、陰陽術自体は修めていないのだ。

年齢《よわい》16を数えた現在、才能が有ったとしても中途半端にしか成長が望めない可能性が高い。

「ここまで縁が有るんだ、私が君の教導となってやる。安心しろ、不明のまま放り出す心算《つもり》は無いさ」

「陰陽術を教えてくれるなら、俺と一緒にあき、、。……いや、何でもない」

勢い込む陸斗の返事に、濁るものが混じる。

その内容は予想に容易《たやす》く、武藤は苦笑を返した。

「何だ、まだ晶《あきら》を許せないか」

「別に喧嘩《けんか》なんかしてねぇよ。——ただ、晶が」

「はは」

陸斗が村民から責められた際、晶は村民の立場で庇《かば》ったのだ。

そのためか現在、二人の関係に距離が生まれていた。

武藤からすれば、何方《どちら》にも理由はある。

特に無一文となった村民には、路頭に迷う未来しか残っていないのだ。

陸斗が浮かべる若い不満に苦笑を向け、武藤はハンドルを切った。

懐中時計を一瞥《いちべつ》。立槻村へ着くにはまだ、猶予が残っている。

陸斗と二人きりになった今、武藤は聞いておきたい事があった。

「……その晶坊やだが、御井が知っている事を教えてほしい」

「何だよ。俺が知っている事なんて、アンタと同じ程度が精々だぞ」

陸斗と晶の関係は、利害一致の共闘関係から友人となった程度に過ぎない。

妖刀事件に巻き込まれなかったら、視線を交わす事も無かった間柄だ。

「些細《ささい》な事でもいいんだ。どう考えても、異常だろう」

「普通の奴《やつ》だぞ。……あの年齢《とし》で、長屋暮らしで独り立ちってのは珍しいが」

「あの坊やは、確かにそうだろうな。——だが、周囲が異常だ」

公的な晶の来歴は、3年前に華蓮《かれん》へと居着いた平民となっている。外様《州外出身》は少し珍しいが、これだけなら疑問に思う事は無い。

だが、一ヶ月前からの日々が問題だ。

沓名ヶ原《くつながはら》の怪異を単独で浄滅。その恩賞として奇鳳院《くほういん》家が後見に、表向きの後見として輪堂家《八家第五位》が据えられる。

親バカで知られる輪堂《りんどう》家当主が、一切の異議も挟む事なく息女の輪堂咲《さき》を教導役に付けた。

加えて年齢13で回生符を作成する技量を持っている。銘押しが望まれるほどなら、その効力も推して知るべしか。

奇鳳院《くほういん》家に至っては、晶のために公安の方針を捻《ね》じ曲げたのだから、入れ込み方は相当なものだ。

「本来は振るわれない強権が、この一ヶ月で馬鹿みたいに横行している。坊やには悪いが、警戒は必要だろう」

「と云われてもな、俺が知っている事なんてアンタより少ないぞ。……ああ、一つあったか」

問われても、陸斗に応えられる知識は余りない。

それでもしばらく肩を並べた間柄。天井を一睨《ひとにら》みした陸斗は、不意に脳裏へと浮かんだその記憶を舌に乗せた。

「晶の奴は、随分と特徴的な精霊器を手にしていた。昏《くら》く見えるほどに赫《あか》い刀身の、特徴的なヤツ」

「ほう」

「後見の輪堂家から貸与いただいたと。確か、そう銘が」

直接は見ていないものの、妖刀と対峙《たいじ》した際にその銘を叫ぶ声は聴いている。

「――落陽柘榴《らくようざくろ》」

「な、に」

記憶にある響きを耳に、武藤は愕然《がくぜん》と視線を上げた。

公安であり陰陽師でもある武藤は、華蓮でも有数の知識を保有している。

武藤の知る歴史に於《お》いてすら、表舞台に姿を見せた例も僅かな尊きその銘。

武藤元高は、晶の異常性を改めて再認識した。

2話　日々は過ぎて、眠るように謀《はか》る 3

『――ベネデッタ《ベティ》、随分と機嫌が良いな。先刻の会話で、それほどに得られるものがあったか？』

『ええ。色々と』

黄昏《たそがれ》が気配を強め、ベネデッタたちの帰路を急《せ》かし立てる。

視界が後方へと流れる中、ふとサルヴァトーレが沈黙を破ってベネデッタに声を掛けた。

返るベネデッタの声音は、幼馴染《おさななじみ》のサルヴァトーレですら久しく耳にしていないほどに浮かれたそれ。

『我が神柱《アリアドネ》に感謝を。この旅路、気は進まなかったけど意味は在った。

――おそらく結末は、アンブロージオ卿《きょう》の望まない形になるだろうけど』

『ベネデッタ《ベティ》？』

言葉の最後に付け加えられた幽《かす》かな呟《つぶや》きは、サルヴァトーレに向けたものではなかった。

少女の唇から漏れた呟きは然《しか》し、家路を急ぐ雑踏の響きに紛れる事なくサルヴァトーレの耳へと届く。

聞き逃せない独白を問い返そうとするが、拠点である教会の入り口に到着して機会を失った。

神柱の御許たる教会の前、詰問などと醜態を晒《さら》す訳にはいかない。

押し黙るしかなくなったサルヴァトーレの目の前で、教会の扉が重い音を立てて僅《わず》かに開いた。

『……休暇を堪能されたようで、随分と悠長なお帰りですね』

『ええ。得られた知見は多く、本国にもご満足いただけるものと自負しています』

通されたのは総石造りで囲まれた密会用の小部屋。その奥に佇《たたず》んでいたヴィンチェンツォ・アンブロージオは、中央に配された卓を前にして開口一番の嫌味を吐いた。

長い船旅の間にも会話の合間に差し込まれていたそれは、当初こそ辟易《へきえき》としたものであったがここまで続けば流石《さすが》に慣れる。

ベネデッタは眉間《みけん》に皺《しわ》一つ寄せる事なく微笑《ほほえ》みを浮かべながら、アンブロージオと卓を挟んだ対面に立った。

卓上の時計が刻む時間は、18時を少し過ぎた頃。予定よりも早く、嫌味で目くじらを立てられるほどの時間でもない。

『――お、もしかして自分が最後でありましょうか？』

『お気になさらず、バティスタ船長。私も今、戻ったところなので』

ベネデッタの到着よりやや間が空いた後、扉を開けたのは日に焼けて赤銅色の肌をした偉丈夫であった。

高天原《たかまがはら》までベネデッタたちを運んできた快速帆船《クリッパー》『カタリナ号』の船長、パオロ・バティスタだ。

壁際に背中を預けたバティスタに対しても、アンブロージオの口が嫌味に開きかける。

嫌味の応酬で寡兵の連携を喪《うしな》う訳にはいかない、ベネデッタが大急ぎで口を差し込んだ。

言葉の持って行き先を失ったアンブロージオの視線が少女に向かうも、どこ吹く風とばかりに無視の立場を堅持する。

『済まんね、アンブロージオ卿。海の男は、遅くても早くてもいけねぇって方向で時間に厳しいもんで』

『……まぁ、良いでしょう、時間を無駄に蕩尽《とうじん》する理由にもなりません。今後の方針を説明いたします』

パオロとベネデッタの態度に、これ見よがしなため息を荒く一つ。

アンブロージオはそれで気分と話題を切り替えた。

『先ずは直下の懸念であった、補給に関しての報告をお願いします』

『自分ですな。補給は一応、順調に進んでいますぜ。鴨津《おうつ》の領主はどうやら自分たちに早く出ていってほしいようで、随分と素直に補給に応じてもらっている。……順調であるなら、予定よりも少し早く準備が整いますな』

『――結構。では、予定通りに事を進めるといたしましょう。どうやら、本国《ヴァンスイール》も抜き差しならない状況に陥っていますので』

『本国？　どうやって情報を？』

報告すら貰っていない情報に、ベネデッタの片眉《まゆ》が跳ね上がる。

波国《ヴァンスイール》と高天原の間には、大洋を3つ越えるだけの隔絶した距離が横たわっている。

物理的に離れた遠方の情報を得るのは、未《いま》だ有線の電話線しか持ち合わせていない現代技術ではベネデッタが知る限り不可能のはずだ。

『軍事機密です。即時とまではいきませんが、半月程度の遅れで確度の高い情報を保証しましょう』

胸を張るアンブロージオを胡散臭《うさんくさ》げに見遣るが、アンブロージオの笑顔が揺るぐ事は無い。

ともあれ問題にすべきなのは、技術では無く情報の内容《なかみ》であろう。

疑うのは聴いてからでも遅くないと、ベネデッタは意識を切り替えた。

『……分かりました。それで本国の状況は何と？』

『教皇の体調が思わしくないそうです。情報では、首席枢機卿《ソルレンティノ卿》が銀の鎚《つち》を用意したと。最悪、現時点で崩御されている可能性もあります』

その聞き逃せない情報にベネデッタは勿論《もちろん》のこと、ざわりと周囲が響《どよめ》いた。

『本当なのですか⁉』

『ええ。教皇選挙《コンクラーベ》の準備にも、もう入っている頃合いでしょう。我々の志《こころざし》に共鳴してくださった猊下《ソルレンティノ卿》の恩義に報いるためにも、万が一の手抜かりも許されない事がお分かりいただけましたか？』

『分かりました、最善を尽くす事をお約束いたします』

アンブロージオの言葉に、ベネデッタも反論を返す事となく肯《うべな》う。

首席枢機卿のステファノ・ソルレンティノは、アンブロージオが立てた今回の作戦に対する最大の出資者である。

失敗する公算が大きいためか反対する者が多い中、ほぼ独断専行に近い形でベネデッタたちの派遣を決めた人物でもあった。

私財を掻《か》き集《あつ》めて波国《ヴァンスイール》の海軍所有である『カタリナ号』を動かすなど、今回の作戦にかなりの無茶を注ぎ込んだとも聞いている。

その意図は間違いなく、崩御が近づいていた教皇の後継を選出するための教皇選挙《コンクラーベ》。

始まりの龍穴《レイライン》たる高天原を手中に収めるという功績は、票集めに奔走する他者を出し抜くための絶好のアピールとなるはずだ。

逆に失敗は、ソルレンティノの破滅を意味している。

取りも直さずそれは、作戦に加担したベネデッタたちの居場所が無くなる事も意味していた。

――時間が無い。最悪でも結末に恰好《かっこう》をつけなければ、ベネデッタの現在も危うくなる。

ベネデッタはアンブロージオに気付かれぬよう、決意で拳《こぶし》を握り締める。

独断専行で軍を動かしたソルレンティノやアンブロージオの趨勢《すうせい》などはどうでもいいが、諸共《もろとも》に巻き添えとなるのはベネデッタも御免であった。

『さて、では本作戦の概要を開示させていただきます。が、その前に基礎的な我々の間違いを正しておきましょう。我々はこれまで、高天原には龍穴が一つのみであると思っていました。そして格下ではあれど、五柱もの蛮神がその龍穴を支配していると』

頷《うなず》く。そう、それこそが始まりの龍穴たるに相応《ふさわ》しいという論拠だったはずだ。

東西併せた巴《は》大陸の龍脈《レイライン》の源流は、高天原のみにしか確認されなかったのだからそこに間違いはないはずである。

『そこに、最大の見落としがあったのです。龍穴の最大原則は、一つの龍穴に一柱の神柱《かみ》のみ。これはどの龍穴にも、仮令《たとえ》、始まりの龍穴だとしても、変わる事なく適用されます。――ですが高天原には神柱が五柱。であるならば、真実《こたえ》は単純。高天原には、龍穴が五つあると考えるべきなのでしょう』

『この程度の島国に、ですか?』

何処《どこ》で入手したのか、アンブロージオは高天原の概要地図を広げた。

詳細に描かれているそれでは無いものの、目下の作戦に使用するだけであるならば問題は無い。

『確かにここまで狭い範囲に龍穴が密集していれば、この島ごと神域に沈んでいてもおかしくはないはず。そうなっていない理由は、龍脈《レイライン》が相互に循環して安定を図っているからでしょう』

アンブロージオの骨ばった指が、地図の一点一点を指差してみせる。

東、西、北、中央、そして南。

『基礎の知識が間違っていましたが、それ自体は我々にとって天啓です。要は、最終的な龍脈《レイライン》の出力に違いはなく、一つの龍穴を陥落《おと》すために五つの神柱を降す必要はなくなったという事なのですから』

『……ですが、新たな問題も生まれたはず。本国の支援も覚束《おぼつか》ない現状でソルレンティノ卿が引き出せた教会騎士は我ら3名のみ、この程度の戦力でどうやって龍穴を陥落せしめるお心算《つもり》ですか？　それに、一つの龍穴を陥落《おと》したところで残りの四つは無事だという事実に変わりはありません。後続の部隊が到着する前に龍穴の支配権が相手側に奪われる公算の方が高いですよ』

ベネデッタの、否《いな》、本国の枢機委員会が本作戦に足踏みを見せていた最大の論拠は、高天原を陥落《おと》すためには五柱の神柱を連続して陥落《おと》す必要があるという現実である。

基礎の知識をどう紐解《ひもと》いても、その現実に些《いささ》かの変動も無いはずであった。

だが、

『――別に龍穴を陥落《おと》す必要など無いのです』

本国でも散々に議論され尽くしたベネデッタの反論に動じる事なく、アンブロージオは歯を剥《む》き出して嗤《わら》った。

『彼《か》の蛮神共は、世界の仕組みを五つの要素に分ける事で相互に龍穴を支え合っていると。つまり、数珠繋《じゅずつな》ぎの一つが陥落《おち》れば、他の龍穴も陥落せざるを得なくなるという事です。……癪《しゃく》ですが、ここは涅槃《ねはん》教の手口を応用いたしましょう』

『涅槃教？』

いきなり明後日の方向に主題が飛んだため、ベネデッタの思考が追い付かなくなる。

涅槃教とは、潘国《バラトウシュ》の神柱を奉じる宗教であったはずだ。

東巴《とうは》大陸の支配が道半ばで頓挫《とんざ》したため、現在は潘国《バラトウシュ》だけで何とか権威を維持している宗教であるとしか、ベネデッタの知識には無かった。

『その昔、涅槃教は龍脈《レイライン》の流れを捻《ね》じ曲げる事で、他国から龍脈《レイライン》を引き込む技術を開発したとか。彼らは龍脈《レイライン》の基点となる風穴を切り替える事で、潘国《バラトウシュ》と高天原を霊的に直通させたのです。……まあ、事が成る前に、真国《ツオンマ》との敗戦が原因で計画は頓挫したのですが』

『興味深い技術ですが、そんな事をしても意味は無いでしょう』

地に於ける霊力の湧出点である龍穴と、経路上に在る霊力溜まりである風穴。

龍脈《レイライン》の書き換えは人にとって偉業だろうが、直通させただけなら意味が無い。

重要なのは霊力の総量であり、その結果には些かの変動も無いからだ。

――だが、直通させる事で生まれる意味が在る。

『霊的に直通させる事で、高天原の龍穴は剥き出しで隣接する形になります。西巴《せいは》大陸全ての眷属《けんぞく》神を束ねる聖アリアドネならば、蛮神一柱程度を拘束するも容易。このためにかなりの投資は行いましたが、大陸側での準備は終えています。後は高天原の入り口となる風穴を抑えるだけで、龍穴に宿る神柱を陥落《おと》す事が叶《かな》います』

『作戦通りであれば、確かに勝利は確定できるでしょう。……アンブロージオ卿。一つ訊《き》きたいのですが、何処でこの情報と技術を手中に収められたのですか？』

論国《ロンダリア》を始めとした西巴大陸の各国が経済的な属国を得るために、潘国《バラトウシユ》は現在、ケーキを切り分けるかの如《ごと》き内戦状態に陥っているという。

波国《ヴアンスイール》もその利権を貪《むさぼ》るべく海軍を始めとした多くの投資を行っているとは聞いていたが、その過程で入手したのだろうか。

しかし、潘国《バラトウシユ》であってもこの技術は最重要であるはずだ。

内戦状態であれど、易々と入手できるとは思えない。

『――その技術は、私がアンブロージオさまにお伝え申し上げました』

その言葉は、誰もいないはずの左の壁際から聴こえてきた。

特徴など見られない、ひどくぬうるりとした口調。

意識すらしていなかった方向からの声に、アンブロージオを除いた全員が背筋を強張《こわば》らせる。

緊迫した雰囲気の中、蝋燭《ろうそく》の明暗が生む陰から進み出てきたのは、口調と同じくどこまでも特徴の無い男であった。

辛《かろ》うじて特徴を上げるとするならば、風貌《ふうぼう》が高天原の人間であると判別できる程度か、多少、違和感を残すものの、服装が聖職に就くものの黒色の長衣である事くらいか。

『何時《いつ》の間に……！』

『これは異な事を、最初からそこに居りましたとも』

耳障りなほどに穏やかな声色が、詰問に声を荒らげかけたベネデッタの精神《こころ》を逆撫《さかな》でる。産毛が総毛立つ瞬間に、混乱する意識が不自然なほどにするりと収まった。

——そうか。そういえば、確かに最初からそこにいたか。

『そう、そうね。確かにそうだったわ』

警戒を解いたベネデッタに、男が深々と頭を下げる。

『「導きの聖教」を指導しております、神父《ばどれ》と申します。——俗世と斉《ひと》しく、出家の折りに家名は棄てております。故に、どうか私の事は神父《ばどれ》とお呼びください』

『殊勝な事です。分派たる「導きの聖教」を聖アリアドネの御許《みもと》へと還《かえ》すため、この者は単身で波国《ヴァンスイール》へと巡礼に発《た》ったのです。更には信心を誓うため、途上で修めた潘国《バラトウシュ》の技術を聖アリアドネへと献上したのです』

神父《ばどれ》と名乗る男の言葉尻《ことばじり》を継いだアンブロージオは、技術の入手先である男を感に堪えぬと云《い》わんばかりに褒めそやした。

『——貴方《あなた》はそれでいいのですか？　この行為は、故郷を売っている事になりますが』

『問題ありません。「導きの聖教」の礎《いしずえ》となれるのであるならば、この身、果てる事も厭《いと》わぬ所存に御座《ござ》います』

頭を下げたままの男の言葉には、躊躇《ためら》いの響きが欠片《かけら》も見当たる事はできなかった。

胡散臭さに混乱するが、ベネデッタの精神が逆撫でにされる度に自然と凪《な》いでいく。

『本国の者たちも喪いつつある信仰が蘇《よみがえ》るとは、素晴らしい。——神父《ばどれ》。こちらの行動は伝えた通りです、同時刻に「導きの聖教」は村で武装蜂起。首尾よく事が成れば、「導きの聖教」の破門を恢復《かいふく》する旨、確約いたしましょう』
『ご配慮くださりありがとうございます。——龍脈《レイライン》を捻じ曲げる、立槻《たちつき》村の水脈を堰《せ》き止めました。現在、過剰な水気が村の風穴を冒しております。珠門洲《しゅもんしゅう》の大神柱であれど、神託は曖昧《あいまい》なものになるでしょう』
『結構です。では、神父《ばどれ》はこれより蜂起の準備をなさい。我々は本作戦の細部を詰める事にいたします』
アンブロージオの命令に異議を唱える事なく、神父《ばどれ》は大きく一つ頭《こうべ》を垂れた。

2話　日々は過ぎて、眠るように謀《はか》る　4

再度、一礼を残して未練も見せずに神父《ぱどれ》が辞去する。その後背が扉の向こうに消えると同時に、ベネデッタはアンブロージオに詰め寄った。

『アンブロージオ卿《きょう》。あのような約束、大丈夫なのですか⁉　今、本国はそれどころでは無いはずですよ！』

景気よく口約束を交わしていたが、アンブロージオにそこまでの権限は無いはずである。後の問題となりかねない約束事に、流石《さすが》のベネデッタも容易に承服を認められなかった。

『問題ありません。立槻村を占拠している『導きの聖教』は、人数構成も含めて把握しています。彼らの蜂起は既に２度目、久我法理《くがほうり》の性格ならば禍根を遺さないよう綺麗《きれい》に掃除するでしょう。生き残っていようが、見込みのある極東のサルが１匹２匹程度。それならば、私の権限でも如何《どう》にでもできますし、そもそも波国《ヴァンスイール》に着く前に事故に遭う可能性とてあるでしょう』

『真逆《まさか》、「導きの聖教」に対して、何の応援も約束せずに蜂起を促したのですか⁉』

建前上は破門されたと云え、『導きの聖教』は歴《れっき》とした『アリアドネ聖教』の分派である。

永年、異教の地で細々と布教を続けてきた分派を一作戦の囮《おとり》程度に使い潰《つぶ》すと吐き捨てられ、ベネデッタの良識が悲鳴を上げた。

『では、危険を冒して彼らを受け入れますか？　本国の現状を別にしても、「アリアドネ聖教」にこれ以上の分派を受け入れるための受け皿が無い事は、聖女殿もご存知のはずですが』

『それはっ…………‼』

アンブロージオが返した止《とど》めの言葉に、激昂《げっこう》の向ける先を失ったベネデッタは唇を噛《か》んで俯《うつむ》いた。

『アリアドネ聖教』は、長年を掛けて西巴《せいは》大陸を平らげた宗教である。

他の神柱を眷属神とする宗教は、基本的に一度の敗北も受け入れられない。

何故《なぜ》ならば敗北とは、敵対した神柱を認める行為であり、唯一神という定義そのものに矛盾が生じてしまうからだ。

本来、勝利し続ける事は絶対条件となるが、『アリアドネ聖教』は過去に数度、敗退の歴史を刻んだ事がある。

それでも信仰上の矛盾を回避できた所以《ゆえん》は、分派をうまく利用できたからだ。

敗北した際の決定的な破綻《はたん》を、分派に押し付けて回避する緊急手段。

――だが、長年にわたる侵略行為の結果、本国ですら把握できないほどの分派が溢《あふ》れ、そもそもの教義すら曖昧な状態になりつつあるのが『アリアドネ聖教』の現実であった。

『ご理解いただけたようで結構です。まぁ、彼らとて真なる「アリアドネ聖教」の礎となれるのです。死して尚《なお》、本望というものでしょう』

くつくつ。咽喉《のど》の奥底で煮えたぎるような嗤いを漏らしながら、アンブロージオは中央の卓に戻る。

最早、戻る事もできない。友誼《ゆうぎ》を結びかけた少年の面影を良心の奥底に沈めて、ベネデッタも後に続いた。

『……それで、狙うのはやはり鴨津《おうつ》の風穴ですか？』

『いいえ。宣教会の連中はあそこが重要地であると思い込んでいましたが、あの風穴は結局のところ支流から噴き上がった風穴です。本流と直結していない以上、本国と結びつける利益は皆無。久我と云いましたか。あの領主を充分に焚《た》きつけましたし、ある程度の戦力を削る程度の囮になってもらえれば充分です』

『あそこが支流？　では、本流は……』

『潘国《バラトウシュ》が直結させた歴史がある以上、大陸に続く風穴の基点は涅槃教の寺院が抑えていると判断するのが道理でしょう。

――源南寺《げんなじ》。此処《ここ》こそが我々が陥落《おと》すべき目標です』

地図上を彷徨《さまよ》った後、アンブロージオの指が鴨津《おうつ》の西側に突き立つ。

地理に疎い彼らは、遂には気付く事も無かった。

地図に示された和語を読む事ができていれば、また話は別であったろうか。

アンブロージオの指した先は、神父《ぱどれ》が蜂起を宣言した村のすぐ間近。

そう、立槻村より僅《わず》かに離れた位置に在った。

『陥落《おと》す目標は理解しました。……ですが、後に続ける事ができなくば、我々が敗退する結末も同じでしょう。後続がない現状、風穴を維持する事は不可能のはずです』

『維持は不要。涅槃教は龍脈《レイライン》に自国の神器を打ち込んで、途中基点を潘国《バラトウシュ》に直結させただけです。幾つかの経路が変わっただけなので最終的な流れ方は変わっていないとの事ですが、元々は真国《ツオンマ》に直結している本流だったとか。

――寧《むし》ろ、神意に背かぬ行い。五体投地で感謝を示してほしいくらいですね』

アンブロージオの指先が、青道港《チンタオ》の一点を指す。

そうか。アンブロージオがあの港に建つ教会に足しげく訪れていた事を、ベネデッタは漸《ようや》く思い出した。

龍脈《レイライン》を遡《さかのぼ》り、この地の神柱を陥落《おと》すための準備をしていたのか。

『全ての準備は終了しています。龍脈《レイライン》が繋がり次第、この地の龍穴は真国《ツオンマ》から放たれる神格封印の下に陥落するでしょう。私も半生を懸けたこの偉業、達成せずに終わらせる心算《つもり》は毛頭在りません』

不敵に歪《ゆが》むアンブロージオの口元。

そこに滲《にじ》む絶対的な勝利への確信に不安を感じたものの、これ以上の異を口にする事なくベネデッタたちは肯《うべな》いを返して行動の決意を示した。

◇

……夜を照らし出す灯《あか》りが長い鴨津《おうつ》に住まう者であっても、床に就く時間は意外に他の街と変わりはしない。

草木も眠る丑三つ時《午前2時》とまでいかなくとも、亥の刻半《22時》ばともなれば起きている者の方が珍しくなる。

こんな時間に起きている者は、それこそ夜鷹《よたか》かお天道様に顔向けできない手習いの者くらいだろう。

ただ人が眠りに沈み、街灯の灯りだけが道行きを照らし出す中、

――ひた、ひた。

灯りを避けてか、暮明《くらがり》に紛れて足音だけが往来に響いた。

ずうるり、ずる。灯りの届かぬ闇が生き物の如くうねり、足音の主に憑《つ》いて回る。

――ひた、ひた、……卑詑《ヒタ》、否唾《ヒタ》。

「やぁれ、やれ。……随分と手間を掛けたのだがねぇ」

なんて事は無い語調で、随分と残念そうに闇が嘯《うそぶ》いた。

事実、闇に潜む主が掛けた手間は、余人が想像するに気が遠くなるほどだ。

「しかし、まあ。――潮時だねぇ」

――卑詑《ヒタ》、否唾《ヒタ》。

街灯の灯りが闇に呑《の》まれ、また生まれる。

じりじりと啼《な》き上げる夏虫の騒《ざわ》めきも闇に掻《か》き消え、また生まれる。

何か変化がある訳でもなく、ただその繰り返し。

うねり波打つ闇だけが、鴨津の外に向かって歩みを止めないその異常。

「……期待したのに、肝心のところではあの程度。潮目を見失う輩《やから》にゃあ、為《な》りたくないのう」

――否、卑《ヒ》。

耳障りなほどに穏やかな嗤《わら》い声が、うねる闇をさざめかせる。

その間中、かぱりと闇が罅《ひび》割れて、赤黒い三日月が僅かに垣間見《かいまみ》えた。

――否《ヒ》、卑《ヒ》、卑《ヒ》ィ。

三日月がのっぺりと嗤いに歪み、聴くモノの精神《こころ》を逆撫でて哄笑を上げた。

その歩みは依然止まる事はなく、闇から闇へ鴨津の外へと消えてゆく。

ずうるり、ずる。後に残るのは静寂のみ、何も知らぬとばかりに穏やかな眠りに落ちるただ人の街だけであった。

3話　神託は霧中にて、平穏に迷う　1

立槻村《たちつき》の役場から一歩を踏み出し、武藤《むとう》は目深に狩猟帽《ハンチングハット》を被《かぶ》り直した。

視線を上げ、仏頂面の陸斗《りくと》と合流を果たす。

「役場は空振りだな。御井《みい》の方は、何か収穫は有ったか？」

「そっちと大差は無い。……連中、とりあえず適当に住んでいるようだ」

武藤の問いから、向こうに垣間見える畑へと視線を流した。

畑へとしゃがみ農作業する住民の影。鍬《くわ》を振るうその背中からは、随分と質素な生活ぶりが窺《うかが》える。

「家財に手を付けた様子は」

「外から見ただけ、少なくとも農具を乱雑に扱ってはいない位か」

陸斗の応《いら》えに、武藤は肯いを返した。

余計な被害の心配が必要無いと判ったただけでも収穫だ。

「思う処《ところ》は有るだろうが、随分と村を気に掛けているな」

「何も無いって云《い》えば嘘になる。けどさ、――祖父《じい》さんの左腕が無かったろ」

武藤の記憶に浮かぶ左伝次《さでんじ》の姿。頼りなく風に泳ぐ左の袖《そで》は、老人の矮躯《わいく》を一回り小さく見せていた。

「ああ、事故か？」

「村を襲撃した狗《いぬ》に持っていかれた。撃退はしたが、俺たちを庇《かば》ったために精霊器ごとな」

狗の咆哮《ほうこう》だけが猛る夜。喰《く》い千切られた左腕を意にも介さず、背に幼い陸斗と村民を護《まも》って立《た》ち塞《ふさ》がる老躯《ろうく》の背中。

——陸斗に刻まれた鮮やかな記憶は、己へと至る覚悟の象徴でもあった。

「祖父さんは、命を懸けて村と俺を護ってくれた。——それを嘘にはしたくない」

「そうか。まぁ、今はそれでもいい」

苦笑を口の端にだけ浮かべ、武藤は遠くへと視線を向けた。

海岸を背に、山稜《さんりよう》の中腹に建つ何かの建物。

峠を越える時には気付かなかったその建物が、武藤の直感にどうにも引っ掛かった。

「あれは？」

「源南寺だ。高天原《たかまがはら》に於ける涅槃《ねはん》教の最大拠点だとか。山道が立槻村の近くにあるから、この辺りには坊さんが托鉢《たくはつ》を持って布施波羅蜜《はらみつ》を修めに来る」

涅槃教は、大洋を越えた先に在る潘国《バラトウシユ》の宗教である。

主に来世の救いを説いて回り、高天原へと根付く事に成功した教えであった。

「規模の割に扱いが悪いな、中途半端に街道から外れているぞ？」

「他国《よそ》の神柱さまだぜ。鴨津の風穴に近づける訳にはいかないからだろう」

「鴨津からも見える位置。山道を下りた先が小村となれば、——成る程、武装蜂起を危惧《きぐ》した対策か」

確かにその理解で説明はつく。だがどうにも武藤は疑問が拭《ぬぐ》えた手応えを感じなかった。

思考へ浮かべる度に覚える、逆剥《さかむ》けに似た痛み《警告》。

鋭さを帯びた視線が、陸斗へと向いた。

「精霊技《せいれいぎ》は何処《どこ》まで行使できる？」

「平民落ちしているんだぜ。精霊器も無いし行使できる訳ないだろ」

「建前は不要《いら》ん。防人《さきもり》の祖父殿が、中位精霊を宿した孫へと期待しない理由《わけ》はないだろう」

武藤家と御井家が嘗《かつ》て立ち上げた陰陽《おんみょう》闘法。精霊技と遜色《そんしょく》ない行使速度で相手を封じる不動縛呪は、行使するだけであっても相当な練度を必要とする。

あれが行使できるなら、精霊技の基礎程度は祖父も教えているはずだ。

「……現神降《あらがみお》ろしなら問題ない。精霊器があるなら、初伝までは」

「充分だ」想定した内では最善の応え。武藤は首肯を返して、郊外へと続く道を歩き出した。

「どうした？」

「もっと早くに気が付くべきだったな。思考誘導の対象は、立槻村全体だ」

「身内に掛けても、意味が無いだろ」

「『導きの聖教』が共犯者でなかったら、充分に効果はある」

「関係のない奴《やつ》らを犯人に仕立てたってのか。直《す》ぐに露見するぞ」

古今東西に共通して、思考誘導はそこまで便利な術式ではない
単純な指示を植え付けるのが精々の、見世物程度の催眠術。指示と自身の常識に矛盾が生じれば、容易《たやす》く解ける程度の強度しかない。

「だから、こんな状況になったんだろう。誰かは知らんが、『導きの聖教』を駒として使い捨てる心算だ」

恐らくは、役場も思考誘導に汚染されている。――応対するだけで上滑りする先刻の会話に、武藤は顔を顰《しか》めた。

「俺に妖刀泥棒を唆した理由は？」

「――時間稼ぎだろうさ。華蓮《かれん》と鴨津の往復となれば、それだけでも一週間は掛かる」

更に妖刀を盗み出せていたら、護櫻《ごおう》神社の風穴を穢《けが》す陽動にもなったはずだ。

「誰だか知らんが、直接の手出しを徹底的に避けているな。お陰で相手の姿も見えん」

準備している呪符を確認する。手持ちの呪符に余裕はあるが、それでも何があるか判らない以上、心許《こころもと》ない数であった。

蒸気自動車《スチールモビール》へと視線を向けるが、直ぐに逸《そ》らして村の外へと歩き出す。

蒸気自動車《スチールモビール》への細工。武藤の危惧を察した陸斗は、抗弁する事無く武藤の背中を追った。

「仮定が正しかったとして、どう考えても長続きしないだろ、それ」

「そうだ。――つまり、目的を果たすまでの囮《おとり》であって、恐らく本命は別にある」

そしてその本命も、大方に予想がついた。

「久我《くが》家が本腰を入れれば、何れ《いず》守備隊の派遣は決定される。つまり――」

この策が成功すれば、久我家は一時的に守備隊を割らざるを得なくなるはずだ。

守備隊が立槻村へと訪れる事こそ、この策動が持つ真の目的。

「鴨津の防衛力を2分割する事が、首謀者の真の狙いだ。……参ったな。久我家へ連絡を取ろうにも、電話は役場か」

「今からでも、鴨津へと走るか？」

陸斗の提案に思案するが、武藤はやがて頭《かぶり》を振った。

「いや。先に思考誘導の術式を解除しよう。手伝ってもらうぞ、陸斗」

「…………判った、師匠」

陸斗から返る、緊張を孕《はら》んだ承諾の応え。

表面上こそ穏やかなまま、武藤と陸斗は村へと続く畦道《あぜみち》へと足を踏み出した。

◇

橙色《だいだいいろ》に瞬く電球が、じりじりと鳴きながら久我家の中広間を照らし出した。

久我法理《ほうり》と咲《さき》。２人が正面で、表面だけ取り繕った笑顔を交わす。

見守るのは、咲の後背に控えた晶《あきら》のみ。緊迫感だけが、広間へと潜んで呼吸《いき》をした。

「休日は堪能されたかね？」

「はい。晶くんと２人で、港の方へ観光に。異国情緒を愉しませていただきました」

「それは良かった」

にこやかに返る咲の応え。僅《わず》かに期待した久我諒太《りょうた》への感傷も匂えず、法理は思わず苦く嗤った。

猪首を軽く叩《たた》きながら、素早く咲を取り込む方針を変える。

「咲殿から見て、鴨津の街並みの感想は如何《いかが》かな」

「幼い頃より訪れる度、変わりゆく街並みの発展ぶりは羨《うらや》ましく。埜乃香《ののか》さまとの由、帯刀《たてわき》家も縁を結ばれて鼻が高いでしょう」

「これは手厳しい」

軽く出した初手すら、咲から返る声音は硬かった。

帯刀家を当て馬として咲を引き込もうとした策動に、かなり腹を立てている事が薄皮一枚隔てても如実に伝わってくる。

先に嫁いだ年上の側室を次席へと下げて側室筆頭を決めるなど、諸家の諒解《りょうかい》を済ませていると云っても外聞が悪すぎる。

——特に、後から入室する相手からすれば、肩身が狭い事この上ない状況だ。

八家下位の者に対する扱いであっても、噴飯ものである事は法理も理解していた。

だがこの短い問答で自身へと素早い皮肉を返す辺り、咲の才覚も相当なものだ。

何より、幼い頃より久我家と顔を繋《つな》げ家中の信頼を得ている咲しか、刀自《とじ》に迎える相手の結論としては有り得ない。

幸いにして、埜乃香も自身の立場を弁《わきま》え、一歩退《ひ》いた協力の姿勢を堅持してくれている。

咲の後背に控える晶へと、法理は視線を流した。

——百鬼夜行で大功を納めたと聞いたが、何かの間違いを疑うほどに覇気が無い。奇鳳院《くほういん》家の歓心を得て、輪堂孝三郎《りんどうこうざぶろう》が後見を決めたらしいが。

出目を外した事も無いため余り知られていないが、奇鳳院《くほういん》家は偶《たま》に酔狂を好む。その事実を、久我法理は歴史から知っていた。

大功を納めた者に対する後見の推挙は、酔狂と囁《ささや》かれた仕儀の一つ。

今回こそ何かの間違いではないか。聞くものが知れば不敬とも誹《そし》られかねない思考を、法理は頭の片隅に放り投げた。

今回の話題はそれだけではない。咲に対して幾つか問い質《ただ》しておきたい疑問を晴らすために、この遅い席を設けたのだ。

「時に疑問なのだが、武藤という御仁を知っているかな？」

「武藤、ですか？」

疑問に首を傾《かし》げる正面の少女は、一見しただけでは怪しい処《ところ》など無いように見える。

――しかし、僅かに痙攣《けいれん》する少女の手の甲を、法理は見逃さなかった。

「さて。寡聞にして、……申し訳ありません」

「公安と訊《き》いてね。先日に、妖刀を持ち込んだ不埒《ふらち》者を追ってきたのだそうだ」

武藤元高《もとたか》と名乗る公安が護櫻神社で妖刀相手に大立ち回りをやらかしたのは、数日前の事。

半壊した護櫻神社に対して、奇鳳院《くほういん》家からの補償を貰《もら》った以上、法理が口を出すべき事は無い。

だが、状況を精査するにつれ、不可解な点が幾つか見受けられた。

「妖刀の件は武藤殿の処分で決着をしているのだが、『導きの聖教』の解決にも助力をと提案を受けてね。現在は丁度、立槻村の査察に先行しているはずだが、」

「――お嬢さま」

それまで咲の後背で沈黙を守っていた晶が、法理の言葉を遮って咲の耳元に口を寄せた。

「鴨津《おうつ》の旅上にて奇鳳院《くほういん》からお借りした衛護が、恐らくは武藤殿では無いかと」

「……ああ、あの方」

家内の喧騒《けんそう》もやや遠く、虫の声以外は沈黙しか残らない広間では潜めた声も意味が無い。

潜めた少女の応じる声は、一言一句漏れる事なく法理へと届いた。

「心当たりが？」

「嗣穂《つぐほ》さまより、鴨津までの道中を若い男女だけでは不安でしょうと。特別に公安の方を衛護にお借りしました。諸用との事で、久我家へ赴く前に別れましたが」

「左様か」「何かご不審の点でも？」

眼差しを強める咲に、法理は頭を振って安堵《あんど》を返す。

「大した事ではない。武藤殿を疑った家臣が、御仁と咲殿が同じ汽車で鴨津に到着したらしいと注進を寄越してね。

――もしかするならば咲殿も、奇鳳院《くほういん》家より鴨津への二心を恃《たの》まれているのではないかと」

「それこそ真逆《まさか》にて。奇鳳院《くほういん》家が久我家への信頼に疑義を向けるなど、東岸の小領地である輪堂家には想像もつかない事態でしょう」

法理の疑いを理解して、咲は軽く笑って首を横に振った。

秘匿性の高い公安の任は、大きく分けて二つある。

一つは衛士《えじ》や防人を始めとした、精霊遣い《華族》を発端とした犯罪の解決。そしてもう一つが、機関や民間へ浸透しての情報統制だ。

他領でも大なり小なりだが、高天原唯一の交易権を擁する久我家は脛《すね》に疵《きず》を多く持つ。

側室筆頭を拒否したがっている咲が、断る口実欲しさに久我家の粗捜しに公安と手を組む可能性は充分にあった。

「はは。無論、儂《わし》は信用しておるとも。——相済まぬな。疑心を注進と取り違えた不調法共は、此方《こちら》できつく釘《くぎ》を刺しておこうさ」

「そのような事をされずとも、輪堂家に他家の足元《信頼関係》を揺らす意図は御座いません」

「いやいや。次代の上意下達を引き締める頃合い、咲殿が気に病まれる事も無かろう」

咲から返る否定に迷う響きは無い。その事実だけを以《もっ》て、久我法理は取り敢えず追及の矛先を収めてみせた。

両者の間に交わされる、探るだけの笑顔。遠く潮風に煽《あお》られた池の囁きのみが、中広間を暫し満たす。

——表面上だけ、疑いを解いたって処かな。

飄々《ひょうひょう》と揺るがない法理の笑顔にそう推測を立て、咲は話題を切り替えた。

下手《へた》に追及されて困るのは、咲の方も同様である。

——間違いなく久我家は、伴侶《はんりょ》選考そのものが中止となった事実を掴《つか》んでいないわね。

その事を知れただけでも、咲としては収穫であった。

素早く思考を巡らせた咲は、法理の興味を惹《ひ》きそうな話題を口にした。

「そういえば昼頃、租界《居留地》でベネデッタ・カザリーニさまとお会いいたしました」

「ほう。——その名前は確か、波国《ヴァンスイール》使節団の名簿で見た記憶があるな。咲殿が面識を持ったとは寡聞にして知らなんだが」

「久我家の正門前ですれ違っただけです。明後日になりますが、輪堂家との会談を持ちたいと」

「それは、、ふむ……」

案の定、咲が舌に乗せた話題に、法理は思案に耽《ふけ》った。

頭ごなしに密行される会談は法理として業腹だが、明確に拒否するのも難しい。

「既に約束されている以上、脇から釘を刺すのは控えよう。……波国《ヴァンスイール》は、『アリアドネ聖教』の総本山だ。現在は立場を弱くしているとはいえ、ここの機嫌を損ねるのは西巴《せいは》大陸全体の姿勢を強硬なものにする可能性がある」

「――やはり掣肘《せいちゅう》は難しいですか」

法理の説明に、咲は思案を巡らせた。

「ベネデッタ・カザリーニとは何者か、久我御当主さまはご存知でしょうか？」

「済まぬが、使節団で儂の記憶に残っているのは、ヴィンチェンツォ・アンブロージオと名乗る司教だけだ。誰に重用されているのか、何かと過激な思想を隠そうともしない御仁でな」

法理の口から漏れ聞こえるアンブロージオの評価は、ベネデッタから窺《うかが》える穏やかな雰囲気とは相反するもの。

使節団かベネデッタか。咲との会談を求める理由がまるで見えてこず、法理と咲は首を傾げた。

「――『アリアドネ聖教』の目的が、『導きの聖教』の協力である可能性は」

「晶くん？」

沈黙の中、不意の呟《つぶや》きが咲の耳に届く。

「建前や感情はこの際、無視しましょう。けど、『アリアドネ聖教』が破門した分派へ明白《あからさま》に手を貸す事は難しいはずよ」

　驚く咲だが、晶にはその点がどうにも気に掛かるのだ。

「それ以上に得られる利益が大きければ、話は別でしょう。立槻《たちつき》村の風穴と引き換えにするならば、『アリアドネ聖教』も破門を撤回するのでは」

「――面白い考え方だが、向こうにも面子《メンツ》というものがある。租界の代表を知っているか？」

　風穴とは、土地神を宿す小規模の龍穴である。神柱の恩恵と加護を以て、正者が生活基盤を確立するための重要な基盤。

　鴨津の風穴には及ばずとも、立槻村の風穴を奪う意味は少なくない。

　晶の推測に一考の価値を認めたか、迷う響きが舌鋒《ぜっぽう》に混じる。

「いえ」

「現在の代表は論国《ロンダリア》の商会でな。波国《ヴァンスイール》との国交に軋轢《あつれき》を生じている現在、協力関係は難しい」

「同じ『アリアドネ聖教』の内部で？」

　宗主国である波国《ヴァンスイール》の決起には、租界全体が従うとばかり思い込んでいたのだ。

「宗派の内乱に近い。特に論国《ロンダリア》が主教と任じた習俗派《エトス》は、『導きの聖教』と同じくアリアドネ聖教から破門された経緯を持つ。――宗主国気取りの独断専行は、国交を断つ絶好の機会となるはずだ」

「西巴大陸で括《くく》っていましたが、アリアドネ聖教も一枚岩では無いのですね」

「大陸が囲う国の数だけ分派が有ると理解すればいい。源泉こそ同じであろうが、内部意見など早々には纏《まと》まらんさ」

　認識のズレを指摘され、晶は唸《うな》る。

『アリアドネ聖教』の総本山である波国《ヴァンスイール》の決定は、西巴大陸全土に波及するとばかり思い込んでいた。しかしこうなってくると、前提条件そのものが違ってくる。

租界《論国》の協力が得られない以上、波国《ヴァンスイール》は持ち込んだ少数の手勢だけで事を構える必要があるからだ。

「……何か見落としがありますね。『導きの聖教』を囮に、租界と手を組んで鴨津の風穴を狙うのは？」

「青道《チンタオ》と同じ轍《てつ》は踏まんさ。租界の戦力を併せたところで、護櫻《ごおう》を陥落《おと》すには届かん。

——何より鴨津へ牙《きば》を剥《む》くと旗幟《きし》を明確にしたならば、久我法理と相対せねばならん事は向こうも熟知しているだろう」

八家第二位。武門筆頭の自負を背景に、久我法理は断言を下した。

そしてそれは、波国《ヴァンスイール》が立槻村を占拠したとしても同じ事である。

鴨津に近いとはいえ、僻地《へきち》の風穴を一つ占拠しても、維持できなければ意味が無いのだ。

「結局は現状維持が最善ですね。であればご相談ですが、会談へと臨むにあたり久我《くが》御当主さまにお願いが——」

咲たちとの話も終わり、中広間で法理だけが思考に耽っていた。

沈黙を満たすのは、夏虫の騒《ざわ》めく囁きだけ。

暑さの残る微風が渡る中、法理は荒く鼻息を漏らした。

「咲さまが正門より下がられました事、ご報告を」

「左様か。──埜乃香《ののか》、咲殿は何か漏らしたか？」

壁樹洲《へきじゆしゆう》の陰陽師《おんみようじ》が行使する天耳通《聴覚強化》を当てに、法理は佇《たたず》む帯刀《たてわき》埜乃香へと視線を向けた。

頭《かぶり》を振る少女の姿に、警戒されているなと苦笑を浮かべて肩を揺らす。

「公安と手を組んで何を考えているやら。腹蔵するものの片鱗《へんりん》はぼやこうかと、期待したのだがなぁ」

「未《ま》だ、疑われているのですか？　差し出口ですが、咲さまに公安と手を組む理由が無いと思いますが」

「武藤の名前を訊いた時点で、あれの指が動いた。……何ぞ誤魔化しをやらかす癖でな、企《たくら》みを見破る際に役立っておる」

幾つかカマを掛けてみたのだが、伴侶選考の手伝いではないと確信を得られただけが収穫だった。

久我《くが》法理と輪堂孝三郎の内密が一方的に破られた理由を知りたかったのだが、どうにも相手の動きが伝わってこない。

立槻村へと向かう前に会話を願った今回が、最後の機会であったのだが。

「まだ諦《あきら》めきれませんか」

「幼い時分から側室と見込んで、我が家へと馴染《なじ》ませている。埜乃香には悪いが、筆頭の座として、あの娘以上の器量は他にない」

「嫁ぐ話が交わされた折りより、その決定は含められています。契約の履行さえ確証あれば、帯刀家としても不満はありません」

法理の断言にも埜乃香は不満を見せる事なく、双眸《そうぼう》を伏せて承諾を返した。

「ならば良い。――話の内容は聴いていただろう。諒太《りょうた》にも申し渡す故、租界にて少々買い物を頼まれてくれ。適当に、珍しい菓子などで構わん」

「畏《かしこ》まりました」

咲《さき》の頼み事が次いでなのか、それとも菓子が次いでなのか。法理の惚《とぼ》けた口調から窺い知る事とはできず、笑顔を返して埜乃香は退室のために踵《きびす》を返した。

「ああ、そうそう」

その背中に、法理の変わらない声が投げられる。

「諒太に強請《ねだ》って、服の一つも無心してやれ。男の度量を育ててやれば、少しは落ち着きも覚えるだろうさ」

男性の理屈であろうが、法理からの心尽くしに間違いはなく。

頬に朱を散らして、埜乃香は首肯を返した。

◇

『アリアドネ聖教』が拠点にしている教会は、港湾から続く大通りの一角を大きく占める形で建っていた。

瀟洒主義《モダニズム》とはまた違う異国の気風を純粋に取り込んだ赤煉瓦《あかれんが》の外壁が、晶《あきら》の威勢を圧倒するかの如《ごと》く立《た》ち塞《ふさ》がる。

流石《さすが》に気圧《けお》されたのか、隣に立つ咲も正面の門扉を睨《にら》むばかりで進む足も踏み出せずにいるようであった。

見るからに西巴大陸の出自と判る栗毛の男性が、逡巡《しゅんじゅん》する2人の後背を追い抜き正面の扉を両開きに引き開ける。

扉の隙間をすり抜ける形でその内側《うち》に消える男性の姿に、晶は覚悟を決めて扉の取っ手を掴んだ。

『……聖アリアドネは子らの悩みを受け止めます。歩む苦難の路《みち》に、西方の祝福を――』

意外と重さを感じさせない大扉を引き開けると、異国の言葉が清冽《せいれつ》な響きを湛《たた》えて晶たちの耳朶《じだ》を打った。

教会の最奥、内陣中央に置かれた主祭壇に立つベネデッタが、拝跪《はいき》する青年に向けて朗々と正典の文言を読み上げる。

――すると、

「――――!!!」

上部に配された採光用の装飾硝子《ステンドグラス》から降りしきる陽光が、一際の輝きを以てベネデッタたちを包み込んだ。

加護、恩寵《おんちょう》とも呼ばれる、神柱との契約。晶たちの目の前で行われたものは、『氏子籤祇《うじこせんぎ》』の輝きによく似ていた。

しかし、『氏子籤祇《うじこせんぎ》』は抜けたのでも無い限り、生涯に一度のみ。

加護の重ね掛け。その言葉が晶の脳裏に過《よぎ》った。

『祝福を』

『感謝いたします、カザリーニ司祭さま』

『故郷への帰還を、穏やかな風が導きますように』

和やかに交わされるそのやり取りの端々から、それは少なくとも彼女たちにとっては異常な出来事で無い事が窺い知れた。

男性とすれ違い、やや放射状に配された長椅子の間をすり抜けるようにして進む。

「──ようこそ、アリアドネ正教会へ」

「ええ、お招きに与《あずか》りました。今からでもお話をしたいのですが、宜しいかしら？」

正面扉が開いた事には気付いていたのだろう。内心を窺わせない慈悲の微笑《ほほえ》みが、晶たちの来訪を形だけでも歓迎してみせた。

奥の面会室に案内を通されかけるも、咲が首を振った事で聖堂内での対峙《たいじ》を果たす。

ベネデッタの立つ内陣を挟み、軽く自己紹介だけを交わした。

「……非公式の会談なので、お互いにとっても他者に聴かれる可能性は排したいと思いましたが」

「いいえ、当方が特に困る事はありません。──それとも、カザリーニさまに含むところが御有りとでも？」

「いいいえ全く。それならば気の回し過ぎですね。御地《おんち》の御領主、法理《ほうり》殿と云《い》いましたか。あの方は兎《と》に角《かく》、その辺りに厳しいご様子でしたので」

「私は勅旨にて命令を受けただけの者です。久我の御当主とは上下関係にありませんので」

「成る程。鴨津《おうつ》の領主に意向を通せる相手、それが咲さまの上司なのですね。

——それは好都合です」

「……ええ、その通りです」

不味《まず》い、もう抜かれ始めている。咲は内心で歯噛《はが》みした。

細かく相手の情報に揺さぶりを掛けて、相手自身を削り出していく。

咲も覚え始めた交渉術であるが、波国《ヴァンスイール》の使者としての側面も併せ持っているベネデッタにやはり一日《いちじつ》の長はあるのだろう。

「近年、高天原《たかまがはら》にも議会制度が導入されたとか。洲《しゅう》議会の上位の方でしょうか？　それとも更に上？　洲の執政を司っている方とか」

「さあ、それはどうでしょうか」

議会制が高天原に導入されたのは、文明開化とほぼ同時期に当たる頃だ。

成立からそれなりの年月を数えてはいるものの、制度としてはほぼ成熟を見せておらず稚拙な権力ごっこが横行している状況でもあった。

流石に議会制度が有名無実化しつつある現状までは掴んでいないのだろう、しかし、咲はその勘違いを敢えてそのままにしておく事に決めた。

「——こちらからも質問を宜しいでしょうか？」

「なんでしょうか？」

「先刻の輝き、『アリアドネ聖教』が誇る加護の重ね掛けですか。話には聞いていましたが、本国から遠く離れた高天原でも有効だとは驚きました」

「加護の？　ああ、『洗礼《バッテジモ》』の事ですね」

頬に手を添えて思案するが、ベネデッタは直《す》ぐに答えを導き出してみせた。

土地神との契約である『氏子籤祇《うじこせんぎ》』の効果範囲は、その土地の範囲内に限られている。

この霊的な契約の枷《かせ》を無視できるという事は、領地は疎《おろ》か洲の制限すら越える事ができる事実を意味してした。

「特に不思議な事ではありません。——世界に遍《あまね》く総《すべ》ての神柱の始祖たる唯一神、それが聖アリアドネなのですから」

そう告げて、主祭壇に据えられた正典を広げてみせる。

「『主は、始まりの言葉で世界を彫り上げる』。嘗《かつ》てアリアドネは言葉の鑿《のみ》を振るい、世界を天と地に分けました。炎を天の竈《かまど》に、土を畑に、水を桶《おけ》に満たし、己《おの》が身を吹き渡る風に変えて世界を言葉で満たし、

——己の写し鏡として、アリアドネは最後に人間を編み上げたのです」

アリアドネ聖教に於《お》ける教義の一節を朗々と諳《そら》んじると、ベネデッタは晶たちに向き直った。

「人間は誰しも、聖アリアドネの愛し子。——仮令《たとえ》、庇護《ひご》地を離れたとしても、ただ人は聖下の御《み》母許《もと》へ還《かえ》るが運命です」

土地に縛られて生活する。それが高天原に於けるただ人の常識だ。

だが『アリアドネ聖教』は、その常識を無視できると云う。

高天原は守勢しか選べないのに、向こうは攻勢を選べるという理不尽な事実。

無論、たかだか人間が創り上げた教義程度に、そこまで出鱈目《でたらめ》な結果はあり得ない。

何らかの制約はあるはずだが、それを踏まえても想定以上である事は間違いなかった。

「——さて、こちらも宜しいでしょうか？」

「ええ、どうぞ」

「我々は、『導きの聖教』《アリアドネ聖教》の破門を解く事を決定いたしました。我らは久我家に対し、彼らが住まう立槻《たちつき》村の風穴を聖教へと返還していただく意向を表明いたします」

「……そうですか」

先日に予想した、アリアドネ聖教の出方の一つ。

然《さ》して驚く事も無く、咲は肯《うべな》いを返した。

それだけなら、咲としてはどうだっていい。何を血迷っているのか、久我家と角を突き合わせると宣言しているだけなのだから。

——判らないのは、特に咲を見込んでこの会談を内密に仕組んだ意図。

「つきましては、咲さまに久我御当主への説得の協力を依頼したく、この場にお呼びいたしました」

ぴき。音を立てる勢いで、咲とベネデッタの間に渡る雰囲気《くうき》が張り詰める。

「ふ、ふ。カザリーニさまは、随分と酔狂な蒙昧《もうまい》事がお好きですのね？」

「全く何らおかしな要請ではありません。——そもそも、この世界は唯一神たる聖アリアドネの所有《もの》。母たる聖下の御許へ還るべき正当を、戻していただきたく願っているだけです」

「私たちが無知な幼子だとでも？　貴方たち《西巴大陸》が植民地欲しさに戦火を広げている事実。——他国の神柱を蔑《ないがし》ろにしているのは、どちらの方だと？」

一触即発。ベネデッタと対峙して、咲は手にした焼尽雛《しょうじんびな》を握り締めた。

明確な敵対を宣言した以上、穏やかに見えても此処《ここ》は既に戦場だ。

向こうも当然、戦闘が起こる事は覚悟の上だろう。

「それは、聖アリアドネの慈愛に対する見解の相違でしょう。ともあれ、拒否されたのは残念ですが、ここは私たちが譲る場ですか。後もう一つ、――晶さまは、波国《ヴァンスイール》へと来られる意思はありませんか」

「はい？」

ベネデッタの視線が、咲の後背に控える晶を射抜く。

真逆《まさか》、話題を振られるとは思っていなかった。

「先日にお話を交わした折り、晶さまはついこの間まで平民であったと。平民が騎士となるに、色々とご苦労も多い事でしょう。その点で『アリアドネ聖教』の教会騎士は、貴族も平民も一律に同じ騎士と見做《みな》されます。――波国《ヴァンスイール》には嘗て、奴隷から聖人に列聖を赦《ゆる》された事例もあるほど。御身を平民出よと見咎《みとが》める者は居ませんよ」

「は？」

唐突な勧誘。だが晶の困惑などどこ吹く風と、ベネデッタは構う事無く言葉を続ける。

「波国《ヴァンスイール》は近年、東巴《とうは》大陸との協調路線を主軸にするべく、交換留学の制度を推し進めております。晶さまは平民から防人《さきもり》へ進まれた方ですし、新時代の象徴として是非とも波国《ヴァンスイール》へ招聘《しょうへい》を願いたく思っています」

「あ………」「――何の世迷言《よまいごと》を！」

返事に困る晶が何かを紡ごうとする前に、咲が右腕で庇《かば》うようにして立ち塞がった。

「晶くんは奇鳳院《くほういん》家預かりの防人、波国《ヴァンスイール》への鞍替《くらが》えなど認められる訳もないでしょう‼」

「おや。平民上がりの防人を国外へ放出する事も赦《ゆる》さぬほど、高天原とは狭量の国なのでしょうか?」

「晶くんには、珠門洲《しゅもんしゅう》で覚える事が山ほどありますので。海の外へ現《うつつ》を抜かす余裕なんてありません」

何を気付いているのか、晶に対しベネデッタが異常に執着している。

異国の騎士が晶に干渉しようとする事実に、咲の警戒が警鐘を鳴らした。

果たしてそれは杞憂《きゆう》か。

「ああ。もしかして、」

咲の反駁《はんばく》も何処《どこ》吹く風か、ベネデッタの唇が弧を刻んだ。

「未《ま》だ、教えておられないと? ——御身に宿る篤《あつ》き加護を」

「貴女《あなた》、知って…………ぁ」

一拍。愕然《がくぜん》と漏れた失言に意識が及び、咲は晶へと視線を巡らせる。

最悪の状況で、それも異国の騎士からその事実を告げられてしまった。

「加護? 残念だが、俺は土地神から加護を授けられていないぞ」

朱華から既に告げられている。——晶の氏子は、見た目を取り繕った張りぼてだと。

「晶くん、それは……」

困惑する晶へ、焦る咲が声を上げた。——交わる視線に滲《にじ》む、軋轢《あつれき》の感情《いろ》。

神無《かんな》の御坐《みくら》は縛る事ができない。——故に、親愛で、そして教育でしか居場所を留める事しかできない。

晶との信頼関係に傷をつけない。それは晶の教導へ就く際に頼まれた、条件の一つ。

自分自身の事実について、自分以外の誰かが知っている。

その事実は、晶の心中で信頼に対する毒へと変わった。

「元来、加護は民草を守護する神柱の祝福ですが、遥《はる》か高みを目指すものは太陽に灼《や》かれ急落に死ぬが如く、加護もまた多ければ良いというものではありません。波国《ヴァンスイール》の英雄譚の一つに、神柱に愛され過ぎた英雄がいます。その勲《いさおし》に謳《うた》われる神柱の加護は様々な悪意や戦場から英雄を護《まも》り抜き、——遂には、加護の重さで英雄自身が死に至ったのです」

「加護の重さで死ぬ、ですか?」

「少なくとも、寿命で死ぬ事は望めない程度に」

ベネデッタは、主祭壇脇の机にある杯を掲げてみせた。

ちゃぷ。僅《わず》かに揺らめく光が透けて見え、杯には中ほどまで水が湛《たた》えられている事が見て取れる。

「この杯をただ人の容《かたち》であると仮定するならば、中に湛えられている水は精霊に当たります。加護は、ここに更なる水量を注ぎ込む行為。つまり、神柱の慈愛が篤ければ、何《いず》れは水の重みで杯は潰れるはず。——ですが晶さまは、超過している加護の重圧をものともしていない」

杯の水を呑《の》み干し、ベネデッタは晶へと手を差し伸べた。

「波国《ヴァンスイール》では、ただ人の限界を超えた加護を恩寵と呼び習わします。神柱に至る志尊の祝福。それを享《う》ける事が赦される者は、我ら聖教に於いて恩寵の御子と讃《たた》えられるもの。

波国《ヴァンスイール》の代表として、現代に産《むす》ばれた晶さまに聖下への信愛をお示し頂きたいのです。——その対価として波国《ヴァンスイール》は、高天原に対する絶対の同盟を用意できるでしょう」

睨《にら》み合う咲《さき》とベネデッタに、晶は沈黙を返すだけ。

腰に在る落陽柘榴《らくようざくろ》へと視線が落ちた。

——自身が望んだ力の不気味さに、今更ながら気付く。

「お断りします」

ただ、咽喉《のど》からはそう、揺れる否定が漏れただけ。

「——行きましょう、晶《あきら》くん。こんな会談、これ以上意味は無いわ」

立ち尽くす晶の手を掴《つか》み、咲はベネデッタを睨みつけた。

「そうですか、残念です」

然して悩んだ様子も無く断る声が返され、悲しそうにベネデッタは双眸《そうぼう》を伏せる。

それは、晶とベネデッタ、延《ひ》いては高天原と波国《ヴァンスイール》の間に決定的な亀裂が入った瞬間であった。

「……随分と遠回しに私を誘ってきたと思ったら、私を当て馬に晶くんを説得する事が目的だったのね」

「いいえ。どの交渉も必要ゆえに行っています。とは云え咲さま、忠告に一つ。——交渉の基本とは、相手の意図を外すものですよ」

明言を避けてはいるが、その一言で咲の疑いは確信に変わった。

「晶くん、行こう」

会談は以上、とばかりに咲は踵《きびす》を返す。その後背に続こうと晶は背を向けると、

「——咲っ‼」

その細い腰に腕を回し、現神降《あらがみお》ろしも拙いままに全力で床を蹴《け》った。

強化が充分でないままに、２人揃《そろ》って宙を踊る。

——轟音《ごうおん》。

逃れる寸前まで２人がいた場所が、木っ端微塵《こっぱみじん》に床や椅子であった木片を撒《ま》き散《ち》らして粉塵《ふんじん》を巻き上げた。

粉塵が薄れた中央には、大振りの両刃剣を振り下ろした姿勢で構える赤毛の偉丈夫の姿《サルヴァトーレ・トルリアーニ》があった。

『……サルヴァトーレ《トト》、何て事してくれたの。お陰で会談が台無しじゃない』

『正直に云えば、ここまで我慢できた事を褒めてほしいくらいだな。ベネデッタ《ベティ》の慈悲に唾《つば》を吐くわ、聖アリアドネの威光を嘲笑《あざわら》うわ。ここまで我らの譲歩を踏みつけにしてくれた以上、回心の機会を与える前に審問官としてこの者たちに神罰の鉄槌《てっつい》を与えねば面目が立たんだろう』

憤怒に震える友人の姿に、ベネデッタは頭を抱えた。

——だが、サルヴァトーレの憤怒もよく理解はできる。

会談が一度だけで終わる事は無い。

本来は彼我の認識の差を埋めるところから始め、妥協点を求めて幾度にも討論を重ねるものであるからだ。

蒸気機関も未《いま》だ発展初期に在る高天原と、産業革命も成熟しきった科学技術を有する波国《ヴァンスイール》とでは、最低でも３倍近い国力格差があると本国の技術顧問は太鼓判を押していた。

国力や技術力に隔絶した差を自覚しているのであるならば、特に外交面での解決を目指す傾向が高いというのが西巴《せいは》大陸に於けるベネデッタたちの常識である。

最初は何を云われようとも、とりあえずは外交的な解決を目指すべく穏やかな物別れに終始する。

そう、ベネデッタも確信を持っていた。

降伏勧告の会談はこれまでの聖伐でも行ってきたが、ベネデッタの勧誘や譲歩を一顧だにせず切り捨てる者たちが揃っているとは予想外であった。

「……去り際の背中を狙って一撃？　波国《ヴァンスイール》の作法って、随分なってないのね」

「咲さま」

「怪我《けが》は無いわ。――ありがと」

がらり。上に降り積もった木片を叩《はた》き落としながら、晶と咲が立ち上がる。

見た目には無傷、派手に怪我をしているようには見えない。

寸前で咲を抱えた晶が強引な回避に移っていたので、少なくとも直撃はしていないはずだ。

「極東にのさばる忘恩の猿どもを躾けるのに、作法もなかろう。貴様らに赦されている返答は一つ、唯一神たる聖アリアドネの決定に諾《だく》と返すだけだ」

「……ここまで仕出かして吐ける呼吸《いき》がそれってんなら、いっそ感心してやる」

前に出ようとする咲を押さえて、晶が遂に前に出た。

「だがここまでやられれば、誤魔化しも利かねぇぞ。鴨津《おうつ》はもとより、珠門洲《しゅもんしゅう》だって黙って無かった事にはできない。どう落とし前を付ける心算《つもり》だ？」

「できますよ」

「はぁっ⁉」

サルヴァトーレの後方に立つベネデッタの言葉に、晶の怒気が挫《くじ》かれる。

「領事権。——この教会は波国《ヴァンスイール》の領事館も兼ねています。その上、ここは租界です。自治権は久我家にありません」

主祭壇のある内陣から進み出る彼女の表情に、焦りは窺《うかが》えない。

その事実は、咲も法理《ほうり》から聴いて知っていた。

「つまり、ここで何が起きようとも、この教会だけは波国《ヴァンスイール》の意向が優先されるのです。——トロヴァート卿《きょう》、こうなっては仕方ないわ。警邏《けいら》隊が押し入る前に、最低でも晶さまの加護だけでも削りましょう」

「承った！」

ベネデッタの決意を受けて、サルヴァトーレの身体《からだ》から夥《おびただ》しいまでの精霊力が解き放たれる。

身体強化。現神降《あらがみお》ろしと同系統の精霊技を行使する予兆を嗅《か》ぎ取り、太刀《たち》袋に包まれたままの落《らく》陽柘榴《ようざくろ》を楯《たて》にした。

「晶くん‼」

「咲は逃げろ！」

案じる咲の叫びと、楯になる晶の決意が交差する。

だが余裕すら無い晶の視線は粉塵の向こうを睨み据えたまま、全力で現神降《あらがみお》ろしを練り上げた。

——号《ゴ》ォッ‼

ここで止める。断固とした晶の意思に挑むかのように、木片諸共《もろとも》に粉塵を蹴《け》散《ち》らしてサルヴァトーレの巨躯《きょく》が一直線に跳びかかる。

「ハアァァアッツ‼」

「ぐぅお、ん……、のぉおおぉっ‼」

斬るというよりも潰す事を目的とした、無骨な4尺9寸《約150cm》の刃金が、虚空を横薙《よこな》ぎに荒裂《あらざ》いた。

鈍く金属の噛《か》み合う音を立てて、落陽柘榴《らくようざくろ》と鬩《せめ》ぎ合う。

精霊力に依る強化の生み出す莫大《ばくだい》な慣性が、小兵である晶の身体を軋《きし》ませた。

だが現神降《あらがみお》ろしが晶の身体を支え切り、火花を散らす刃金越しに見下ろすサルヴァトーレの視線を真っ向から射抜き返す。

「ふ、……ん。なっていない戦術であれほどの妖魔《デイモン》を下したところを見ると、成る程、ベネデッタ《ベティ》の評価は確かなようだ。今後を案じるならば、貴様はここで沈めておくべきだな」

「簡単にっ……、陥落《おと》せると思うなよ‼」

噛み締めた歯茎の隙間から怒気を吐き出し、晶は猛る炎に抗《あらが》う意思を焚《く》べた。

晶の神気に中《あ》てられたか、落陽柘榴《らくようざくろ》を包んでいた太刀袋が燃えて灰と化す。

——じり、
退《ひ》くものか。ただその決意を胸に、足を前へ一歩。

「ぬ……」

——じり、
噴き上がる朱金の輝きが落陽柘榴《らくようざくろ》を鞘《さや》ごと染め上げ、更に相手を押し戻す。

「ぐ、ぅっ……‼」

「——だ、りゃぁぁあっっ‼」

確実に踏み込まれていく晶の一歩に、サルヴァトーレの背筋から勢いが失せた。

じりつく鬩ぎ合いの決壊は唐突に、抗う手応えが消えた刹那《せつな》を逃さずに晶は鞘から落陽柘榴《らくようざくろ》を抜き放つ。

だが、サルヴァトーレも然《さ》るものか。

剣の競り合いは晶に譲ったものの小手調べの敗色には固執せずに、更に小さく旋回しながら縦に刃《やいば》を斬り下ろした。

「肩口ががら空きだぞ、小僧《ガキ》っ！」

「態《わざ》とだよ、間抜け！」

口汚い応酬もそこそこに、抜き放たれた昏《くら》く赫《あか》の刃がサルヴァトーレの鈍色《にびいろ》と火花を散らして喰《く》い合う。

——強い。けどなんだ……？　軽い。

数合を斬り結びながら、晶は内心で首を傾《かし》げた。

過《よぎ》る疑問を余所《よそ》に、視界の奥で咲の着物が翻《ひるがえ》る光景が飛び込んでくる。

咲が未だ逃げていない。その事実にサルヴァトーレの刃金を斬り弾《はじ》いて、強引に距離を取った。

「咲っ！」

「ごめん、晶くん。……もう一寸《ちょっと》だけ手間取りそう」

悔しそうに歯噛《はが》みする咲の声音。その向かおうとする正面扉の前に立《た》ち塞《ふさ》がるのは、サルヴァトーレと同じく教会騎士の1人、アレッサンドロ・トロヴァート。

その手に持つ無骨な戦杖《せんじょう》が、陽光を捉《とら》えて鈍く光る。

「俺1人で抑える！　何とかして……」

「侮ってくれるな、小粒《ガキ》‼」

咲の逃げる道を確保するために踵を返した刹那、晶の背中へとサルヴァトーレが斬りかかった。

振り抜かれるその軌跡に、宿る莫大な精霊力。

「邪魔だぁっ！」

向かう足を強引に止められ、晶の口調に苛立《いらだ》ちが混じった。

猛り上げる精霊力に流されるまま、晶はサルヴァトーレへと向けて精霊力を解き放つ。

轟音。ただ只管《ひたすら》に力任せなだけの精霊力が、朱金の渦災と変わる。

聖堂内を舐《な》める、莫大な精霊力。

「ぐうぉっ」

反撃を覚悟する晶とは裏腹に、サルヴァトーレは呻《うめ》きを残して踏鞴《たたら》を踏む。

咲ですら流せる中途半端な初伝の鳩衝《きゆうしよう》が齎《もたら》した意外な結果に、晶の脳裏で先刻の疑問が形を結んだ。

——見るからに小回りの利かない両刃剣で晶の小手技に追いついてくる辺り、サルヴァトーレの技量に疑いの余地は無い。

加えて垣間《かいま》見える濃密な精霊光。その輝きからして、サルヴァトーレが上位精霊を宿している事は間違いなかった。

だが、明らかに精霊力の扱いが軽い。咲と比べても尚《なお》、現神降《身体強化》ろしの倍率が剣の技量に追いついていないのだ。

掴んだ僥倖《ぎょうこう》。晶は現神降《あらがみお》ろしに任せ、聖堂の床を蹴った。

劇的に昇華された脚力が、崩れた木材を踏み砕く。

視界を埋める木片と粉塵を貫き、晶はサルヴァトーレへと一直線に。

相手の懐深く、落陽柘榴《らくようざくろ》を勢いのままに突き込んだ。

「舐めるな！」

寸前で晶の攻勢に追いつき、サルヴァトーレの大剣が落陽柘榴《らくようざくろ》と深く噛み合う。

爆《は》ぜる精霊力が火花に変わり、２人の頬で跳ねて消えた。

拮抗《きっこう》。悔しさに晶の奥歯が軋んだ。如何《いかん》ともし難い上背の差に、晶の歩《あし》みに後退の気配が生まれる。

「焦ったぞ。ベネデッタの預言通り、小粒《ガキ》にしては腕が立つ」

「く、そぉ――未《ま》だだぁっ」「!!」

全体重を掛けたか。一層に掛かる押し込みに、晶は負けじと気炎を吐いた。

落陽柘榴《らくようざくろ》の刀身から朱金の奔流が生まれる。

奇鳳院流《くほういんりゅう》精霊技、初伝、――鳩衝《きゅうしょう》。

轟音。寸も無い両者の間合いに衝撃が生まれ、爆炎が２人を弾き飛ばした。

「晶!!」「余所見とは、貴女《あなた》も悠長だな」

勢いのままに、２人が両端の壁へ。

案じる咲《さき》の視線が、粉塵の巻き上がる壁へと向いた。

睨《にら》み合《あ》いの最中に訪れた、相手が未熟ゆえの好機。無為に溶かす心算《つもり》も無いアレッサンドロは、その巨躯を以《もっ》て大きく咲へと踏み込む。

翳《かざ》される戦杖が装飾硝子《ステンドグラス》の彩る陽光を鈍く遮り、視線を戻す咲の瞳《ひとみ》へ影と落ちた。

「このぉっ」

僅《わず》かに落とした腰から、捻《ねじ》り込むように焼尽雛《しょうじんびな》を斬り上げる。

激突。菫《すみれ》色の精霊力が舞い散り、刃と杖が噛み合う度に爆炎が空間を軋ませた。

咲の薙刀《なぎなた》を巧《うま》く捌《さば》いているが、アレッサンドロの動きは寧《むし》ろ相手に合わせる気配が強い。

アレッサンドロの左肩へと垣間見える隙に、咲は気付いた。

攻め足は崩さない。咲は相手の退く気配に、寧ろ大きく踏み込んだ。

奇鳳院流《くほういんりゅう》 精霊技、中伝、――百舌貫《もずぬ》き。

菫色の輝きが薙刀の穂先に。火閃が一条放たれ、がら空きの左肩へと牙《きば》を剥《む》いた。

咲の視線が、鋭くアレッサンドロを穿《うが》つ。

――迎え撃つは、巨漢の浮かべる余裕の笑み。

「悠然と在れ《Certe illic》」

頭上から降り落ちる宣言《こえ》に、咲の本能が警鐘を打ち鳴らした。

だがもう止められない。何が有ろうと火力を以て貫くべく、菫の少女は現神降《あらがみお》ろしに任せて灼熱《しゃくねつ》を穿つ――!

「地に伏せる葦《ENKI》」

炎が左右へと広がり、衝撃で木片が宙へと舞い踊った。

それを為《な》した少女は、突き込む姿勢のままに奥歯を噛み締める。

手応えはあった。だが、少女の腕に返るのは、堅牢《かた》く重厚《おも》いそれ。

やがて爆炎が晴れる。その先で焼尽雛《しょうじんびな》の穂先を阻んでいたのは、蒼黒《あおぐろ》い楯であった。

咲の精霊技を以てしても、鈍く陽光を弾くその表面には傷一つ刻めていない。

現世《うつしょ》のものには有り得ないその結果と、直前に聴こえた招来を希《こいねが》う詔《みことのり》。

不壊の属性を持ち得る武具の総称を、他ならない八家の直系たる咲はよく知っていた。

「神器‼」

「眷属神《けんぞく》より、忠誠の証《あかし》として捧《ささ》げられた神器《Tesoro》。その中でも、我が楯《ENKI》の護《まも》りは絶対だ。如何《いか》に抗おうとも、小娘如《ごと》きが越えられる壁ではない」

「眷属神の、――――真逆《まさか》、貴方《あなた》達。眷属神だからといって、奉じてもいない神柱の神器をその手にしているの⁉」

神器は、神柱の成し得た偉業を象《しょう》として鍛造した武具。広義に於《お》いて、神柱と斉《ひと》しく扱われる存在である。

眷属と云《い》われようが、一柱の神柱。信心を持たぬただ人が、その象を土足で踏《ふ》み躙《にじ》るのだ。

余りにも畏《おそ》れを知らないその行為に、咲の声が悲鳴へと変わる。

「聖アリアドネの礎《いしずえ》と果てるのだ。眷属となった神柱には、過ぎたる末路だろうさ」

「過ぎた傲慢《ごうまん》と云うのよ、それは‼」

見た事も無い神柱の悲哀を想像して、少女の心奥に火が燈《とも》る。

猛る意思。エズカ媛《ヒメ》の声が、咲の背中を押した。

翻る焼尽雛《しょうじんびな》の軌跡を、菫色の精霊光が刻む。

奇鳳院流《くほういんりゅう》 精霊技、中伝――。

「――十字野擦《じゅうじのすり》」

文字通り、十字に奔《はし》る烈火の斬撃。視界を舐める爆炎に一筋の期待をするが、やがて晴れた楯の表面を映すのは周囲の僅かな明かりだけであった。

――予想はしていた。神器の持つ不壊の特性を目の当たりに、それでも咲は怖《お》じる事なく振り抜いた姿勢から次撃に繋《つな》げる。

奇鳳院流《くほういんりゅう》 精霊技、連技《つらねわざ》――。

「乱《みだ》れ三毬打《さぎちょう》！」

「無駄だっ‼」

大きく衝撃が三つ、薙刀の穂先と石突から放たれた。

アレッサンドロを包み込む衝撃。押し切れる手応えは然《しか》し、爆炎の向こうから吹き散らされる。

「地に栄える葦は、齎される災害を喰い潰《つぶ》す。護りに特化したＥＮＫＩの権能、侮ってもらっては困るな」

「権能まで⁉」

驚愕《きょうがく》で上擦る少女の声に、鈍くアレッサンドロは嗤《わら》った。

神柱の偉業は、大きく分けて２段階に分けられる。偉業の結果である神域特性と、そこに至るための結果《権能》。

奉じていないなら神域特性の解放までは至らないだろうが、権能の行使まで可能だとは想定もしていなかった。

神器を持ち得ない咲の後足に、圧倒的な不利から後退の気配が生まれる。

それさえも喰い潰さんと、アレッサンドロの巨躯が大きく一歩。

「――させるかぁっ」

叫ぶ晶《あきら》の決意が、その歩みを強引に止めた。

鳩衝《きゅうしょう》。朱金の衝撃が床を舐め、精霊力を猛らせた少年とアレッサンドロの間合いに道を造る。

奇鳳院《くほういんりゅう》流精霊技、中伝、――隼駆《はやぶさが》け。

残炎が軌跡を刻み、晶は楯の懐へと一直線に。

迷いなく振り切る斬撃が、楯の表面へと激突した。

「雄《オ》ォッ！」「駄目よ、晶。神器は壊せないわ‼」

交差する晶の気合いと咲の制止。

精霊光が炎と変わり、絶え間なくアレッサンドロの護りを揺るがした。

「ＥＮＫＩの護りを越えてこの威力。成る程、聖女どのが危惧《きぐ》する訳だ」

炎が偉丈夫の頬を焦がす。それさえも圧《お》し潰すべく、アレッサンドロは楯《たて》に精霊力を籠めた。

爆炎すらも喰い潰され、何処《どこ》か精彩の欠けた晶の攻め足が鈍る。

強引な押し込みから晶の背筋が伸び切り、思わず後退を余儀なくされた。

――一歩。

「譲り給え。聖アリアドネの征路に、君の影は不要だ」

「だ、から、どうした‼」

譲るのか。これ以上、譲れと云うのか。

晶《俺》は知っていたはずだ。譲る悔しさ、居場所を奪い我が物顔で嗤うものたちの傲慢を、あの煮え滾《たぎ》る感情を。

心奥の何処かで、朱金の童女が会心の笑みを浮かべた。

——二歩目を刻もうとした晶の後足から、仰《の》け反《ぞ》る気配が消える。

先へ進まんとする嚇怒。切り拓《ひら》く覚悟こそが、我が在りよう。

——それは神柱に届かんとする、矛盾。

日輪に落ちる鳳《おおとり》の影が羽撃《はばた》き、落陽柘榴《らくようざくろ》の刀身に宿った。

落陽柘榴《らくようざくろ》とＥＮＫＩが噛み合う一点から、炎と衝撃が噴き上がる。

「な⁉」

未《いま》だ嘗《かつ》て覚えた事の無い現象に、アレッサンドロの咽喉《のど》から驚愕が漏れた。

焦《じ》りつく勢い。それでも確実に喰い切るべく、晶は更に押し込もうと——。

「させるかぁっ‼」「——くそっ」

圧し切る寸前、晶の後背からサルヴァトーレが斬りかかった。

苦鳴を一つ。再び、大剣と刀が鈍く斬撃を交わす。

飛び散る火花にアレッサンドロの楯へと視線を向け、その表面に刻まれた一筋の痕《あと》に異国の偉丈夫は眦《まなじり》を歪《ゆが》めた。

『トロヴァート卿《きょう》。小粒《ガキ》の神器、——神柱殺しだ』『やはりか』

手応えに予想はしていたのか、アレッサンドロも迷わず同意を返す。

格段に脅威の跳ね上がった少年へ止《とど》めを刺すべく、サルヴァトーレは全霊を籠めて大剣を振り下ろした。

寸前で落陽柘榴《らくようざくろ》を楯にするも、大剣と落陽柘榴《らくようざくろ》は噛《か》み合ったまま床へ。

「く、」

互いの得物ごと動きを封じられ、苦鳴を残して晶は落陽柘榴《らくようざくろ》を手放した。

追撃を避けるべく床を蹴《け》り、跳ねて後退。

――無手のまま迫るサルヴァトーレに、晶は瞠目《どうもく》した。

互いに体勢は伸び切っている。それでも赤毛の偉丈夫は、晶へと向けてその手を翳した。

「啄み崩せ《sorbendum praebe》、――左に羽撃く蜂鳥《Huitzilopochtli》！」

「晶、逃げて‼」

サルヴァトーレが、心奥に納められたその神器を抜刀。

その両手に顕《あらわ》れた大剣の切っ先が、迷いなく晶へと吸い込まれた。

激突。南天の加護が震え、晶の寸前で火花を散らして鬩《せめ》ぎ合う。

晶の宿す無尽蔵の加護を前に、サルヴァトーレが更に踏み込んだ。

城砦《じょうさい》を啄《ついば》み尽くしたHuitzilopochtli《ウイツイロポチトリ》の権能が顕現。

――生まれた無数の羽撃きが、晶を護る朱金の加護へと孔《あな》を穿つ。

刹那《せつな》。晶の加護に孔《あな》が穿たれ、その脇腹へとサルヴァトーレの蹴りが突き刺さった。

「――っそぉ！」

蹴り飛ばされた晶が、折り重なる椅子の向こうへと消える。

木片と化した長椅子だったものが落ちる中、サルヴァトーレは止めを刺すべく晶の方へ。

「晶。今、助け、!?」

サルヴァトーレを阻むべく咲は床を蹴ろうと、——勘だけで更に後方へと跳んだ。

——寸前まで咲の爪先が落ちていた床に、精霊力で構成された杭《くい》が衝き立つ。

生まれた衝撃に床が落ち、大きな穴へと変わる。

その光景に目もくれず、咲は杭が襲い来た先、内陣の奥へと視線を遣《や》った。

そこには、精霊力を充溢《じゅういつ》させた右手を向けるベネデッタの姿。

「……最後まで手を出さないと思っていたけど?」

「真逆、神柱殺しをお持ちとは思っていませんでしたので。——サルヴァトーレ《トト》、貴方も控えて。この場で決着をつける意味は無いわ」

神器まで持ち出したにも拘わらず、焦りの見えない口振り。

厄介事が増えたと、咲は歯噛《はが》みをした。

ベネデッタの主張上に於《お》いて、この諍《いさか》いはサルヴァトーレの暴走によって引き起こされているのが要となっている。

つまり、波国《ヴァンスイール》やサルヴァトーレの上司《ベネデッタ》は一切の関与をしていないという主張こそが、波国《ヴァンスイール》の領事権を護っているのだ。

双方の利益にそこまでの貢献をしない以上、領事権を放棄する危険を冒してまでこの戦闘を続ける意味がない。

「ベネデッタ《ベティ》、この小僧《ガキ》は俺たちの前に立《た》ち塞《ふさ》がるのだろう?

今の内に、ここで殺しておくべきだと思うが」

「駄目よ、聖下の託宣を無視する事はできないわ。叩《たた》きのめすだけで我慢して」

「ち、分かった。——運が良かったな、小僧《ガキ》」

「晶、起きて！」

悠然と迫るサルヴァトーレと、ベネデッタの牽制《けんせい》に行動を制限された咲の焦りが交差した。

呻《うめ》きながら木片を払い除《の》けた晶の視界に、剣を振りかぶるサルヴァトーレの姿が落ちる。

「——詰みだ」

穢《ケガ》レ相手は勿論《もちろん》、猩々《しょうじょう》とも違う対人戦闘での明確な敗北。

宣言と共に振り下ろされる刃金の鈍い輝きに、晶は思わず歯を喰《く》い縛った。

「——夜長揺《よながゆ》らし」

それが当たる直前、轟音《ごうおん》と共に正面扉が拉《ひしゃ》げ、内側《うち》へ向けて倒れ込む。

茫漠《ぼうばく》と舞い上がる粉塵《ふんじん》を掻き分けて、久我諒太《くがりょうた》と帯刀埜乃香《たてわきののか》がその奥から姿を見せた。

「よぉ、波国《ヴァンスイール》のお歴々。随分と愉《たの》しいお遊びじゃねぇか。俺も交ぜてくれよ、なぁ」

「——御無事ですか、咲さま」

願ったりの援軍に、咲の表情も流石《さすが》に綻《ほころ》んだ。

「遅いわよ、久我くん！」

「交渉ってのはもっと長引かせるもんだろ。こんなに早く物別れの刃傷沙汰《にんじょうざた》になっているなんざ、予想もできるかよ」

咲《さき》の言葉を軽く流し、サルヴァトーレの足元で木片塗《まみ》れになっている晶を見咎《みとが》める。

「なんだ、外様《よそ》モン。咲に護《まも》られて、随分と無様を晒《さら》してんじゃねぇか」

「……申し訳ありません、久我さま」

反論も無く返る晶の謝罪に肩透かしを覚えたのか、舌打ちを一つだけ。追い打つ事なく、諒太はベネデッタに太刀《たち》の切っ先を向けた。

——警邏《けいら》隊の姿は無い。しかも新参の片方は、資料で見た久我の嫡男か。

諒太と咲のやり取りに、ベネデッタは大凡《おおよそ》の裏事情を察した。

「……内密に、とご理解いただけていると思っていましたが」

「あら、偶然ですよ。久我殿は偶然に租界の観光へと訪れて、偶然にこの近辺を見回っていたにすぎません。ですが仮令《たとえ》、偶然でなかったとしても、何か問題でも？　——意図を外すのが交渉の基本、でしょう？」

咲としても、青道《チンタオ》で西巴《せいは》大陸の人間が仕掛けた仕儀を知らぬ訳では無い。

相手の意図が見えない以上、久我家に協力を恃《たの》むのは当然の選択である。

ベネデッタは軽く微笑《わら》って、確かに、とばかりに肩を竦《すく》めた。

「——この地に立つ限り、過去の視線からは逃れ得る事は叶いません。波国《ヴァンスイール》は何時《いつ》でも、貴方《あなた》さまを歓迎いたします」

サルヴァトーレとアレッサンドロが、その言葉を合図としてベネデッタの前に立つ。

同時に諒太が踏み込もうとするが、その一歩よりも早くベネデッタが天蓋《てんがい》へと手を翳《かざ》した。

空間が爆《は》ぜ、無形の衝撃波が上方へと撃ち出される。

「「——！　……んなっ⁉」」

意図の読めなかった咲たちの初動が、一拍遅れた。

衝撃波は天蓋を揺らし、天面に張られた装飾硝子《ステンドグラス》が粉々に砕ける。

甲高い音と共に降り注ぐ細かい凶器に、堪《たま》らず全員が教会の外へと逃げる。

――ベネデッタたちに逃げおおせられた事を理解したのは、全員が教会の外へと逃げ出して一息吐《つ》けた直後であった。


「――全く、状況をややこしくしてくれたものだ」

斜陽に沈む中広間で諒太からの報告を聞き終えた久我法理《ほうり》が、嘆息混じりに漏らした第一声がそれであった。

混濁してしまった現状を端的に表したその言葉に、その場に居る全員が肩を落とす。

「……すまん、父上」

「足跡《そくせき》は追わせているか？」

「一応は。――けど、奴らが事を起こしたのが租界だしな。周囲の奴らは『アリアドネ聖教』の教徒だろ？　発見は望み薄だと思う」

諒太と法理の応酬に、咲が意見を差し挟む。

「来た船に乗って波国《ヴァンスイール》に帰還しようとするんじゃ無いの？」

「それは無《ね》ぇな。奴らが乗ってきた艦船《ふね》だが、咲と会談を持つ少し前に出港したそうだ。外洋に出られるほど底の深い帆船が停泊できる港湾を擁しているのは鴨津《おうつ》だけだし、人数を乗せる事ができる上陸船を自前で調達できるとも思えねぇ。――寧《むし》ろ危険視すべきは、直前に断言していた『導きの聖教』との合流だろ」

咲からの意見も含めて一通りの想定はしているのだろう。

諒太は肩を落としたまま、ベネデッタたちが自らの補給線を断ったまま行動に移したことに言及した。

鷹揚《おうよう》に肯《うべな》う法理が、諒太の報告に結論をつける。

「……領事権を棄《す》ててまで『導きの聖教』と合流するなど正気の沙汰《さた》とも思えんが、波国《ヴァンスイール》として現状に頼れるのは奴らだけか」

「領事権ですか。……『アリアドネ聖教』へのみ譲渡された権利と聴いていますが、そんなに凄《すご》い権利なのですか？」

思案する法理を前に、晶《あきら》が視線を上げた。

咲たちの深刻な表情から相当であろうと想像してはいたが、その内容は晶の知識から外れていたからだ。

「限定的にだが、鴨津の領地に波国《ヴァンスイール》の領地を造る権利、と云《い》えばいいか。厄介なのが徴税権と自衛権。警邏の捜査も、余程の事が無ければ拒否ができる」

先祖も厄介な土産《みやげ》を残してくれたものだ。そう独白に漏らして、法理は話を締めくくった。

波国《ヴァンスイール》より、内密に会談の要請があった。

昨夜に咲から切り出された相談事は『アリアドネ聖教』の内情を知るいい機会だと考えたのだが、保険総《すべ》てを費やして得られた情報が予想の範疇《はんちゅう》を出なかった事が残念であった。

収穫と云えば、波国の外交官《ベネデッタ》は最初から常識的な外交を行う心算《つもり》が無かったと確信を持てたぐらいか。

否《いや》。向こう側としては、かなり譲歩していると信じている可能性もある。

どうにも独善的な契約を相手に要求するのが西巴大陸の流儀であると、連中と付き合うにつれて法理は理解に及んでいた。

特に、であるが、波国《ヴァンスイール》の関係者はその傾向が強い。

絶対的な基準を自分たちに持っているような感覚、自分たちが上位であると確信している傲慢《ごうまん》さ。

央洲《おうしゅう》の華族たちに覚えるそれと同じ匂いを、法理は波国《ヴァンスイール》の使節団から嗅《か》ぎ取っていた。

今回の暴挙も誤魔化しきれると思い込んでいたのだろうか。

「波国《ヴァンスイール》へ認めていた領事権は停止させたが、途端に租界の代表が不満を寄越してきた。恐らくは、向こうも寝耳に水であったのだろう」

「租界の代表が波国《ヴァンスイール》の領事権に口出しですか？」

苦み走った法理の口調に、門前で屯《たむろ》していた身形《みなり》の良い論国《ロンダリア》の紳士姿が記憶に浮かぶ。

「波国《ヴァンスイール》の領事権に、自治権を付帯していたからな。あれを他国に貸与する事で、波国《ヴァンスイール》は高天原《たかまがはら》に関連する主な収入源としていたのだ」

「ああ、成る程」

要は、権利の又貸しである。呪符組合で銘押しの問題に巻き込まれた晶は、よく似た現状に思わず納得の吐息を漏らした。

「権利を又貸しされていた相手としては、不満しか残らないでしょう。波国《ヴァンスイール》の独り勝ちを赦《ゆる》した結果、自分たちは損だけを被《かぶ》るのですから」

「その通りだ。特に現在の租界代表は論国《ロンダリア》でな、波国《ヴァンスイール》のやらかしについて無関係の立場を強調してきた」

問題しか起こさない領事権の所在に、その場に居合わせた全員が嘆息する。

腕組みをした諒太が、法理の傍《そば》で決然と口を開いた。

「――父上。どの道、領事権の停止は解除しなけりゃ、鴨津も行き詰まる。論国《ロンダリア》に領事権を移すのは」

「駄目だ。青道《チンタオ》での遣り口を見る限り、論国《ロンダリア》は波国《ヴァンスイール》とも密約を交わしている。こちらの譲歩は、弱みと見るだろうさ」

法理が最も恐れているのは、波国《ヴァンスイール》の暴挙に目を奪われて鴨津の風穴を疎《おろそ》かにしかねない状況だ。特に立槻村《たちつきむら》は、鴨津と絶妙に離れた位置に在る。法理は何方《どちら》に戦力を集中すべきか、唸《うな》り声を上げた。

「今回、波国《ヴァンスイール》から渡航《わたっ》してきた中で戦力になり得る可能性があるのは4名。――内、3名とは教会で手を合わせたのだな？　どうだった？」

「……俺は直接に刃《やいば》を交えてないからな。そっちは咲の方が詳しいはずだ」

水を向けられて、咲は視線を落とす。

確かに交戦したのは咲と晶だ。そして、この場で最も情報を持っているのも、この2人と断言に及べるだろう。

だが、正直に全て伝えれば、晶の特異性を法理に気付かれる恐れもある。

慎重に情報を吟味しながら、咲は言葉を舌に乗せた。

「私が戦ったのは栗毛の男とベネデッタですね。男の方は楯《たて》の神器を駆使して、手数以上に堅さを感じました。一方のベネデッタは、見せた攻撃からして陰陽師《おんみょうじ》寄り。

——ただ、術の行使が迅速《はや》かったです」

「……恐らく、『アリアドネ聖教』の法術だろう。一度見た事はあるが、呪術と同じく行使に時間の掛かる技術だったはずだが」

腕を組んだ法理からの言葉に、咲は大きく頷《うなず》いた。

波国《ヴァンスイール》との戦闘は初めてだが、基本的には既知のものとそう変わりはなかった。

「神器は厄介ですが、手合わせした限り私たちでも勝てるかと。問題は何処《どこ》に向かったかですが」

「散々に断言をしていた分、波国《ヴァンスイール》の司教共が向かったのは立槻村と見ていいだろう。……あそこを拠点に籠城《ろうじょう》を決め込まれたら厄介だな」

どれほどの寒村であろうとも、人間の居住空間を護るための基本的な構造は存在する。

来年度の種や、食料等の備蓄。そして、堀や櫓《やぐら》などの防衛設備。

多少の準備を必要としても、一日前後で簡素な砦《とりで》へと姿を変える。

「——俺たちが『導きの聖教』を討滅すると見せかけて『アリアドネ聖教』を釣れば、鴨津の主力と俺たちで挟撃できるが」

諒太の提案に、法理は一考の価値を見出《みいだ》した。

釣り野伏は賭《か》けだが、この状況であれば手堅い作戦である。

しかし、法理は諒太の案に首を横に振った。

「……止《や》めておけ。釣り野伏は悪くないが、『導きの聖教』の武力蜂起が確定している以上、悪手になる」

「だけどよ――」

「戦力を削るのは性に合わんが、背に腹は代えられん。主力は総て鴨津の守護に回し、諒太《お前》たちは練兵班を連れて立槻村に向かえ」

八家第二位が有する珠門洲《しゆもんしゆう》の神器。奇床之尾羽張《くしどこのおはばり》の武威を背に、法理は決断を下す。

「――鴨津の風穴には、今夜から儂《わし》が詰める。租界の連中が総ての人員を掻《か》き集《あつ》めて蜂起を企図しても、久我が預かる神器の餌食にできるからな」

揺らがない法理の下知。決戦に向けて準備をするべく、諒太たちは立ち上がった。

◇

夕陽《ゆうひ》が照らし出す陰影を渡り、息を潜め続けていた者たちが3人。

鴨津の街を脱け出し、ようやく暑苦しい外套《がいとう》を脱ぐ余裕を得たベネデッタたちは一息を吐いていた。

『……これで良かったのか？』

『ええ。彼らからしたら鴨津の風穴を無視できなくなったでしょうし、アンブロージオ卿《きょう》への義理は果たしたわ。どう足掻《あが》いても、鴨津の領主は風穴を守護する事に固執せざるを得なくなるわね』

サルヴァトーレからの短い気遣いに、ベネデッタは首を振ってやせ我慢を見せた。

『随分と圧《お》されていたようだけど、トロヴァート卿は大丈夫かしら』

『何とか。ＥＮＫＩも暫くすれば落ち着こう』

『トロヴァート卿にはいい薬だったかしら。決戦に臨むのには問題無さそう？』

『聖女殿に癒やしの法術を貰《もら》えば、が前提になるが』

軽い口調の応酬に深刻な影は見られない。

懸念が一つなくなり、そう、とだけ安堵《あんど》の息を吐く。

『……アンブロージオ卿へはいいとしても、ベネデッタ《ベティ》はどうだ？　随分と、あの小僧《ガキ》を気に掛けていたようだが』

『聖下の託宣を無下にしてしまった事は残念だけど、こうなっては仕方ないわね』

『託宣か。そういえば教会でもそう云っていたな。アンブロージオ卿の望むようにはいかないと？』

ベネデッタの口調を聞き咎め、サルヴァトーレは問い質《ただ》した。

神柱が下す託宣は当てずっぽうの予想ではない、必ず起きる事象が告げられる。

その上で結果の改変が可能となるように、動く事が求められるのだ。

——改変を前提に求められる性質上、基本的に慶事が告げられる事は無い。

『ええ、出立前に聖下から託宣を頂いたわ。——彼《か》の地にて、我らは鳳《おおとり》を見上げるしか赦されぬであろう。勝利は遠く、我らが望んだ千年王国の終焉《しゅうえん》を眺めるに任せるしかあるまい』

『ベネデッタ《ベティ》、それは……』

既に告げられていた『アリアドネ聖教』の敗北に、2人は色めき立った。

託宣で起きる事が断言されている以上、首席枢機卿《すうききょう》のステファノ・ソルレンティノが主導した聖伐を止める事自体が不可能である事は間違いない。

つまりベネデッタは勿論《もちろん》、後背に続く2人は敗《ま》けると確定している戦に駆り出された事になるのだ。

だが、『導きの聖教』による教義破綻《はたん》の回避を超えて『アリアドネ聖教』の敗北を告げられていたのは、流石《さすが》にベネデッタの直衛たる2人であっても予想外であった。

『結論を急ぐな、トルリアーニ卿。託宣に勝利は遠くとある。つまり、未《ま》だ確定はしていないという事だ。どの道、決戦は源南寺《げんなじ》なのだろう？　そこで取り返せばいいだけの話だ』

『ああ、そうか。そうだな。小粒《ガキ》の加護を削り切れなかった事は心残りだが、有効性は確認している。もう一度、接敵すれば神柱の加護が幾ら篤《あつ》かろうと孔《あな》を穿《うが》ち切れる』

『……ええ、そうね』

懸念を口の中で濁し、サルヴァトーレの確認にのみ同意を示す。

不安を押し殺し、それでも付き合ってくれる友人たちに、口には出せない感謝を捧《ささ》げた。

アリアドネが齎《もたら》した託宣によれば、確かに勝利は確定されていない。

そして、先刻にベネデッタが口にした託宣もまた、それで総てでは無かったからだ。

ベネデッタの、否、アリアドネの目的《希望》は、託宣の続きにこそあるのだ。

生命を懸けてそれを果たすまで、ベネデッタが高天原を離れるという選択肢はあり得ない。

真実を歪《ゆが》めた罪悪感を押し殺し、行きましょうか、と2人を促し立ち上がった。

陽光は何時《いつ》の間にか遠くに沈み、音もなく夜闇が世界を支配する。

——欠け始めた月だけが、3人の道行きを照らし出していた。

3話　神託は霧中にて、平穏に迷う　2

青く盛りを迎えた田畑を、夏の穏やかな風が渡ってゆく。

表面上は穏やかさを保つ、立槻村の一画。

細鳴る葉擦れの囁《ささや》きを耳に、人目を忍ぶ事なく武藤《むとう》は首筋に浮いた汗を拭《ぬぐ》った。

「――如何《どう》だった？」

「よく判ったよな。これでも結構、音には気を遣っているんだぜ」

唐突に武藤が投げた問いに、背後の藪《やぶ》から姿を覗《のぞ》かせた陸斗《りくと》が悔しさを見せる。

「音程度で誤魔化しが利くなら、隠形《おんぎょう》術はとうの昔に精霊技の系統から淘汰《とうた》されているさ。精霊力の感知は、陰陽師の基礎だぞ」

「……精進する」

揶揄《やゆ》じみた武藤の返答を受けて、陸斗が憮然《ぶぜん》と唸る。

「未熟は自覚しておけ、御井《みい》の青二才。――それと、自分の下につくならば、納得は難しかろうが師と仰ぐように」

「公安に行くとは決めてねぇだろ」

跳ねるように返る夏草よりも青い拒否は、若さ故からの反抗心だ。

精進すると返した辺り、結論《こたえ》は出ているだろうに。そう偲《しの》び、武藤は肩を揺らして笑いを堪《こら》えた。

鼻腔《びこう》を衝《つ》く草熱《くさいき》れが、引き連れるようにして心地好く過ぎていく。

暫くして、懐かしさが収まった武藤は表情を改め、立槻村の内部を調べていた陸斗へと視線を巡らせた。

「それで、見つけたか？」

「――ああ。あんたの指摘した通り、村の北北東《鬼門》から南南西《裏鬼門》まで。道端の目立たない処《ところ》にあった」

「やはりな」

陸斗からの応《いら》えも、予想した通りのもの。

差し出されたそれは、比較的新しい白木の杭《くい》。

表面に連ねられた真言《マントラ》を一瞥《いちべつ》し、武藤は眦《まなじり》を眇《すが》めた。

「貪狼《たんろう》から始まり、鬼門で破軍に抜ける。かなりの古式だが、手堅い結界破りの基本だ」

「守護《アロキヤ》が多用されているから、結界の補強って見方もあるが」

「杭の本質は、楔《くさび》を穿つ方だ。特に北斗七星は倶利伽羅《くりから》の象徴、結界を断つ形で穿たれたなら破壊の方が妥当だろう。――何だ、結界の知識はあるのか？」

陸斗からの反論に、武藤は視線を上げた。

陸斗に期待はしていても、実戦に乏しい部分が欠点だ。それでも現時点で界符の術式を読めるなら、大成の可能性は少し残っている。

「俺の祖先が伝えてくれた陰陽闘法は、励起する呪符の書き換えが技術の基本だ。……晶には教えていないが、火界符の基礎までは書ける」

「成る程、それは僥倖《ぎょうこう》だ」

未《いま》だ及ばずとも、知識を齧《かじ》った経験は莫迦《ばか》にならない。

昏を尖《とが》らせた陸斗の返事は、それでも武藤にとって朗報であった。

「杭を抜いたのなら、認識阻害は解除できただろう。相手が察知する前に、久我《くが》家が派遣した守備隊へと合流するぞ」

「村の連中は？　このまま正気に戻られたら、暴動が起きるかも」

村を放逐された不満は、無意識を強いられているだけで相当に溜《た》め込まれている。この上で村へ戻れば、家財一式を奪った相手がのうのうとその日を過ごす光景だ。

両者が顔を合わせた結果は、火を見るよりも明らか。

陸斗が最も恐れているのは、その結果として久我家が立槻村を潰《つぶ》す判断を下す事であった。

「『導きの聖教』だけなら兎《と》も角《かく》、役場にいる久我家配下の役人を放置はできん。――一人一人を解除して回るよりも、術の根元を壊す方が何倍も早い」

「けどさ……」

云《い》い淀《よど》む陸斗の表情は、元の住民だけを案じるものでは無い。

武藤の予想が正しければ、占拠している『導きの聖教』も本質的には無辜《むこ》の被害者だ。

認識阻害を解いた今、排除するのは陸斗としても気が引けた。

「云いたい事は理解するが、この際は目を瞑《つぶ》れ。それよりも、相手の出方が今一つ理解できん」

「立槻村の占拠じゃないのか？」

「違うな。それにしては杜撰《ずさん》だし、――何よりも人命に被害が出ていない」

武藤の懸念は、何よりもそこに有る。相手は周到に事を運んでいるのに、もっとも単純で確実な村民の直接排除を避けているのだ。

選択肢から排除した理由が見えてこない。その事実こそが武藤にとって不気味に思えた。

武藤の指摘を受けて、陸斗の表情に理解が広がる。

「――騒動は予定の内かよ」

「真逆《まさか》。しかし敵が『導きの聖教』じゃない以上、村民と一纏《ひとまと》めにした方が敵の手出しから護《まも》り易《やす》い」

「……ちぇ」

いいようにあしらわれ、陸斗は口を尖らせる。

忸怩《じくじ》と青臭い不満を抱え、少年は村の外へと歩く師匠の背中を追った。

◇

鴨津《おうつ》より西に5里《約20km》、海沿いから山一つを隔てた場所に立槻村《たちつき》はあった。

地図の上では鴨津の隣に位置するが、街道を逸《そ》れてしまえば人の気配も無い山間《やまあい》しか残らない。

峠を越えると、山裾《やますそ》の立槻村が視界に映る。

漸《ようや》くの一息と安堵しかけた守備隊の前に、睨《にら》み合う群衆二つが立ちはだかった。

「この盗人《ぬすっと》が！」

「何を云うか、そちら側が先に村を放棄したのだろうが！　畑の世話も、我ら聖教が総《すべ》てを引き継いでいる。収穫を前に出ていけとは、盗人猛々しいにも程が有ろう！」

老若男女が互いに鋤《すき》や鍬《くわ》を向け、意気軒昂《いきけんこう》と火花を散らす。

——一触即発のその瞬間、諒太《りようた》が強引に割り込んだ。

「——おい、何事だ⁉」

「邪魔だ。双方とも、一旦《いったん》、距離を取れ‼」

守備隊は対穢《ケガ》レが専任であり、治安維持は警邏《けいら》隊の領分である。だが、地方に赴く機会も多い守備隊が、治安維持を代行する事は間々あった。

衛士《えじ》である事を示す諒太の羽織に気付いたか、睨み合う視線に怯《ひる》むものが混じる。

仮初《かりそ》めではない武力に頭が冷えたか、農具が音を立てて地面に落ちた。

「騒動は久我家が預かる。何の騒ぎか知らんが、代表は誰だ？　俺の前に出てこい！」

領主の名と共に、年端も行かない衛士から雷声が落ちる。

無意識に自分以外へ責任の所在を求め、その場に立つ者たちの視線が明後日の方へと泳いだ。


揉《も》める諒太たちを向こうに、咲《さき》が晶《あきら》へと囁く。

「……変な事になっているみたいね」

「片方は立槻村の元村民かと。先日に訪れた際、見た記憶があります」

武藤が思考誘導を解いた相手だ。激昂《げっこう》のまま陸斗へ詰め寄る姿が、眼前のそれと重なる。

「だったらもう片方は、『導きの聖教』ね。どうなっているの？」

「それは……」咲の疑問に応えを求め、晶は視線を巡らせた。

「知っていそうな奴《やつ》が、丁度に来たところですね」

「──ああ、成る程。武藤殿なら、絶対に一枚は噛《か》んでいそうよね」

晶が遣った視線の向こう。御井陸斗と武藤元高《もとたか》が、少女の視界に映る。

「俺は武藤殿から詳細を訊《き》きます。お嬢さまは──」

「事情聴取に同席するわ。後で状況を擦り合わせましょう」


畦道《あぜみち》から外れた木陰に立つ陸斗たちへと、晶は駆け寄った。

挨拶《あいさつ》もそこそこに、本題へと晶は口火を切る。

「これ、公安殿の仕業だろ」

「思った以上に状況が悪くてな、不確定要素になりそうな術式の要を引き抜いた。──守備隊の顔触れが随分と若いぞ、衛士や正規兵は来ていないのか?」

「……『アリアドネ聖教』が暴走して、『導きの聖教』との合流を示唆して鴨津を離れたんだ」

晶の説明に、陸斗と武藤の眉根《まゆね》に皺《しわ》が寄った。

妖刀との戦闘を繰り広げている最中、護櫻《ごおう》神社の門前で顔を合わせているのは、武藤の記憶にも新しい。

先日の共闘からの掌《てのひら》返しに、武藤は唸《うな》り声を上げた。

「『導きの聖教』の現状は見た通りだが、合流してもあれでは同調すら得られんぞ」

「さてな。――兎に角、波国《ヴァンスイール》の介入に対処すべく、久我家当主が戦力を二つに分けた」

「ああ、成る程。鴨津に主力を固めて、向こうの風穴を確実に防衛する事を選んだか」

「――おい、それって」

久我法理《ほうり》の決定は、陸斗たちを見捨てる宣言にも近い。

晶の短い説明に、背後で陸斗が色めき立った。

「落ち着け、陸斗。『導きの聖教』の目的は判らないが、最悪、鴨津さえ無事なら取り返しは何時《いつ》でもできる」

「判らないだろ！　そもそも久我家が、『導きの聖教』の横暴を黙認した事に端を発しているんだ。奪還まで後回しにされたら、それこそ――」

熱を帯びる陸斗の不満を抑えようと、武藤が後背から肩を叩《たた》く。

「――久我の神童が、側室方である埜乃香《ののか》さまを伴って此方《こちら》に居られる。――最初から見捨てる気なら、一粒胤《ひとつぶだね》の後嗣を汚れ仕事に向かわせん」

「……ちっ」

武藤の説得に、詰め寄ろうとした陸斗の足が勢いを失った。

腕組みで視線を逸らした陸斗を横目に、晶は武藤へと視線を戻す。

「その様子だと、アリアドネ聖教《ベネデッタたち》は立槻村に来ていないな。何処《どこ》に行ったと思う？」

「守備隊が先に到着したならば、立槻村が本命の可能性は薄いだろうな。――余程の隠し玉が無い限り、手出しは控える」

「神器持ちが最低２人」

晶の即答に、それでも武藤は首を振った。

援軍が望めない状態で人手を減らすのが問題なのだ。敵地で限られた戦闘を行う以上、万全で臨むのは鉄則である。

「鴨津は有り得ない、立槻村は難しい。——ここを目的地と思わせて、余所《よそ》を襲ったとか」

「この周辺では、鴨津を除けば立槻村の風穴が最大だぞ。寂れた風穴を占拠しても、じり貧になるだけだろ」

鴨津の風穴。護櫻神社の風穴を前に浮かんだ疑問が、陸斗のぼやきで再び蘇《よみがえ》った。

「——武藤殿。太極図は持っているか？」

「ある訳無いだろう、あんな嵩張《かさば》るもの」

「陰陽師《おんみようじ》だろ、あんた。何で持っていないんだよ」

太極図とは、龍脈を算出するために使用する計算機である。

本職の陰陽師に素気無く首を振られ、当てが外れた晶は愚痴を零《こぼ》した。

「あれを常備しているのは、後方支援に徹した陰陽師くらいだ。そもそも、何に使う？」

「ここら一帯の龍脈が読みたい。——どうも、何かを見落としている」

「一抱えはあるやつが必要だぞ、携帯できる規模じゃない」

基本的に太極図は、規模と精度が直結している。正式に龍脈を読むならば、戦闘を旨とした武藤には手に余る大きさだ。

「——あのさ」

呆《あき》れた武藤の愚痴に、それまで沈黙を守っていた陸斗《りくと》が視線を上げた。

「太極図なら、先祖のものが祖父《じい》さんの倉に眠っていたはずだぞ。――昔見た事があるから、誰かに漁《あさ》られていない限りそのままだ」

「いいのか？」

「村を護《まも》るためなら、ご先祖さまも不満は云わんだろ」

しこりを残していた陸斗からの援《たす》けに、晶の表情が和らぐ。

「助かる。今から取りに行くが、構わないか」

「ああ。――こっちだ」

考える間もなく肯《うべな》いを返し、陸斗は畑に続く畦道を指した。

屋敷への道筋は、幼少を過ごした陸斗に地の利がある。

諒太への報告を残した武藤と別れ、晶たちは陸斗の実家へと急いだ。

◇

落ち着ける場所を求め、咲たちは立槻村の集会場へと場を移した。

村長の屋敷を望める屋敷で、集団の代表と改めて対面を果たす。

「〝外海《とつうみ》の導きにより、神柱の祝福を賜らんことを〟。――『導きの聖教』代表を務めております、半助《はんすけ》と申します」

『導きの聖教』の司祭か。代表を名乗る壮年の男性が、初めて聞く祝詞と共に深く頭を下げた。

「村長さまがおられませんで。立槻村の取り纏《とまと》めを預かっとります、佐馬《さま》と申します」

初老の男性が、代表を押し退けて前へ。——迷惑そうな相手を余所に、諒太へと拝礼する。

「——此度《こたび》は、盗人どもの掣肘《せいちゅう》に足を運んでくださり、感謝いたします」

「何を云うか！　田畑を奪ったは、貴様らの方だろう。種蒔《たねまき》の終わった畑を我が物顔で、盗人猛々しいとは貴様らのことじゃ」

喧々囂々《けんけんごうごう》。再開する喧騒《けんそう》に、咲が思わず疑問を漏らした。

「どういう事？」

「……俺が知るかよ」

聞いていた事前の状況とかけ離れている。

後ろで控えていた役人に両者の言い分を任せ、咲は『アリアドネ聖教』の捜索を決めた。

「取り敢えず、『導きの聖教』はこれで抑えられたのよね。なら『アリアドネ聖教』を叩く方に切り替えましょう。……どう見ても、戦力にならない顔触れしか揃《そろ》ってないわ」

「いいや。『導きの聖教』が近くに反乱を起こすのは、神託からも確実だ。何を隠しているか知らないが、此奴《こいつ》らを締め上げるのが先決だろ」

「————待って、久我くん。今、何て云ったの？」

神託。短絡な諒太の台詞《せりふ》へ混じる、聞き逃せない響き。咲は諒太へと鋭く声を尖《とが》らせた。

◇

村へと戻り、抵抗の無いままに陸斗の実家にある倉へと入る。

屋敷には足を踏み入れていないのか、生活感を覚えない埃臭《ほこり》さが鼻をついた。

「……陰陽師の倉にしちゃ、随分と手入れが無いな」

「僥物以来、陰陽師になれる者がいなくてな。扱えない上に畏《おそ》れ多《おお》いときたら、倉の肥やしにしかならん。――けほ。晶の御所望はこれか？」

会話の合間に埃が舞い上がり、咳き込む奥から木製の盤が差し出される。

真言《マントラ》と卦《ケ》が複雑に記述された八卦《はっけ》を、晶は親指で弾《はじ》いてみた。

――壊れた様子は無い。

「後は風穴だな。陸斗、神社は何処だ？」

「山の麓《ふもと》。実家《うち》からは少し離れているぞ」

「大丈夫だ。――神社の禁足地に入った事はあるか？」

陸斗の気配が狼狽《ろうばい》を返す。

当然か。足を踏み入れる事を禁じているから、禁足地と呼ぶのだ。

それでも構う事なく、晶は神社の裏手へと侵入した。

現世《うつしよ》と神域の境目が曖昧《あいまい》に、魂魄《こんぱく》に掛かる霊圧が粘質を帯びたような錯覚を覚える。

ここまで近づけば、龍脈の異常が具《つぶさ》に理解できた。

重く硬く、そして杜撰《ずさん》。

「おい晶、不味《まず》いって」

「……禁足地の役割は幾つもあるが、大まかに挙げるなら三つに分けられる」

引き留める陸斗に応えず、晶の足は更に奥へと。手入れがされていないと如実に分かる荒れた本殿の裏に回り、岩間の隙に開いた小さな岩窟《がんくつ》を覗《のぞ》き込んだ。

「土地神の在る神域の入り口、龍脈の支点である風穴、――そして、」

岩肌から滲《にじ》む水滴が、滴りながら晶の頬を濡《ぬ》らす。

「……地域一帯の水源を、ただ人の都合から護る事」

枯渇の気配も無い潤沢な水量が、晶の視界で揺蕩《たゆた》った。

「水⁉　涸《か》れたんじゃ、」

「春先に来た陰陽師ってのが、村民に認識阻害を掛けて排除した理由がこれだ。別の神柱を奉じて居る『導きの聖教』は、神社になんて絶対に寄りつかない。そうすれば認識阻害の矛盾に誰かが気付くまで、土地神の風穴を好き勝手にできる」

「……『導きの聖教』に、風穴は奪われていたって事か？」

勢い込む陸斗の言葉に、晶は無言で首を横に振った。

喫緊の状況だけなら怪しいのは『導きの聖教』だが、晶の予想が正しければ『導きの聖教』も同様に風穴から遠ざけられているのだ。

「元住民を排除しなかったのも、これが理由だな。――もし認識阻害が解かれたとしても、起きるのは立槻《たちつき》村の住民と『導きの聖教』の抗争。俺たちの目がそちらに奪われたら、さらに時間が稼げる」

ゆっくりと真綿で首を締めるような、用意周到な手練手管。だが裏腹に、今日に発覚する事を問題視していない杜撰さ。

これを計画した相手は、『導きの聖教』は疎《おろ》か『アリアドネ聖教』との連携すら考えていない。

――……助けて。

思考に直接、嘆きが囁《ささや》いた。

ざあぁ。山間《やまあい》を縫って舞う夏の涼風が、晶の味覚を舐《な》めていく。

ぞくり。知らず背筋が粟立《あわだ》つ感触は、晶の記憶に焼き付いたそれ。

それは一ケ月《ひとつき》前の『氏子籤祇《うじこせんぎ》』の折、神域に沈む感覚であった。

焦りから振り向こうとすると、そこに立っていたはずの陸斗の姿も見えない。

不自然なほどに無機質な静寂が、晶の周囲を取り巻いた。

「……俺を呼んだのは、」

「私です、杭《くい》の打ち手」

確かな肉声が、静寂を揺らして晶の耳に届く。

本殿の陰から何時《いつ》の間にか、千早を纏《まと》った女性が晶をひたと見据えていた。

表情の窺《うかが》えない、完成された美貌《びぼう》。明らかに人と一線を画した存在感。

「能《よ》く、間に合ってくれました。後少し遅ければ、あの痴《し》れものの思うさまになっていたでしょう」

「……この地を統べる媛《土地神》と見受けました。水脈に狼藉《ろうぜき》を働いた者を、媛《ヒメ》はご存知でしょうか？」

「外海《とつうみ》のまろうどにて、……今は、影を捉《とら》える事も叶《かな》いませんが」

感情が薄くとも、口惜し気に吐き捨てられる。その侭《まま》ならない怒りが、晶《あきら》にも伝播《でんぱ》した。

それも当然だろう。南限の地相からして、本来この土地は火行に属しているはず。

水克火。ここまで過剰に水気を堰《せ》き止められたら、火行の土地は無抵抗のまま沈むに任せるしか手段がなくなる。

原始的だが効果的な、火行の神性封印の手法。

下手人には逃げられたか、隠れられたか。いずれにしても土地神から逃れた以上、厄介な相手には間違いなかった。

「……では、水気の龍脈を堰《せ》き止めている要は」

一縷《いちる》の望みを懸けた晶の問いに、女性はちらりと禁足地となっている岩窟の上を見る。

晶の視界からは見えないそこに何かあるのか。釣られて視線を向けた晶の耳に、女性の囁きが再度響いた。

「刻限は今夜。神無《かんな》の御坐《みくら》。結果は決まっていると云《い》えど、南天は其方《そなた》に全てを与えた事を忘れずに。鳳《おおとり》の方には勝利こそ至上の供物と知りなさい」

それは、どういう意味か。

問い返そうと視線を戻した先には、既に女性の姿は無かった。

「――どうした、晶？」

その背に、怪訝《けげん》そうな陸斗《う》の声が投げかけられる。

何時の間にか神域は消え失せ、明るく日の降りる現世へと戻っていた事に晶は気付いた。

「……問題無い。岩窟の上を調べる、手伝ってくれ」

「待てよ。流石《さすが》に土地神が黙っていないぞ‼」

「大丈夫、許可は貰《もら》っている」

頭《かぶり》を振って白昼夢の残滓《ざんし》を散らし、制止を振り切って岩窟の上へ跳び上がる。
異常は直《す》ぐに目に飛び込んだ。
岩窟の直上。隠す気も無い場所に突き立つ、白く捻《ね》じれた杭。
——杭の打ち手。
女性の言葉に杭を掴《つか》み、晶は躊躇《ためら》う事なくそれを引き抜いた。
抵抗は然程《さほど》にも無く引き抜かれ、その直後。
——岩窟に満ちる水面《みなも》に気泡が浮かび、幾重にも波紋を生んだ。

3話　神託は霧中にて、平穏に迷う　3

「くふ」

　忌々しい棘《とげ》が1本。久方ぶりに己の末端から引き抜かれる感触に、
　朱華《はねず》の咽喉《のど》が歓喜に鳴った。

　約定により手出しできないとはいえ、自身の龍脈に打ち立てられた外神《とつかみ》の手に因る棘は気分の良いものでは無い。

　在るがままの位置に龍脈が戻る感触は、彼女をしても代え難い解放感を伴ったものであった。

　……特にそれを行ったものが、己が愛する神無《かんな》の御坐《みくら》であるという事実。

　それこそが、彼女の愉悦をこれ以上ないほどに掻《か》き立ててくれるのだ。

「首尾よく、晶さんが神託の地へと向かいますか？」

「うむ、邪魔者《久我の当主》は排除できた。――後は、為《な》るがままに任せれば善い」

　万窮大伽藍《ばんきゅうだいがらん》に掛けられた風鈴が幾重にも細鳴り、虚空を渡るその玲瓏《れいろう》な揺らぎに朱華《はねず》はゆったりと身体《み》を浸した。

　朱盆に浮かぶ水面《みなも》の向こうで、晶が駆け出す姿が映る。

　そのいじらしい後背に、これまで手を掛けた甲斐《かい》があったと愛おし気に眺めた。

「乳海を導く棘《バーリジャータ》、ですか。涅槃《ねはん》教の置き土産《みやげ》が、随分な悪さをしてくれました」

「くふ。何ものかは知らんが、真実《まっこと》に小細工を弄《ろう》してくれたものじゃの。水気の龍脈を堰《せ》き止めて

妾《わらわ》の土地を圧《お》し封じるなど。

手は込んでおるが、あの程度で神託を封じる事ができると思っていた訳ではあるまい」

神託を止められなかったとしても、下手人の姿を掴めなかったのは手痛い。

それは奇鳳院《くほういん》の明確な失点だろう。そう残念に思うだけで、嗣穂《つぐほ》は思考を止めた。

行使《つか》われたのは細々と生き残っていた『導きの聖教』と、約定で手出しできなかった涅槃教の神器。

目眩《めくら》まし代わりに事態は盛大に荒らされて、……恐らくだが、首謀者は逃げおおせた後。

腹立たしくもあるが、それ以上に収穫も多かった。

——特に大きかったのが、

「これで、晶さんも自信を持《た》てるでしょう」

「そうさの。気遣いに長けるのは美徳であろうが、過ぎたれば悪癖よ。神々の伴侶《はんりょ》と目されるなれば、時に獣の如《ごと》き益荒男《ますらお》振りで妾の神気《みけ》を貪《むさぼ》ってくれねばのう」

くすくす。悪戯《いたずら》に童女が声を潜めるように、生々しく朱華《はねず》が微笑《ほほえ》む。

しかし、上機嫌の朱華《はねず》とは裏腹に嗣穂の眼差しが不安に揺れた。

成功体験は確固とした自信の源となり得る。これは嗣穂も認める事実である。

だが、ここまで急激な成功体験に成熟も途上の少年が耐えられるのかと問われれば、嗣穂とて簡単に保証はできない。

——加護とは、守護であり試練である。

古《いにしえ》に残る伝承の御代より神無《かんな》の御坐《みくら》以外の者が神柱に愛されると、その殆《ほとん》どが過剰な加護に圧し潰《つぶ》されるようにして天寿を前に死を迎えるという。

神無《かんな》の御坐《みくら》にしても無事である所以《ゆえん》は、神柱より与えられる尽きぬ守護がその身を護《まも》っているからでしかない。

加護で身体《からだ》は護れても、精神までも護ってくれる訳では無い。

過剰な成長が控えめなあの少年を何処《どこ》に導くのか、嗣穂はそれが心配でならなかった。

それでも、背に腹は代えられない。

──國天洲《こくてんしゅう》より繋《つな》がる龍脈が、瘴気《しょうき》で濁り始めた。

それはつい先刻、龍脈読みの陰陽師《おんみょうじ》から受けた報告。

國天洲の大神柱が晶の不在と雨月《うげつ》の失態に気付いたのだろう。そう察せられるに容易《たやす》い情報であった。

そうであるならば、残された時間が無さ過ぎる。

多少、後に問題を残してでも、晶には精神的な成長をしてもらわなければならないのだ。

「──さて、そろそろ頃合いかの。晶と立つ初の舞台、妾も久方ぶりの舞に酔うとしようぞ」

「はい、あかさま。──御存分に、彼《か》の地に神威を打ち立ててくださいませ」

しゅるり。僅《わず》かな衣擦《きぬず》れと共に幼い肢体が立ち上がり、稚《いとけな》い掌《てのひら》から金地に朱塗りの扇子が僅かに覗く。

打てる手段《て》は総《すべ》て打った。

後は鴨津《おうつ》で抗《あらが》う少年に全てを託すのみ。

こびりつく不安を押し殺し、ゆるりと舞い始める童女に向けて嗣穂は深く首《こうべ》を垂れた。

◇

「──お嬢さま！」

「どういうこと、久我《くが》くん。神託？　この一件、神託が下っているの⁉」

咲《さき》たちが居る村外れの集会所に息せき切った晶が駆け込むと、集会所の奥で咲が諒太《りょうた》に詰め寄る様子が見えた。

がらんとした集会所の中、咲と諒太の他には埜乃香《ののか》しかいない。

その埜乃香にしても、焦りに満ちた咲の剣幕に面食らって立ち竦《すく》んでいる。

「ああ、そうだ。神託が下ったから、俺たちは『導きの聖教《アイツら》』の蜂起を確信している。落ち着けよ、咲。仮令《たとえ》、八家だろうと、向かわせただけの手勢に神託の内容を教えられる訳ないだろ。──何をそんなに取り乱している？」

「あそこまで暴走した『アリアドネ聖教』を無視して、『導きの聖教』に固執する意味が漸《よう》く判ったわ。神託が下りているなら、そもそもの前提が違う。──神託の内容は？　それによって対応を変える必要まで出てくる！」

「それは、」

気の知れた咲が相手であっても、神託の内容を簡単に漏らせるものでは無い。

だが、咲の剣幕に観念したのか、渋々と諒太は口を開いた。

「……〝鴨津より西に外海《とつうみ》の客人《まろうど》の潜む影あり。謀叛《むほん》の兆し、五供《ごく》に顕《あらわ》す〟。外海《とつうみ》の客人って神託は、以前に『導きの聖教』が謀叛を起こした際の神託と同様だから確定していた。実際に『導きの聖教』が村を占領したのは、『アリアドネ聖教《アイツら》』が訪れる以前だ。――問題は蜂起の時期だったが、五供は盆の入り。つまり今日、『導きの聖教』が武力蜂起に打って出るって事だと俺たちは判断した」

成る程。その内容ならば、咲も同じ判断を下すだろう。

だが、現実は違い過ぎる。

『導きの聖教』、実際は抵抗すらできない老人や女子供が目立つ一団が居るだけだ。

家屋の数からしても、『導きの聖教』の人数に偽りはない。

何かを決定的に違《たが》えている。しかも、間違いなく致命的な何かを。

「……確かなのは、ここで何かが起こっていたという事です」

思考に嵌《は》まりかけた咲の意識を、晶の声が現実へと引き戻した。

「晶くん、村の調査は終わったの？」

「はい。――神社でこれを見つけました」

手渡されたそれは、隙間なく真言《マントラ》が刻まれた石造りの杭《くい》。

奇妙に捻じれた棘にも見えるそれを、矯《た》めつ眇《すが》めつその場に居合わせる全員で眺める。

「……これは？」

「水脈を堰き止めていた杭です。これを操作する事で、神父《ばどれ》と名乗っていた男が奇跡を演じていたのでしょう」

神父《ぱどれ》。その言葉に咲が瞠目《どうもく》を返した。

——どうして忘れていたのか、この村は神父《ぱどれ》という男が代表だったはずだ。

断じて、先刻まで会話を交わしていた半助では無い。

呼ばれた剣幕に急ぎ駆けつけた半助は、神父《ぱどれ》の行方《ゆくえ》に隠す様子もなく返した。

「……神父《ぱどれ》さまでしたら、数日前に——」

詳しく訊《き》けば昨年の折、洲境に身を寄せていた半助たち《導きの聖教》の前に、神父《ぱどれ》はふらりと現れたという。

天啓を得て『導きの聖教』を安寧の地へと誘《いざな》う役目を負ったと説かれ、その説得に乗った半助たち《導きの聖教》が案内の果てにこの立槻《たちつき》村へと辿《たど》り着《つ》いた。

足を踏み入れた時点で村は既に無人で、此れ幸いと定住を決めたと答える。

「しばらくの間、領地や納税などの交渉諸々《もろもろ》も引き受けてくれていたのだけど、神父《ぱどれ》はここでの役目を終えたからと、再び旅に出たという事ね」

——逃げられた。

概要を纏《まと》めた咲の言葉に、悔しさから諒太が天を仰いだ。

『アリアドネ聖教』の動向、そして久我家の判断を計算に入れた上で行動を起こしている。

姿を見せないまま両者を翻弄《ほんろう》し囮《おとり》に使い捨て、影すら踏ませぬままに逃げの一手に転じる。その手管に、咲は敵ながら感嘆すら覚えた。

「手遅れか」

「……いえ」

悔しさに諒太が零《こぼ》すが、晶の呟《つぶや》きに顔を上げた。

同じく悔しさに染まっているも、晶に諦《あきら》めの感情《いろ》は見えない。

「〝刻限は今夜〟、それが土地神からの警告です。裏を返せば、今夜一杯は猶予があるって事でしょう」

「何で土地神の意向を断言できる、って疑問は棚上げにしといてやる。――事実だな？」

肯定を返す晶《あきら》の瞳《ひとみ》を見返して、諒太は埜乃香に視線を向けた。

「ここが囮なら、本命は鴨津か。――埜乃香、練兵班を編成し直せ」

「……帰還編成には、時間が掛かります。彼らはここに残していく方が上策かと」

「駄目だ」足手纏いは充分に理解しても、諒太は埜乃香の提案を蹴《け》った。

「『導きの聖教《こいつら》』の疑いは晴れてねぇ。無駄に危ない橋を渡らせるつもりはないぞ」

「――はい。少々お待ちくださいませ」

その返答は予想の内か。特に反論を見せず、埜乃香は出入り口へと向かう。

「――本当に、鴨津が目的なんでしょうか？」

「晶くん、どういう事？」

晶の呟きに、その場に立つ全員が足を止めた。

「神託で事が起きるのは鴨津の西、鴨津とは断言されていません」

「立槻村と鴨津の間に風穴は無い。それはお前も聞いていたはずだ」

「ここまでくれば、その前提が間違っている可能性を考えるべきでしょう」

諒太の反論に、懐から陰陽計と陸斗《りくと》から借りた太極図を取り出す。

脳裏に鴨津周辺の地理を思い描き、八卦《はっけ》を動かした。

方位と龍脈を合わせて、指された卦《ケ》を読む。

「晶くん、何を」

「暗算ですが、龍脈の規模を算出しました」

殊も無げに返る晶の応えに、咲の双眸《そうぼう》が見開かれる。

機材が揃《そろ》っていたとしても、煩雑な手順を経る風水計算は一筋縄に行かない。概算とはいえそれを暗算するなど、素人《しろうと》の咲には考え付かない離れ業であった。

「奇妙だとは思っていたんです。確かに鴨津の風穴はかなり大きいですが、流れる先が無い。――間違いなくあの風穴は、大きいだけの支流です」

最重要となる風穴は、龍脈の基点となる風穴が選ばれる。

出力が大きいだけの支流では、攻防ともに戦略上の価値は生まれないからだ。

「鴨津の風穴とこの村の風穴は、街道に沿った人工の龍脈で結ばれています。――だったら、本当の風穴もこの近辺にあるはず」

土地神の加護や田畑の恩恵。風穴は、人が生活をするうえでの重要な基盤の一つだ。

つまり風穴を中心に、人の住む土地が拓《ひら》けていないとおかしい。

それも鴨津と同じ規模となると、土地勘のある諒太にも考えがつかなかった。

「周囲を見ろよ。こんな拓けていない山の合間に、鴨津と同じ規模の風穴なんざある訳無いだろ」

「……あるぞ」

だが、意外な指摘は、後方に控えていた武藤が上げた。

「神社じゃないが、源南寺《げんなじ》という涅槃《ねはん》教の寺院が一つ。――ここから数刻、行った山中に在る」

本当《マジ》かよ。諒太の口から呆然《ぼうぜん》と呟きが漏れた。

潘国《バラトウシユ》の教義である涅槃教は、高天原《たかまがはら》に於《お》いて日陰の存在である。

高天原に永く息衝《いきづ》く事を赦《ゆる》されたものの、龍脈の重要地に与えられる事は無いはずだ。

「恐らくはそこでしょう。嘗《かつ》て涅槃教は『アリアドネ聖教』と同じく、高天原に侵略を仕掛けてきた宗教だったとか。――つまり、その寺院は領事権なんです」

晶の脳裏で情報が繋がっていく。

領事権とは、許可が与えられた土地に自国の事情を優先できる権利だ。

つまり源南寺だけは、珠門洲《しゆもんしゆう》に於《お》いて唯一、大神柱の神託が及びきらない領域である事を示唆していた。

「外様《よそ》モン、それは手前《てめ》ぇの想像だろ。証拠は？」

「証拠はその杭ですね。杭の筋に沿って書かれている真言《マントラ》は、潘国《バラトウシユ》の神字が基礎《いしずえ》です」

晶を教導してくれた不破直利《ふわなおとし》から与えられた知識。

他洲の八家から婿入りした直利は、晶の境遇を憐《あわ》れむも忌避する事なく付き合い続けてくれた稀《け》有《う》な1人であった。

どんな手段か、かなり無理をして祖母が雨月家に招聘《しようへい》したその青年は、惜しみなく晶に様々な知識を与えてくれたのだ。

特に呪符関係の知識は雨月であっても認めるほどに群を抜いており、その英才教育を直《じか》に受けた晶の知識は呪符関連に限られていてもかなり造詣が深かった。

「源南寺か。確かに高天原で最大の仏閣と聞いちゃいるが、……中に詰めていた坊主はどうなった？　あの人数なら、簡単に陥落《おと》せるものじゃないが」

源南寺の規模ならば、防衛のために僧兵が常駐しているはずだ。波国《ヴァンスイール》が精鋭揃いであっても、立ち向かうと消耗は避けられない。

この後を考えるなら、無駄な流血は避けるはずだ。

「――夏の。それも盆の手前なら、山岳巡りの修道でほぼ出払っているはずです」

諒太の疑問に、陸斗が言葉を返す。

「加えて波国《ヴァンスイール》には、立槻村で見せた思考誘導の呪術があります。短期間だけの排除なら、然《さ》して難しくないかと」

その想定に、諒太も苦く頷いた。

思考誘導の厄介さは、つい先刻に見た村民たちの諍《いさか》いで身に染みている。

「それに、鴨津に向かったとしても、今からなら確実に手遅れでしょう。ならば確実に間に合うだろう源南寺へ向かった方が、戦力の無駄にもならないかと」

「確かにな。良いだろう、――源南寺へ向かうぞ」

晶の指摘通り、寺院に向かう方が間に合う公算が高い。

否定する事なく、諒太はあっさりと決断を下した。


守備隊へと指示を出すべく諒太が踵《きびす》を返し、一歩譲った後ろを埜乃香が追う。

その後背を見送る晶へと、肩を並べるように咲が囁《ささや》いた。

「……ねぇ、その寺院に神父《ぱどれ》がいると思ってる？」

「……いえ、そっちは既に逐電した後でしょう。寺院にいるのは、『アリアドネ聖教』だけかと」

「あ、やっぱり」

迷う事なく即答した晶に、予想していた咲も肩を竦めて肯《うべな》いを返した。

「ここまで味方を使い捨てる奴《やつ》が、最終局面だからって前に出るような下手《へた》は打たないでしょ。だったら相手が用意できる戦力は、『アリアドネ聖教』しか残ってないわ」

「はい。加えてベネデッタは、立槻村の風穴を要求していました。あれが嘘でないのなら、この周辺に潜伏はしているでしょう」

つまり『アリアドネ聖教』は、神父《ぱどれ》の口先三寸にしてやられた格好である。

「雪辱戦ね。――今夜に決着しましょう」

「はい」

即断する晶の横顔を、僅かに頬を膨らませた咲は横目で眺めた。

少年と少女。その間を隔てる、何よりも遠い拳《こぶし》二つ分の距離。

ぽっと出でしかない金髪の少女の事を考えている。その確信が、少女の胸中を不穏な影で騒《ざわ》めかせた。

晶の推察には飛躍もあるものの、論理の破綻《はたん》は見られない。

それに何より、晶には神柱から加護が与えられている事を、咲は知っている。

加護とは、守護と試練。

理屈や常識では無い。晶の成長と活躍を、神柱が望んでいるのだ。

無二の戦士として、勲《いさおし》を謳《うた》えと。

——だからこれは必然だ。

晶は疑いなく決戦の地へと辿り着き、

——間違いなく勝利するのだろう。

◇

「…………やぁれ、やれ。どうやら気付かれてしまったのう」

何処《どこ》かの山中で、のっぺりと蠢《うごめ》く闇が残念そうに嘯《うそぶ》いた。

巨大《おおき》な闇。絶えず波打つその闇は、放り捨てたとはいえ多少残っていた興味のままに立槻村を覗《のぞ》き見ていた。

この策を仕込むのに数百年余、西巴《せいは》大陸に渡って20年を掛けている。

その趨勢《すうせい》を見極めずにこの地を離れるのは、闇の主であっても心残りが過ぎたのだ。

その上で、鴨津《おうつ》の防人《さきもり》が見せた動向。

此方《こちら》の仕掛けた涅槃教の神器を、苦も無く神気ごと引き抜く輩《やから》が交じっていたのは闇の主にしても予想外であった。

『アリアドネ聖教』に与えた策は、掛ける時間が勝敗に直結している。

だが、このままでは、高天原の手勢が優勢のまま勝利するはずだ。

……それは困る。娯楽としてもつまらない。

――否《ヒ》、卑《ヒ》。

闇がぬうるりと嗤《わら》った。

「それは、退屈じゃのう。良いじゃろう、人欲に溺《おぼ》れた枢機委員会の走狗《いぬ》。能《よ》く踊ってくれた貴様の道化振りに、敬意を示してやろう」

――否《ヒ》、卑卑《ヒヒ》。

村の周辺に潜ませておいた鬼道を、躊躇《ためら》うことなく総《すべ》て起動させる。

その瞬間、ただ人の聴覚の外に在る音が村の周囲に響き渡った。

それは、穢獣《けもの》が好む瘴気《しょうき》呼びの笛の音。道術の中でも邪法と呼ばれる一つである。

「ほうれ、義理は果たしたぞ。存分に踊れ、アンブロージオ」

――否否《ヒヒ》ィ。

嘯く闇が大きく波打ち、その奥でにたりと嗤う。

これ以上、手を出す事はしない。高みの見物を決め込んだ闇が愉《たの》し気に震える様は、

――何処か瓢箪《ひょうたん》とも、鯰《なまず》とも見えた。

◇

晶たちのもとにその報告が届いたのは、丁度、出立の準備も終わった頃であった。

「穢獣《けもの》が⁉」

「はい、村の周囲を取り巻いています！」

「畜生が！　下郎の罠《わな》か？」

「うん。時機も良過ぎるし、間違いないでしょうね」

狗《いぬ》や猫又。小物の群れが幾つか、村の出入りを封じているらしい。

明白《あからさま》な封じ込めに吐き捨てる諒太《りようた》の心中を、咲《さき》の同意が幾許《いくばく》か宥《なだ》めた。

「——それよりも、如何《いかが》いたしましょう？　私たちだけなら兎《と》も角《かく》、練兵たちを連れて穢獣《けもの》の群れを突破するのは時間が掛かり過ぎます」

この程度、晶たちだけなら難なく突破も叶《かな》うが、練兵班の少年たち込みを想定はしていない。

戦力を比較して、諒太は晶に視線を向けた。

「おい、外様《よそ》モン。お前、練兵に付いて役場へ立て籠《こ》もれ」

「わか——」「駄目よ」

小物を相手にするならば、晶一人でも充分な戦力として勘定できる。

肯いを返そうとする晶に、咲《さき》の制止が鋭く刺さった。

「何でだよ、咲。一ヶ月前に防人となったばかりの未熟を連れて、」

「やろうと思えば、晶くんが奥伝を放てるのは知っているでしょう。向こうの戦力に対して絶対に必要になるわ」

「ち。だとしても、練兵どもだけで穢獣《けもの》の群れに対処できねぇだろうが」

実のところ、これを機に晶と咲を引き離す事も企《たくら》んでいた。

正論で返された事が図星を指されたようで、諒太が顔を背けて反論する。

「――久我《くが》さま。練兵班は自分が率います。全員で役場に立て籠もれば、時間稼ぎにはなるでしょう」

その時、陸斗が手を上げた。

確執を持つ御井《みい》陸斗の主張に、諒太の表情が渋る。

だが、状況が膠着《こうちゃく》しかけた今、誰であってもその提案はありがたい。

――何よりも視界に映った光景が、諒太に二の句を躊躇わせた。

晶と陸斗は何時《いつ》知り合ったのか。親しく言葉を交わす晶を支えるように、咲がその一歩後ろで守備隊の分担を問う。

誰かに何かを奪われた錯覚に気分が逆剥《ささく》れ、

――様々なものを呑《の》み込んで諒太は大きく息を吐いた。

「良いだろう。――公安の武藤と云《い》ったよな、今から結界を張れるか?」

「簡易のもので良ければ」

「最悪、立て籠もる場所を朝まで固められれば良い。強度を優先だ」

諒太の判断に迷いはない。薄く笑い、陰陽師《おんみょうじ》は肯いを返した。

練兵たちが準備に追われ、役場に一時の喧騒《けんそう》が満ちる。

忙しく床が鳴る中、晶《あきら》は陸斗《りくと》に声を掛けた。

「良いのか、陸斗？」

「……判っているよ。『導きの聖教』も巻き込まれただけだしな。護《まも》らない理由も無いだろ」

陸斗の決断は、住民はもとより『導きの聖教』もひっくるめている。

その事実を案じる晶に、背中を壁に預けて飄々《ひょうひょう》と陸斗は言葉を続けた。

「俺さ、祖父《じい》さんの跡を継げんわ」

「華族に戻るのを諦《あきら》めるのか？」

立槻《たちつき》村を護る最大の動機を放棄する、陸斗の宣言に晶は驚きを向けた。

「ああ。――祖父さんの怒った理由が、漸《ようや》く分かったよ」

狗《く》に片腕を喰い千切られて尚《なお》、村民と陸斗を庇《かば》って立つ祖父の後背が脳裏に蘇《よみがえ》る。

家宝であった精霊器をあっさりと手放し、村人の守護を優先したその覚悟。

「祖父さんはさ――」

◇

吹き昇る山風が、金色の髪を前へと梳《す》く。

源南寺《げんなじ》に続く石階段を上る足を止め、ベネデッタは後方へ視線を巡らせた。

無論、その視界に映るものは何もなく、月明かりが照らし出す長谷部《はせべ》領《りょう》の平地一帯が眺望できるだけであったが。

『どうした、ベネデッタ《ベテイ》?』

『ううん、何でもないわ』

『………そうか』

気遣うサルヴァトーレに、虚勢の微笑《ほほえ》みだけを返す。

これでも長い付き合いだ。ベネデッタの硬い微笑みに、踏み込む事なく引き下がる。

その気遣いが、ベネデッタにとって何よりも嬉《うれ》しいものであった。

会話も少ないままに、源南寺の正面に開かれた山門を潜《くぐ》る。

『――随分と遅い到着で』

『申し訳ございません。租界の代表から引き留める声がありまして』

出迎えたアンブロージオからの、いい加減に慣れた皮肉。

『どうせ、鴨津の風穴の占有権を主張したのでしょう。どの道、不要となる風穴。景気よく吹っ掛けた方が、疑わず釣れたはずです』

『そうも行きません。折角、租界へ非難が向かないように、青道《チンタオ》に屯《たむろ》していた冦《こう》を大量に引き込んだのです。欲をかいてこちらの気遣いを台無しにされるのも業腹でしょう』

『私の依頼通り、久我の領主を焚《た》きつけてくれたのでは?』

『そちらは充分に。久我の領主は、鴨津を動けないでしょう。ですがこちらに気付くのは時間の問題、迎え撃つ準備を整えておくのに越した事は無いかと』

『良いでしょう。――こちらへ』

先を歩くアンブロージオの案内で、ベネデッタは石畳が敷かれた寺内を進んだ。

源南寺の広い敷地内には生活臭の残り香が感じられるだけで、人の気配は感じられない。

『此処《ここ》に居たものたちはどうしたのですか？』

『さて？　私が来た時には、既に誰も居りませんでしたので。まあ大願を前に臆病な猿如き、捨て置いてやりましょう』

寺院の僧侶を強引に排除したのかと危惧するが、アンブロージオの口調に揺れるものは窺えなかった。

他宗に対する血腥《ちなまぐさ》い結論を、この傲慢な司祭なら躊躇いはせず寧ろ誇るだろう。

ならば、無人であったのは事実か。

思考の隅で疑問が警告を寄越すが、急ぐベネデッタの思考は直《す》ぐに別へと移った。

本来はここまで入り込むものはいないのだろう。

打ち壊された木の柵《さく》を踏み越え本殿に踏み入ると、石造りの杭《くい》が石へ突き立つ威容が露《あら》わとなった。

見た分には何の変哲もない石の杭。しかし眼《め》を凝らせば、莫大《ばくだい》な神気と精緻《せいち》な術式が杭を構成している。

『龍脈《レイライン》を歪《ゆが》めている要。潘国《バラトウシュ》の神器、パーリジャータとかいう銘だそうです。これを引き抜く事で、真国《ツォンマ》に龍脈《レイライン》の本流が帰属します。後に神格封印を打ち込んで、神柱に首輪をつけてやればいい。そうすれば、朝まで待たずとも我々の勝利が確定します』

『……そう上手《うま》く事が進むでしょうか？　潘国《バラトウシュ》であれば、殆《ほとん》どの土地が陥落しているはず。向こうから神格封印を打ち込む方が確実では』
『潘国《バラトウシユ》の龍脈は、ランカー領にあるのですよ』
ランカーの地名は記憶にあった。西巴《せいは》大陸の支配圏が入り乱れる中でも、最初に属領とされた土地だ。

現在、支配している国家を思い出し、ベネデッタの眦《まなじり》が歪む。

『論国《ロンダリア》が問題になりますか』

『はい。関係の拗《こじ》れている波国《ヴァンスイール》の活動は、向こうも許容しないかと。真国《ツオンマ》ならば、属領はまだ確立されていません』

その台詞《せりふ》から、教皇選挙以上にアンブロージオの焦る理由が理解できた。

西巴大陸に於《お》ける植民地政策は、論国《ロンダリア》が急先鋒《きゆうせんぽう》となっている。

西巴大陸での発言力を増している論国《ロンダリア》に青道《チンタオ》の港湾を奪われている現在、大洋へ繋《つな》がる属領の確保は波国《ヴァンスイール》の急務であるからだ。

真国《ツオンマ》以上に最良の立地は、高天原《たかまがはら》しか残っていない。

『パーリジャータ、でしたか。無効化にはどれほどの時間が必要ですか?』

『準備は万全ですが、異国の術式ゆえ余裕を見て5時間は』

アンブロージオの返答に、ベネデッタが思案に沈んだ。

少人数。加えて土地勘も無い中で5時間も防衛とは、簡単に吠《ほ》えてくれる。

だが、ここまで来たら選択肢も無い。

『分かりました。――直ぐにでも取り掛かってください』

踵《きびす》を返して、アンブロージオに背中を向けた。
最初に感じた予感は消える事なく、時間を経るごとに強くなっている。
間違いなく、誰かが『アリアドネ聖教』の思惑に気付いたのだ。
そしてその誰かが晶である事も、ベネデッタは確信の内に気付いていた。
幾許も時を置かずに、珠門洲《しゅもんしゅう》の大神柱が最も信を置く戦力が源南寺に到着する。
その結果がどうなるかは誰にも分からない。
——ただベネデッタは、己の本分を遂行するだけだ。
四肢に力を入れて、源南寺の本堂の外へと足を踏み出す。
その先には、武装を固めた友人2人の姿が見えた。

TIPS：乳海を導く棘《パーリジャーヤータ》。
潘国《バラトウシュ》の神器。28本から成る杭の神器で、本来の仕様は流れの操作。
より正確に言及するなら、流れの始点と終点を強引に決定する特性を持つ。
武器としての特性は不明。
周辺国家の侵略を企んだのも、この神器が存在していた事に起因している。

閑話　天泣に頰は濡《ぬ》れて、戸惑うも遠く　1

——國天洲《こくてんしゅう》北部、山中。


「ぐ、、く、っは、、、」

咳《せ》き込む度に肺腑《はいふ》が痛みで灼《や》けつき、不破直利《ふわなおとし》は身体《からだ》を捩《よじ》った。

夜露の名残で、濡れた岩肌を掻《か》き毟《むし》る。爪の間に黒々と蟠《わだかま》る、緑苔《みどりごけ》の残骸《ざんがい》。

人の気配が失《う》せた周囲に救援は暫く無いと理解し、悪罵《あくば》を大きな嘆息に変えて吐き出した。

自身が滑り落ちてきた崖《がけ》の肌を必死に伝い、岩陰にその身体《み》を転がし落とす。

冷たく濡れる岩肌に否応《いやおう》なく体力を奪われるが、構わず更に奥へと息を潜めた。

その時、

——呼《コ》、呼《コ》、涸《コ》、虚《コ》……。

感情の響かない、硬質《かた》く冷酷《つめ》たい慟哭《どうこく》が、直利の隠れる山間《やまあい》に落ちた。

……足音は無く、慟哭の源もただ人に非《あら》ざる高みを縫っている。

全身に走る鈍痛を堪えながらも隠形《おんぎょう》で息を潜め、直利は岩陰の隙間から声の先へと視線を遣った。

——涸《コ》、、、。

その先に立つのは、袈裟《けさ》を身に纏《まと》った僧侶《そうりょ》の似姿をした異形一つ。

身の丈は2丈《約6メートル》。その巨躯《きょく》に収まる頭部はつるりと凹凸が無く、その向こう側が透けて見えた。

「何処《どこ》が土転《つちころ》ビだ、日垂《ひだる》ル神《がみ》だろうが。見間違いで済むような怠慢じゃないぞ‼」

三ヶ岬《さんがみさき》領での討滅応援を無事に果たせたものの、頻発する瘴気《しょうき》の災禍に巻き込まれた直利の帰還は当初の予定から遅れに遅れていた。

足留めから長逗留《とうりゅう》を強いられていた土地の領主から願われて、直利は土転ビの討滅手伝いに出てきていた。

土転ビは土行の化生である。國天洲《水行》との相性が頗《すこぶ》る悪く、守備隊の人数も揃《そろ》わない小領の威勢は挫《くじ》かれていた。

軒先を借りた手前、直利は渋る事も無く二つ返事で依頼を承諾した。

木克土。五行に於いて土行に克ち得るのは木行であり、土転ビであれば群れていようが単騎で打破した実績が直利にはあったからだ。

――しかし、日中に討滅へ向かう直利たちを来襲したのは、属する五行も脅威も全く違う日垂《ひだる》ル神《がみ》。

神と嘯《うそぶ》かれるほどに、強い金行の化生。

金克木。木行である直利にとって、日垂《ひだる》ル神《がみ》との相性は最悪であった。

掻《か》き集《あつ》めた戦力は為《な》す術《すべ》なく喰い破られ、直撃を避けた直利も衝撃に煽《あお》られて崖下へと吹き飛ばされたのが先刻の事である。

――肋骨《あばら》が数本、完全には折れてないのが幸いか……。

響く疼痛《とうつう》に罅《ひび》が入ったかと、直利は努めて冷静に判断を下した。

回生符を求めて呪符入れを弄《まさぐ》るが、指先は撃符が数枚残る底を引っ掻くだけに終わる。

幸運に怪事《けち》がついてくれたか。気まで滅入りそうになる疼痛を嘆息と共に吐き出し、直利は濡《そぼ》るのも構わずに岩陰に背を預けた。

……どうにも晶《あきら》くんの訃報《ふほう》を聴いてから、身の回りで厄事が続くな。

個々は細々《こまごま》としたものに留《とど》まってくれていたが、此処にきてツケを支払うような窮地はどうした事か。

——土地神の領域から出れば加護が低減するのは当然だが、そうだとしてもこれは……。

まるで恩寵《おんちょう》が喪《うしな》われたと錯覚しそうになるほどに、今の直利には土地神の加護を感じることができない。

加えて、周辺の瘴気が随分と濃くなった気がする。

瘴気溜《だ》まりでもないのに中位の穢《妖》レ《魔》が日中に闊歩《かっぽ》するなど、一ヶ月《ひとつき》前には考えられなかった事態であろう。

「八方塞《はっぽうふさ》がりか？　……いや待て」

気弱に繰り言しか漏れない口を閉じてやろうと眉間《みけん》を押してから、記憶に過《よぎ》る僅《わず》かな光明に奔《はし》る痛みを忘れて身体を起こした。

焦燥に滑る指先が衿裏《えりうら》に縫われた隠し袋を探り当て、中身を摘《つま》み出す。

指の間には、拙さの残る手跡《て》で認《したた》められた回生符が一つ。

それは晶が作成した最初の呪符。売るにも忍びなくお守り代わりとして直利が預かっていたものだ。

拙い子供の手跡《て》による空の器だが、応急で精霊力を籠めれば肋骨の罅程度は完治が望めるはず。

疼痛の細波《さざなみ》に意識を攫《さら》われそうになりながら、直利は回生符に精霊力を向けた。

――ぱち。

「……馬鹿な」

小さく爆《は》ぜる音に、直利の双眸《そうぼう》が開かれる。

精霊力が回生符の精霊力と干渉し、抵抗の証《あかし》が火花と散ったのだ。

そんなはずはない。その思いから現実を否定しつつ、直利は回生符の霊糸を斬る。

果たして、

――煌《コウ》。

解放された呪符から黒い精霊力が燃え立ち、癒やしの熾火《おきび》が直利を包んだ。

精霊を宿さない晶では精霊力を籠める事は叶《かな》わない。それは直利のみならず、雨月《うげつ》に籍を置く者たちの共通認識であった。

――何よりも直利は、晶が回生符を書く、その一部始終を見続けている。

晶は呪符に精霊力を籠める事ができていた。その事実は、直利の思考から更なる問題を引き摺《ず》り出した。

「……落ち落ち死んでもいられんな」

直利を舐《な》める癒やしの炎が疼痛を幻と消し去り、自由を取り戻した身体を岩肌から離す。

――腰に佩《は》いた己の太刀《精霊器》を抜刀《ぬ》いて気息を整え、直利は身を潜めていた岩陰から跳び出した。

跳ねる身体が宙を舞い、煽られた羽織が風と踊る。

直利の眼下で彷徨《さまよ》う日垂ル神《ひだるがみ》が、押取り刀《おっとりがたな》で巨躯を捻《よじ》った。

──遅い。

渦巻く精霊力が刃《やいば》に宿り、飛斬の意思と迸《ほとばし》る。

玻璃院流《はりいんりゅう》精霊技、初伝──鳶尾《えんび》。

──虚《コ》！

「くうっ‼」

奇襲。それも頭上を取った理想的なそれにも拘《かかわ》らず、日垂ル神《ひだるがみ》の咆声《こえ》に直利は後方へと弾《はじ》き飛ばされた。

鳶尾《えんび》で日垂ル神《ひだるがみ》の懐に潜り込むまでの間繋ぎを狙ったが、相手の咆声に距離を引き離されてしまった。

──これが怪異に迫ると謳《うた》われる妖魔、日垂ル神《ひだるがみ》の厄介さか！

初手で懐に入り込めなかった直利に、勝利の目が向く可能性はかなり薄い。

──それでも退《ひ》くは衛士《えじ》の恥晒《さら》し。精霊器を平正眼に構え、僅かに落とした腰から捻るようにして地面を蹴《け》った。

──涸《コ》、呼《コ》、……虚《コ》ッッッ‼

「疾《シ》ィィィイイッッ‼」

衝撃を練り上げた無形の飛礫《つぶて》が、日垂ル神《ひだるがみ》から幾重にも放たれる。

過剰に籠めた精霊力で衝撃を去《い》なしながら、直利は地面擦れ擦れまで身体を落とした。

疾走《はし》るその背中を、紙一重で衝撃が過ぎていく。

――呼《コ》、、涸《コ》ッッ！

直利の刃が届くまで残り数歩と迫った時、日垂ル神《ひだるがみ》の咆声がその感情《いろ》を変えた。

其処《そこ》に含まれているのは、明瞭《めいりょう》な苛立《いらだ》ち――！

「ぐ、、‼」

瞬後、砲弾と飛び交っていた瘴気が波濤《はとう》と移ろい、直利の頭上から圧《の》し掛かる。

莫大《ばくだい》な瘴気の質量に脚《あし》速が鈍るも、詰めた間合いを、無為にはできない。

玻璃院流《はりいんりゅう》精霊技、初伝――。

「唸《うな》り猫柳《ねこやなぎ》‼」

重ねられた身体強化の精霊技が、圧し潰《つぶ》さんとする瘴気の重さを撥《は》ね除《の》けた。

懐に踏み込む、最後の一歩。

――虚《コ》！

小兵と侮っていた直利から放たれる気迫に圧され、日垂ル神《ひだるがみ》の足元が一歩を譲る。

「――退いたな？　日垂ル神《ひだるがみ》」

日垂ル神《ひだるがみ》を追い打つ鋭い挑発《こえ》。

「それは詰み手と教えてやる！」

八家直系。その看板に相応《ふさわ》しい精霊力が、猛りながら直利の身体を取り巻いた。

潜り込んだ懐から日垂ル神《ひだるがみ》を逃さじと、直利の太刀《精霊器》がその鳩尾《みぞおち》に突き刺さる。

退《の》き知らずの玻璃院流《はりいんりゅう》。

此処《ここ》までの接近を赦《ゆる》したのならば、玻璃院流《はりいんりゅう》に退くの一言は在り得ない。
玻璃院流《はりいんりゅう》 精霊技、中伝——。
「仰《あお》ぎ水仙《すいせん》!」
半ばまで食い込んだ刃が、迸る精霊力で日垂ル神《ひだるがみ》を逆裂きに卸さんと牙《きば》を剥《む》いた。
がつ。しかし僅かに進んだところで、日垂ル神《ひだるがみ》の掌《てのひら》に阻まれる。
日垂ル神《金行》の抗《あらが》いに瘴気が応じ、直利《木行》の刃から精霊力を削り落とす。
——涸《カ》‼「ふ!」
夏に揺らぐ蝋燭《ろうそく》の灯《あか》りにも似たその儚《はかな》さに、擬神と直利の呼吸《いき》が交差した。
莫大な瘴気の渦に太刀《精霊器》が悲鳴を上げ、直利の羽織を蝕《むしば》み散らす。
死に及ばぬ刀傷。瘴気に曝《さら》され、直利の手から太刀《たち》が離れた。
明白《あからさま》な隙。眼前の化生が巨躯に任せ、直利に圧し掛かる。
「云《い》ったはずだ」
——涸虚《ココ》ッッ!!??
勢い込む化生に返る、冷酷なその宣言。
精霊器を掴《つか》むその両腕が、その直後に半ばから断ち切られた。
「それは、詰みだと——‼」
精霊器から手を離した直利が代わりに掴むのは、腰に佩いたもう一つの太刀。
精霊器ではないが、鍛え上げられた業物の一振り。
そして、ただの刃金を精霊器とする玻璃院流《はりいんりゅう》の奥伝。

──泥黎扶桑《ないりふそう》。

精霊力が鍛鉄を崩壊させながら翻《ひるがえ》り、直利の身体が日垂ル神《ひだるがみ》の懐深くに潜り込む。

旋風《つむじ》と舞う直利の斬り断つ意思が刃金に宿り、然《さ》して抵抗も赦さずに日垂ル神《ひだるがみ》の膝《ひざ》を両断した。

──虚《コ》ォォオオ⁉

両手足を失い地に伏せる日垂ル神《ひだるがみ》へと、地に落ちた精霊器を再び向ける。

玻璃院流《はりいんりゅう》 精霊技、止《とど》め技──。

「重《かさ》ね栴檀《せんだん》、」

堪《たま》らずに横転する妖魔が晒すは、無防備な頚部《くび》。有無も云わさず、そこに直利の刃が喰《く》い込んだ。

落とされる斬断の一撃が瘴気の護《まも》りを吹き散らし、

「刈《か》り椿《つばき》──‼」

同時に打ち込まれた二撃目が、日垂ル神《ひだるがみ》の頚部を見事に断ち斬った。

「吹《フ》ウゥゥゥウ──」

残心からの納刀。

太刀の峰が伸びたか、納刀に僅かな抵抗を覚える。

精霊器を打ち直す必要があるなと、直利は自身の未熟さに自嘲《じちょう》した。

──芒《ボウ》。

清め水が掛かる先から、死体が青白く燃えて去る。

その様を眺めながら、直利は気鬱《きうつ》を呼ぶも承知で嘆息混じりに独白を漏らした。

脳裏を過《よ》ぎるのは、先刻に行使した回生符の燃え散る光景。

——癒やしの炎。

「晶くんが回生符を作成《つく》れていたとは。……彼は、この事に気付いていていたのか？」

そう口にしてから、愚問と己を嗤《わら》ってやる。

聡《さと》い子であった。少なくとも、放逐されてからそう間もないうちには理解に及べていたはずだ。3年。碌《ろく》に処世も知らない年齢《よわい》10の少年が生き残るには、余程の幸運か金子《きんす》を必要とする。しかし、回生符が作成《つく》れていたのならば、その疑問も氷解する。

——直利が行使した回生符は、回気符以外で晶が完成させた最初の呪符だ。

回気符で霊脈の脈動を自覚できなかったため意識はしていなかったが、今後の事を考えて、回生符の作成を100枚ほど晶に指示していた。

そして、その一部始終を直利は見届けている。

精霊力を計る単位は存在しないが、中位精霊を宿す陰陽師《おんみようじ》が回生符に精霊力を籠めても一日に5枚が限度。

それを100枚。しかも作成に際して、霊脈に無理を重ねた様子も無かった。

あれら総《すべ》てが完成していたというならば、単純計算でも陰陽師20人分の精霊力を晶は有していた事になる。

ぞくり。己の思い違いに、悪寒が直利の背筋を舐めた。

「……急ぎ、甘楽《つづら》に戻らねばいかんな」

難敵であった日垂ル神《ひだるがみ》を討滅した快挙に興奮は薄く、直利は踵《きびす》を返す。

守備隊の生き残りだろうか。複数の人間が騒《ざわ》めく気配が、直利が向けた足の先に届いた。

4話　斜陽は沈み、狼よ牙《きば》を剥け　1

現神降《あらがみお》ろしで底上げされた脚力が夜気を捲き、蹴り上げた石段を後方へと置き去りにしていく。

その先に遠く見えるのは、源南寺《げんなじ》へと続く山門。


『──来た』

──迫りくる戦意を見止め、ベネデッタは双眸を見開いた。

彼女の呟《つぶや》きに刹那《せつな》、山門の向こうから夥《おびただ》しいまでの朱金の輝きが噴き上がった。

捲き上がる精霊力をも切り裂いて、燕牙《えんが》が境内を奔り抜ける。

狙いは左に立つ赤毛の偉丈夫。──サルヴァトーレ・トルリアーニ。

「飛び道具で陥落《おと》せると思われたなら、心外だ、なぁっ！」

気合一閃《いっせん》。サルヴァトーレが持つ大剣が、燃え盛る斬撃を縦に斬り裂いた。

所詮《しょせん》は牽制《けんせい》程度の一撃。容易《たやす》く吹き散らされた事実に怖《お》じ気る事なく、源南寺に踏み込んだ晶《あきら》はサルヴァトーレへと向けて石畳を踏み締めた。

──速度《はやさ》が欲しい。高天を駆ける隼《はやぶさ》の如《ごと》き速さ。

奇鳳院《くほういんりゅう》流精霊技、中伝――。

「隼駆《はやぶさが》けっっ‼」

駆け抜けるは刹那のうちに、踏み締めた石畳が一拍置いて足跡代わりに砕け散る。

残響の如く炎を棚引かせながら、晶はサルヴァトーレの懐深くに八相の構えから斬り込んだ。

「ちぃいぃいぃっ‼」

激突。鬩《せめ》ぎ合う精霊力が互いを喰い合い、衝撃波が吹き荒れる。

掲げる大剣の柄《つか》で落陽柘榴《らくようざくろ》を受け止め、サルヴァトーレは舌打ちに耐えた。

晶の動きが追えなかった訳ではない。巧拙を問うならば、未《ま》だ粗さを残した一撃。

だが小兵の体躯《たいく》から繰り出されたものとは思えない重い斬撃に、サルヴァトーレの表情が歪《ゆが》んだ。

先日に教会で剣を交えた時よりも、格段に成長している。

高天へと翔《か》け昇る鷹《たか》を想起するほどに、その成長速度は比類なく速かった。

「晶と云ったか？　――認めてやる、小粒《ガキ》にしては良い一撃だ！」

――だが、未だ耐えられないほどではない。

「ぬ、ぐ、お雄《オ》、オォォオッ‼」

勢い任せの一撃が優勢から拮抗《きっこう》に、そして劣勢へと押し返される。

背筋が伸び切った隙に、落陽柘榴《らくようざくろ》を絡めながら大剣が巻き上がった。

晶の本能が、総毛立たんばかりに回避を訴える。

――刹那の後、がら空きとなった少年の鳩尾に、サルヴァトーレの蹴りが突き刺さった。

「が、はっ‼」

直撃は避けたが、充分に強化された大柄な男の蹴り。踏鞴《たたら》を踏む晶へと、サルヴァトーレが踏み込んだ。

それと同時にアレッサンドロ・トロヴァートが、晶の背後を断つべく戦杖《せんじょう》を振り被《かぶ》る。

「私に背中を向けるとは、余裕のつもりかね」

「——そっちこそ」

冷めた晶の呟きを理解するよりも早く、山門の向こう側から飛来した燕牙《えんが》がアレッサンドロの戦杖を弾いた。

山門を越えて、咲《さき》が境内へと。

翻る焼尽雛《しょうじんびな》が軌跡を刻み、飛翔《ひしょう》する斬撃が彼我の視界を埋め尽くした。

「この程度で突破できると——‼」

「破《は》ぁぁぁっ‼」

咲の燕牙《えんが》と楯の神器《ENKI》の激突に、空間が哭《な》き軋《きし》む。

その開いた脇腹目掛けて、燕牙《えんが》の影に紛れた埜乃香《ののか》が刀を振り抜いた。

唸り猫柳《身体強化の重ね掛け》で底上げされた埜乃香の斬撃が、攻勢に意識を割いて薄くなったアレッサンドロの脇腹へと吸い込まれる。

己《おの》が精霊器の切っ先がアレッサンドロに迫る様に、埜乃香は勝利を確信した。

玻璃院《木行》流は身体強化、より正確に言及するなら、内功に分類される精霊技との相性がずば抜けて良い。

反面、精霊技の花形とされる外功の精霊技との相性が悪いため、五行に於《お》いて永く不遇を託《かこ》っていた一角であった。

何しろ現神降ろし《身体強化》は、中位精霊を宿していれば誰であっても行使可能《つかえる》な精霊技なのだ。

――だが内功の重要さは、練達するほどに身に染みるようにもなる。

極論すれば、精霊技とは攻撃圏の伸長だ。

距離であれ範囲であれ、一撃が抉《えぐ》り出す深さであれ。何かを伸ばすという、絶対的な基礎理念が変わる事は無い。

土台そのものを強化する玻璃院流《はりいんりゅう》は、練達するほどに攻防の優位性を掌握していくのだ。

特に、懐に潜り込む事を赦してしまえば、木行の精霊遣いに敵《かな》うものはいない。

――退き知らずの玻璃院流《はりいんりゅう》。

そう謳《うた》われる己が流派の覚悟を背景に、埜乃香は低い姿勢から刺突を放った。

残り寸毫《すんごう》もない彼我の距離。その切っ先は、アレッサンドロの脇腹を至近で捉《とら》えていた。

後、半歩、――――――！

「悠然と在れ《Certe illic》」

ぎぃんっ‼　アレッサンドロの号声と共に、硬質の手応えが埜乃香の突きと勝利を阻む。ＥＮＫＩの権能。予定通りの行動に、埜之香は精霊力を轟然《ごうぜん》と燃やし尽くしながら半歩を確かに踏み込んだ。

玻璃院流《はりいんりゅう》精霊技、初伝――

「――山茶花断《さざんかだ》ち‼」

阻まれた一撃に気を残す事なく半身を入れ替え、引き上がる肩口から縦に太刀を振り下ろす。

莫大《ばくだい》な精霊力を纏《まと》った刀身が、衝撃波を生みながら唐竹割の軌跡を描いた。

狙いは、霧散《ちり》しつつある燕牙の残り香。

太刀の軌跡は消えゆく火行の精霊力を貪欲《むさぼり》に喰らい、莫大な火焔《かえん》へとその身を変える。

木生火。木行《埜乃香》の精霊力を糧に、火行《咲》の精霊力が劇的な威力を帯びた。

業火を纏う衝撃波がアレッサンドロへと遡《さかのぼ》り、

——轟音《ごうおん》と共に爆炎が両者の間で花を開いた。

この程度でアレッサンドロを倒せたとは微塵《みじん》も思わない。爆炎の向こうにいる異国の男に向けて
埜乃香はさらに踏み込もうと、

「——其は《Consuendi》、夜の帳を《nocte》、縫い給う《Librum》！！！」

渦巻く炎嵐に幾条もの陥穽《あな》を穿《うが》ち、碧《あお》く輝く杭《くい》の群撃が、頭上から埜乃香に殺到する。

ただでさえ警戒の薄い頭上からの攻撃に埜乃香の対応が完全に出遅れ、
思わず硬直する彼女の脇をすり抜けて、燕牙《えんが》の残り香を棚引かせた咲がその先に立った。

「——緋襲《ひがさね》」

薙刀《なぎなた》の切っ先が指向性の強い業火の奔流を描き、逆巻く爆炎諸共《もろもろ》に法術の杭を呑み込む。

その勢いをも超える事のできた数条は、勢い衰えず踊る薙刀に絡めとられ虚空で霧散した。

「……素晴らしいです。連携は即興でしょうに、よく合わせられるものですね」

穿たれた爆炎の向こうで、咲が前衛に埜乃香を庇《かば》う姿。

付け入る隙が見えず、ベネデッタの口から思わず感嘆が漏れた。

幾重にも斬撃が飛び交い、彼我の間合いで火花を散らす。

仰け反った咽喉《のど》を目掛けて大剣が空を斬り、がら空きと見えたサルヴァトーレの懐へと晶は踏み込んだ。

「雲雀突《ひばりづ》――!?」

奇鳳院流《くほういんりゅう》精霊技、中伝――。

最速の突きを放とうと精霊力を練り込み、――本能からの警鐘に全力で回避。

脳天があった空間を大剣の柄が過ぎて去り、冷えた肝が鋭い呼気を吐かせた。

見た目にも大振りな大剣を巧みに熟《こな》し、速さに勝る太刀《たち》と互角に立ち回る。サルヴァトーレの技量に、疑う余地は一片も無かった。

「――運が良い」

「実力だよ」

それでも負けじと応酬する晶の減らず口に、サルヴァトーレは距離を取りながら笑みを凄《すご》める。

「懐に誘われた挙句の寸前じゃあ、語る口も無い」

「吼《ほ》えるなよ、弱く見えるぞ」

高天原《たかまがはら》には無い独特の構えを前に、落陽柘榴《らくようざくろ》を正中に構えてみせた。

「――――雄《オ》ォッっ‼」」

合図は無い。互いに呼気を大きく吐き出し、再び晶たちは一歩を踏み出した。

見上げる上背から落ちる一撃を、落陽柘榴《らくようざくろ》の強度に任せて凌《しの》ぎ切る。

視界を占める火花を越えて、更に一歩。

精霊力は練らない。呼気を合わせた刺突を、大柄なサルヴァトーレの胴体へと向けた。

「疾《シ》っ」「――っ！」

最速だけを求めた、ただの突き。

奔《はし》る灼闇の刃《やいば》が、大剣の鎬《しのぎ》に火花を刻んだ。

――こいつ、
晶の攻勢に、サルヴァトーレの額を一筋の汗が伝う。

偶然と言い張るには鋭く、確信を持つには未だ甘い。

翻る落陽柘榴《らくようざくろ》の刃が、赤毛の騎士の視界へ軌跡を落とした。

――強靭《つよ》くなっている！

晶は意識もしていないだろう。だがその勢いは剣を取った幼児と同じほどに、この瞬間すらも糧に飛躍していた。

「手加減なんざ、余裕の心算《つもり》かよ」

「……そうでもしないと、躾《しつけ》にもならんだろうが」

「くそが！」

飛び交う斬撃の合間に、晶が悔しそうに吐き捨てる。

だが晶の口にした悪罵《あくば》は、サルヴァトーレこそ口にしたかった。

悔し紛れに合わせたが、サルヴァトーレは手加減などしていない。

飛躍し続ける自身の成長を相手の手加減と錯覚するほどに、本人すらも自覚できていないのだ。

少年の体躯が僅《わず》かに沈み、視界から外れた瞬間に加速をする。

一足一間。残炎が地を刻む瞬後、サルヴァトーレの懐へと晶が踏み込んだ。

「き、さま‼」

「――終わりだっ」

至近で像を結ぶ、互いの影。挑む晶の視線に射抜かれ、赤毛の偉丈夫は心胆の凍える音を幻聴《き》いた。

地を蹴《け》る騎士の身体《からだ》が後退に地を蹴り、それよりも迅速《はや》く落陽柘榴《らくようざくろ》の切っ先が掬《すく》うように迫る。

斬閃が奔り、折れた大剣の切っ先が虚空を舞う。

――追いつかれた。

晶の経験と実力が、騎士のそれに。己の得物が喪《うしな》われた事実に、サルヴァトーレは確信した。

ベネデッタの願い。高天原へと足を踏み入れた、その本当の目的。

――だが、晶の成長は駄目だ。

この瞬間、晶の勝利を赦《ゆる》してしまえば、今後、波国《ヴァンスイール》の脅威と化す。

サルヴァトーレの胸に宿る、聖アリアドネへの崇拝は疑いもなく。それでも此処《ここ》で晶を排除するべきと、赤毛の騎士は心からの確信に至った。

――今しかない。小僧が神柱殺しを把握し切れていない、この瞬間が最後の機会。

騎士の両腕に得物は無く、それでも逆転の芽はサルヴァトーレにこそある。

虚空に掌《てのひら》を差し伸べ、心奥の柄を掴《つか》んだ。

――それは日輪すら啄《ついば》んだ神柱の左腕。城砦喰《じょうさいぐ》らいの騒がしき小鳥。

「啄み崩せ《sorbendum praebe》、――左に羽撃く蜂鳥《Huitzilopochtli》」

瞬後。サルヴァトーレの掌中に顕《あらわ》れた鍔《つば》の無い両刃剣が、翻る落陽柘榴《らくようざくろ》を迎え撃った。

無数に羽撃《はばた》く騒《ざわ》めきが落陽柘榴《らくようざくろ》と鬩ぎ合い、やがて灼闇の太刀から勢いが消える。

権能の強度は、純粋に信じるものの差だ。

眷属《けんぞく》神の主たるアリアドネへの信仰と、喪い奪われる事を畏《おそ》れる晶の怯懦《きようだ》。

その差が太刀から精彩を奪い、騒がしき蜂鳥の権能は晶の加護に大きく孔《あな》を穿った。

がら空きとなった晶の胴体。サルヴァトーレは神器の切っ先を――。

その視界を、幾重もの紙片が遮った。

虚を衝かれた騎士の視界に辛《かろ》うじて映る、剣指を振り抜く晶の姿。

「疾《シ》ッ――」「ハアァァァッッ‼」

晶が持っていた火撃符の全部。火行の精霊が歓喜を上げ、晶の意思に従って莫大な熱量を解放した。

焦熱が騎士を呑《の》み込む寸前、神器の羽撃きが火焔を左右に斬り裂く。

地を舐《な》める炎に刹那《せつな》も怯《ひる》む事なく、サルヴァトーレの斬撃は下から上に下弦の月を描いた。

きぃん。刃金の弾《はじ》く音を残し、落陽柘榴《らくようざくろ》が虚空を舞う。

硬直する晶に向けて、サルヴァトーレの左腕が大きく翻《ひるがえ》った。

――パン。ひどく呆気《あっけ》ない乾いた音を最後に、寺の中庭へ一瞬の静寂が訪れる。

「か、はっ……‼」

苦悶《くもん》の呼吸《いき》も僅かに、晶の身体が膝《ひざ》から崩れ落ちる。

「あ……」

じわり。石畳に滲《にじ》む鮮やかな赤色に、咲の表情から感情《いろ》が消えた。

「晶──!!」

悲痛さを色濃く宿した咲の絶叫が、夜空に散った。

4話　斜陽は沈み、狼よ牙《きば》を剥け　2

――痛い。

蹲《うずくま》りその実感に耐えるよりも早く、晶《あきら》の身体は無造作に蹴り飛ばされた。

「が‼」

与えられた慣性のままに、晶の身体が土塀の向こう側へと消える。

茫漠《ぼうばく》と立ち昇る土煙。降りしきる土塀の破片に埋もれ、晶の思考は闇に沈んだ。

『サルヴァトーレ、晶さまを殺しては駄目よ。――それは、』

『聖下《ト》のご意思《ト》に背くというのだろう？　――だが、間違いなく禍根になるぞ。あれはそういう存在だ』

『それでもよ』

不満を残し、サルヴァトーレがそれでも一歩を踏み出そうと、

「させるかあぁぁぁあっ‼」

諒太《りようた》がサルヴァトーレの懐深くへと踏み込み、腰から巻き取るように太刀を抜刀した。

「晶。逃げて！」「――貫け《Penetrare》」

咲《さき》の意識がアレッサンドロから外れ、ベネデッタの詠唱と重なった。

エズカ媛《ヒメ》が警告を叫ぶ。直後、焦りに浮ついた咲の視界を、ベネデッタの放つ法術が埋め尽くした。

「この、程度‼」

飛来する法術の杭。拗《く》ねり舞う焼尽雛《しょうじんびな》が、咲の身体に到達せんとする杭のみを狙って弾いた。

一つ、二つ。精霊光と破砕音が幾重にも重なり、焦りから崩れた咲の体勢に限界が迫る。

「くぅうっ！」

間断なく襲い来る輝きに呻《うめ》きを残し、咲は後方へと地を蹴った。

生まれた一瞬の隙は見逃されず、

――散り消えようとする精霊光を貫いて、追撃の輝きが一筋、咲へと向かう。

「！」

躱《かわ》せない。胴体の真芯《まつしん》を捉《とら》えられた一撃に、咲は確信を持った。

防御を貫かれる事は覚悟の上、僅かでも減衰を期待して有りっ丈の精霊力を現神降《あらがみお》ろしに回した。

迫る杭の切っ先が激突する、その刹那――。

「――私が」「埜乃香《ののか》さん！」

追いついた埜乃香が、咲を背に前へ立つ。

玻璃院流《はりいんりゅう》精霊技、――。

輝く杭が埜乃香に激突する。鈍く脆《もろ》い轢音《れきおん》が響くと同時に、爆炎が咲たちを呑み込んで周囲を舐めた。

「埜乃香ぁっ‼」

諒太の叫びが、轢音を裂いて交錯する。

「……っっ、大丈夫です！」

応じる声は爆炎の向こう側から、膨れ上がる威風が直後に内側《うち》から吹き散らした。

仄《ほの》かに朱の差した精霊光の瞬きが、少女の身体を薄皮一枚分で隙間なく包み込んでいる。

埜乃香が掴み取った杭《くい》が一つ、その掌の内側《うち》で砕けて霧散した。

僅かな明滅が如何《いか》にも儚《はかな》げと余人の目に映るが、その事実、硬さが群を抜いている事は音にも聴こえている。

奇鳳院流《くほういんりゅう》とは違い、玻璃院流《はりいんりゅう》は身体強化や中距離での戦闘を得手としている。

この精霊技を纏《まと》うものは、人の形《なり》をした塞と心得よ。

退《の》き知らずと称される玻璃院流《はりいんりゅう》の、象徴たる精霊技。

――五劫七竈《ごこうななかまど》。

「落ち着かれましたか？」

「――うん。もう大丈夫、取り乱してごめんなさい」

大きく呼吸《いき》を一つ。相手が攻勢を取らない事実を幸いに、アレッサンドロを見据えて咲は覚悟を決めた。

「……埜乃香さん、私が相手を押さえる。時機は合わせるから、行使って」

「畏《かしこ》まりました。――ご武運を」

手詰まりに埜乃香も覚悟していたか、応諾が返される。

焼尽雛《しょうじんびな》を脇構えに、一呼吸をその場に残して咲は石畳を蹴った。

「疾《シ》ィィイイッ‼」「ふむ、私なら勝てると踏んだかね？　その程度の実力で」

地に伏せる葦《ENKI》は楯《たて》の神器。不壊の特性と合わされば、難攻不落の城塞《じょうさい》と化す。

その事実を背景に、アレッサンドロは迫る咲《さき》を迎え撃った。


隼《はやぶさ》駆《が》けの速度に任せ、咲は八相の構え《木の構え》から素早く半身を捻《ねじ》り上げた。

流れるように重心を前傾に、叩《たた》き落《お》とす一撃が撃滅の威力を宿す。

奇鳳院流《くほういんりゅう》精霊技、連技《つらねわざ》――金鉈墜《かんなたお》とし。

激突。神器を両断する勢いで、焼尽雛《しょうじんびな》の切っ先がその表面をなぞり落ちた。

神器が誇る不壊の奇跡を前に、突破する意思が火花と散らして軌跡を刻む。

――無傷。

「意気や良し。だが、その程度で超えられると思われては心外だがね！」

「――まだまだぁっ‼」

当然の事、その程度で超えられるなど露ほども思っていない。

歯噛《はが》みに痺《しび》れる奥歯をさらに食い縛り、呼吸《いき》の続く限りはと重ねて一歩を踏み出した。

奇鳳院流《くほういんりゅう》精霊技、連技《つらねわざ》――追儺扇《ついなおうぎ》。

広がる扇に似た軌跡が楯の表面に残火の衝撃を続けて打ち込むが、アレッサンドロの足元は小《こ》動《ゆるぎ》と見えもしない。

揺らがない相手に怖気《おじ》る事なく斬撃を重ね、咲は焔《ほのお》の渦巻く切っ先を楯の中心へと向けた。

奇鳳院流《くほういんりゅう》精霊技、止《とど》め技――。

「――炮烙鶫《ほうろくつぐみ》」

爆炎が幾重にも沸き立つ奔流となって、楯ごとアレッサンドロをその向こうへと覆い隠す。

――地に伏せる葦の神柱《ENKI》は、大地の生命を恵みと変えた葦の神柱だ。

その逸話通り、ENKIの権能は地の恵みを吸い上げて護《まも》りに変える。

渦巻く熱波は次第に勢いを喪い、穏やかなだけの微風が男の頬を撫《な》でた
「素晴らしい《Sorprendente》。惜しむらくは、楯では碌《ろく》に攻撃できないと楽観視したところか」

「……く、っうぅ」

吹き荒れる火焔《かえん》を悠然と踏み越えたアレッサンドロと、迎え撃つ咲の双眸《そうぼう》が楯一枚を越えて鋭く交差。

ENKIが勢いよく跳ね上げられ、咲の身体を強《したた》かに弾く。

「うあっ‼」

「これで詰みだ――⁉」

駄目押しに追撃を重ねようとしたアレッサンドロはしかし、宙を躍る咲の視線が未《ま》だ敗色に彩られていない事に気付いた。

あしらわれて尚《なお》、戦意に猛る少女の眼光に、アレッサンドロの本能が警告を掻《か》き鳴《な》らす。

己の直感から、巨漢の騎士は踏み出した体勢を守勢へ引き戻そうと、

「――割《さ》きて咲き、哭《な》いて虚《むな》しき、花の色」

虚空を舞う咲の陰から躍り出る埜乃香に、その動きが止まった。

木行の少女が呪歌を紡ぎ、薄緑の精霊力を限界まで練り上げる。

下段の構え《土の構え》から、埜乃香はアレッサンドロの懐へと踏み込んだ。

「ぬうっ⁉」

楯の陰で埜乃香を見失い、アレッサンドロから苦鳴が漏れる。

埜乃香は止まる事無く、精霊力を乗せた太刀《たち》を下から上へと跳ね上げた。

アレッサンドロが持つ楯の中心へと、埜乃香の一撃が吸い込まれる。

玻璃院流《はりいんりゅう》精霊技、中伝──。

「──杜鵑草《ほととぎす》」

膨大な量の精霊力が樹の幹の如《ごと》く石畳へ這《は》い回り、枝葉と伸びる先が楯に激突した。

──哦噛《ガガ》ッ！

神器の楯と精霊力で構成された樹の穂先が、鈍く音を立てて相食《か》み合う。

数歩の後退を余儀なくされ、それでもアレッサンドロは拮抗《きっこう》に耐えた。

「……ふ、ふ。驚いたよ。とは云《い》え、神器を陥落《おと》すほどではないみたいだが」

「ええ」

アレッサンドロの独白を契機に、埜乃香の精霊力が目に見えて猛り上がる。

「未だ、これからで御座《ござ》いますので」

「な、」

後先を考えない精霊光の勢いに、アレッサンドロが瞠目《どうもく》した。

「にぃいいっっ⁉」

拮抗する薄緑の精霊力が、楯は疎《おろ》か騎士の身体をも覆い尽くす。

――勢いは止まらない。樹木を模した精霊力はじわりと素早く騎士の巨躯《きょく》を持ち上げ、楯ごと虚空へと縫い留めた。

「トロヴァート卿《きょう》！」

「問題ない！　この規模の精霊力、どうせ直《す》ぐにも力尽き――――⁉」

ベネデッタの気遣いへ返そうとするアレッサンドロ。

「還《かえ》って来ぬと、孵《かえ》らずの仔《こ》に」

――その先を断ち切り、咲の呪歌が埜乃香の後を繋《つな》ぐ瞬後。

立ち昇る膨大な焔が菫《すみれ》色に染まり、樹の根元から先端へ焼尽雛《しょうじんびな》と舞う咲が奔《はし》り抜けた。

奇鳳院流《くほういんりゅう》精霊技、相生技《あいおいわざ》。

「――不如帰《ほととぎす》‼」

猛る業火が木行の精霊力を喰《く》らい尽くし、撃滅の意思を以《もっ》てアレッサンドロに迫る。

精霊力総《すべ》てを灼熱《しゃくねつ》の意思に換え、菫色の輝きが枝先に灯《とも》り蕾《つぼみ》と膨らんだ。

生まれた蕾の数は、凡《およ》そ10数余。その総てが灼熱の花弁へと綻《ほころ》ぶ。

「見事、、‼」

――轟《ごう》ォンッッ‼

爆炎が大輪の華として幾重にも同時に咲き誇る。

夜天の虚空に渦巻く灼熱に、アレッサンドロの身体《からだ》は呑《の》まれて消えた。

「ぐ、ううう。ふ、ふふっ」

大量の漆喰《しっくい》と土の破片に埋もれて、晶は身動きも取れずに苦鳴を漏らした。

腹に穿《うが》たれた小さな弾痕《だんこん》からじわりと熱が抜けていく感触が、酷《ひど》く空虚な心地よさとなって全身に広がっていく。

死。練兵であった頃から覚悟していたはずの事実に、それでも晶は生き汚く足掻《あが》く事に固執した。

僅《わず》かに動く右腕を必死に動かして腰の辺りを弄《まさぐ》るが、目当ての呪符は蹴《け》られた際に散らばったらしく指先は空虚を触れるのみ。

――これは、詰んだか？

追い込まれた自身の窮状に、万策尽きたと自嘲《じちょう》に口元を歪《ゆが》める。

その時、激痛に霞《かす》みかけた視界の端に、回生符の輪郭が仄かに黒く縁を浮かび上がらせた。

回生符！　必死に手を伸ばして、一欠片《かけら》の降って湧いた希望を掴《つか》む。

その確かな感触に思わず笑みを零《こぼ》し、表を返して頬が強張《こわば》った。

回生符に浮かび上がる玄生《げんせい》の文字。

くろと静美《しずみ》がくれた、晶であった最後の証《あかし》だ。

これだけは行使《つか》うまいと心に決めていた回生符を手に、己の窮状を忘れて逡巡《しゅんじゅん》に動きを止めた。

――晶や、吾《あれ》の名ぞ。そして其方の一部でもある事、忘れりゃな。

何時《いつ》かに夢見た優しい少女に咲き誇る大輪の笑顔。記憶に残る少女の残滓《ざんし》を振り払い、晶は玄生の証であった回生符をその手に掴んだ。

ぷつ。手応えも僅かに、晶にこびりついていた郷愁の欠片が霊糸と共に千切れ飛ぶ。

回生符に印《しる》された墨痕《ぼっこん》鮮やかな玄生の文字が、漆黒に輝く神気の炎に呑まれて呆気《あっけ》なく消えた。

死ねない。死ねるものか。

くろに、静美に。もう一度だけでも逢《あ》って謝るまでは、この身が果てる事を晶は良しとできはしない。

直後に怪我《けが》を慰撫《いぶ》し始める癒やしの炎に、決意も新たに晶は拳《こぶし》を握った。

心地よい熱に、意識が刹那《せつな》の休息を覚える。

――……晶？

嘗《かつ》て聴いた懐かしく愛《いと》おしい幻聴《こえ》が、晶の意識を遠く、確かに擽《くすぐ》った。

その響きが誰のものであったか。意識を巡らせるよりも早く、活力を取り戻した晶の身体が大きく身動《みじろ》いで震えた。

4話　斜陽は沈み、狼よ牙《きば》を剥け　3

『トロヴァート卿！』

その身を案じるベネデッタの叫びと共に、力尽きた少女2人へと法術の杭《くい》が放たれた。

咲《さき》を庇《かば》い、埜乃香《ののか》は少女の前へ立つ。

貫かれる確信に覚悟を決めた瞬間、埜乃香の視界に諒太《りようた》の影が差し込んだ。

「やらせるかっ!!」

振るわれた一刀に法術が砕け散る中、婚約者の後背に護られながら埜乃香は回生符を励起する。

「無事か？」「はい」

迷いなく返る少女の声に、諒太は首肯だけを返した。

「咲と一緒に女の処理を頼む。——俺は、野郎を抑える」

「畏まりました」

青白い癒やしの熾火《おきび》に身を委ね、埜乃香は逡巡もせずに諒太の指示に頷《うなず》く。

お互いに一人欠け、それでも優位は相手にあるからだ。

「貴っっ、様らぁぁぁっっ!!」

アレッサンドロが撃破された怒りからか、サルヴァトーレが夜闇を裂いて諒太に迫る。

「ちっ」

舌打ち一つ。サルヴァトーレの進撃を阻むべく、諒太が咲たちの前に立った。

サルヴァトーレの射線上に諒太の放った火撃符が宙を舞い、瞬きの後に衝撃を撒《ま》き散《ち》らして燃え上がる。

膨れ上がる爆炎。それすらも容易《たやす》く吹き散らし、サルヴァトーレが一直線に神器を振り翳《かざ》した。


正直なところ、思ったよりもやってくれた。

それが、ベネデッタ・カザリーニの正直な感想だった。

——このままでは、戦闘の流れを調整する余裕が無くなってしまう。

それでは駄目だ。圧倒的な勝利では、この後の狙いが駄目になる。

ちらり。アンブロージオが神器を引き抜いている後方に、視線を掠《かす》め巡らせた。

アンブロージオと同様に、ベネデッタの狙いもパーリジャータを引き抜かせてから始まるのだ。

ベネデッタが単調な牽制《けんせい》に終始している事情に気付いてくれるならば有り難いのだが、このままでは望み薄だろう。

——やはり、鍵《かぎ》となるのは……。

焦りから一縷《いちる》の望みを懸《か》けて、崩れ落ちた土壁の向こうに視線を向けた。

瞬後、漆黒に輝く神気が瓦礫《がれき》の隙間から吹き上がり、青く燃え立つ焔へと変わる。

静寂とした神柱の威圧は刹那に消え失《う》せ、音もなく煌々《こうこう》と燃え立つは紛れもなく癒やしの炎。

回生符では賄えないはずの、常識では有り得ない大規模術式の発露にその場にいた全員が立ち竦《すく》んだ。

「何ですか、これ……？」「晶《あきら》くん!?」

少女2人の呟《つぶや》きが重なるその時、瓦礫を掻き分けて晶が立ち上がる。

傷を負った痕跡《こんせき》は有れど、その動きに支障の翳《かげ》りは一切窺《うかが》えない。

晶の完全回復を確信し、咲《さき》は安堵《あんど》に大きく息を吐いた。

「ちぃっ。まだ呪符を隠し持っていたか！」

舌打ちを残して、サルヴァトーレは短銃の狙いを晶に向けた。

必中の意思が乾いた炸裂《さくれつ》音に変わり、常人では対応できない速度で弾丸が虚空を貫く。

――散《チ》ィン。

呆気なく響く、小さな金属質の轢音《れきおん》。

軌道は確かに晶を捉《とら》え、――その直後に昏《くら》い輝きが一条、飛来する鉛球を弾《はじ》き飛ばした。

「な」

その結末に、サルヴァトーレは絶句した。

続けて2射、3射。再び放たれた銃弾は昏い赤色《せきしょく》の輝きに消え、

――弾倉から覗《のぞ》く弾丸は、残り一つ。

これ以上は弾丸の無駄と割り切り、サルヴァトーレは加護殺したる己の神器を晶へと向けた。

――如何《いか》な奇跡であろうと、加護殺しで護りを削れば攻撃の通らぬ道理は無い。

「――させるかぁっ‼」

「ちぃっ⁉」

権能が叩《たた》き落ちる直前、射線に割り込んだ諒太がサルヴァトーレの一撃を受け止める。

加護を殺す逸話が、真っ向に抗《あらが》う諒太の精霊力を削《そ》ぎ落す。

きぃん。二つに断たれた諒太の太刀が悲しげな悲鳴を上げて、夜天に高くくるりと舞った。

「――だから、どうしたぁっ」

それでも、諒太が敗北に折れる事は無い。理由も無い。

己の精霊器であったものを投げ捨て、不退転の意思を叫ぶ。

月宮流《つきのみやりゅう》精霊技、中伝、――遍路踏《へんろとう》。

晶の進む先を確保するべく、下らない矜持《きょうじ》を捨ててサルヴァトーレへと組みかかった。

「く、そ」

「逃すか、三下ァ‼」

騎士の奥襟を掴むべく、諒太の腕が伸びる。

衛士《えじ》の少年に懐深くを赦《ゆる》してしまった。本能を雄叫《おたけ》びで捩《ね》じ伏せ、サルヴァトーレは銃口を衛士の額へ向けた。

銃に対する危機意識の薄さか、蛮勇の代償か。諒太の回避が致命的に遅れた。

……酷く緩慢とした視界の向こう、サルヴァトーレの銃口が諒太へ向かう。

その光景に、埜乃香は覚悟を決めた。

正妻と聞かされていた少女の後背を追い抜き、その前へと立つ。

「……咲さま、申し訳ありません。後事はお願いいたします」

揺るがぬ決断の意思を遺し、残り総ての精霊力を最大規模で練り上げた。

八家の威風に迫る精霊力が、サルヴァトーレまでの射線上で荒《すさ》ぶ精霊力を圧し退《の》ける。

足首から匕首《あいくち》を引き抜いた、その瞬後。

霊鋼を含まないただの鋼が、薄緑の輝きを明瞭《めいりょう》に帯びた。

それは玻璃院流《はりいんりゅう》のみに修得が適《かな》う、普通の鋼を精霊器の代用とする木行の精髄。

玻璃院流《はりいんりゅう》精霊技、奥伝――泥黎扶桑《ないりふそう》。

――そこから更に続く、裏伝《うらのつたえ》。

「飛礫梅花《つぶてばいか》ァッ‼」

引き絞る姿勢からの流れるような一挙動で、埜乃香の指先から匕首が放たれる。

迸《ほとばし》る精霊力が匕首を自壊へと導きながら、その勢いのままに夜闇を裂いた。

それは精霊力の尾を引いて一直線に。

サルヴァトーレが握る短銃の真芯《まっしん》に突き刺さり、皓月《こうげつ》が見下ろす虚空高くへと弾き飛ばした。

ただ重いだけの凶器が、精霊力を捲いたただの鋼と宙を舞う。

一拍を置いた後。精霊力に耐え切れなくなった鋼が、短銃諸共《もろとも》に爆炎と散った。

「でかした、埜乃香ァ‼」

何《いず》れ夫となる少年からの感謝。強制的な睡魔に視界が滲《にじ》む中、勢いを取り戻した諒太がサルヴァトーレを背負い投げに落とす。

勝利の確信に安堵した埜乃香は、薄く表情を晴らして意識を手放した。


倒れ伏すサルヴァトーレを睥睨《へいげい》し、諒太は咲を視界へと収めた。

――その向こうに映るのは、晶の身を案じる咲の眼差し。

それが自身に向けられた事は無く、また、向けられる事も無い事は、薄々と諒太も気付いていた。

――その事実を認めたくはなかった。

幼い頃の大輪に綻《ほころ》ぶ咲の笑顔が、最早、己のものにはならない。

ぎり。眼差しを伏せて、歯を食い縛る。

黒く燃え立つ妬心《としん》を覆い隠し、諒太は漸《ようや》く幼い自分に別れを告げた。

「……行けよ、晶ァ。手柄はお前にくれてやる‼」

叫ぶ諒太の背中を、幾条もの赤い闇が莫大《ばくだい》な精霊力と共に駆け抜ける。

――勝利と敗北に大きく嗤《わら》い、諒太は悠々と顔を上げた。

◇

熱い。

咲たちの戦いを余所《よそ》に、晶は熱に浮かされたかのようにそれだけを考えていた。

身体《からだ》が、思考が、煮え滾《たぎ》るように沸き返り、それでいて思考はどこまでも澄み渡っていく。

それまでしがみ付いていた余分が、淡雪の如《ごと》く熔《と》け往《ゆ》くと晶は実感した。

落陽柘榴《らくようざくろ》は弾き飛ばされ、晶の掌中は虚空を掴《つか》むまま。

――否《いや》。ある。

嗚呼《ああ》、どうして考えようともしなかったのだろう。

熱の籠《こも》る嘆息を吐き出し、己の間抜けぶりに思わず嘲《あざけ》りが口元を彩る。

虚空に手を差し伸べ、晶は心奥《こころ》に納められた刀の柄《つか》を確かに掴んだ。

抜刀。

「斜陽に沈め――落陽柘榴《らくようざくろ》‼」

晶から湧き立つ朱金の精霊力が、臙脂《えんじ》よりも昏い闇の輝きに染まる。

莫大な神威が晶を中心に世界を歪《ゆが》め、その重みに地面が爆《は》ぜた。

その現実すら追いつく事を赦さじと、小柄な晶の体躯《たいく》が加速する。

「――行けよ、晶ァ。手柄はお前にくれてやる‼」

諒太の晴れ晴れとした咆哮《ほうこう》が、更に前へ征《ゆ》けと晶の背中を叩いた。

――加速する。

朱金の輝きを一粒も取り残さじと燃やし尽くし、落陽柘榴《らくようざくろ》から延びる灼闇の帯がより一層に猛った。

波濤《はとう》と襲いくるベネデッタの杭を、落陽柘榴《らくようざくろ》が砕く。

それでも追いつかない幾条かを、割り込んだ咲の薙刀《なぎなた》が、隼《はやぶさ》の翔《か》ける速さで叩き落した。

「咲！」

「晶くん、往けぇっ‼」

砕け散る精霊光に照らされた少女の舞《想》いが交差して過ぎるも、その向こう側で更に畳みかけんとベネデッタの精霊力が一層に輝いて牙を研ぐ。

——これ以上はさせるか。

決意を胸に、晶は落陽柘榴《らくようざくろ》を袈裟《けさ》斬りに滑らせた。

ベネデッタとの距離、目算で凡《およ》そ4・4間《8メートル》。

未《ま》だ、彼我の間合いは遠い。

だが、心の中で狼《おおかみ》が確信を叫ぶ。

——この程度の距離、晶《おれ》のこれまでを思えば何するものぞ。

落陽柘榴《らくようざくろ》は、天を泳ぐ鳳《おおとり》が日輪に落とす影を象《しょう》とした神器だ。

陽気を切り取る影、それは陽気の極致たる火気に存在しないはずの陰気の焔《ほのお》。

その神話が準《なぞら》える権能は、斬影が見せる閃《ひらめ》きだ。

幾条もの赫《あか》い闇を束ね上げ、縦に構える。

落陽柘榴《らくようざくろ》の軌跡は夜天よりも昏く、虚空を三日月に刻んだ。

「破《は》ぁぁあっっ‼」

灼《や》き断つ闇が夜闇を奔《はし》る。

鳳が落とす日輪の影が一条。4・4間の遠間を、ベネデッタの脇を刹那《せつな》に翔《か》けて抜けた。

閃光《せんこう》は疎《おろ》か、音すらも響かない。だがその斬撃は確かに。

――微風に舞っていたベネデッタの金色が一房、虚空に散って熔けた。
否《いいや》。
「な⁉」
ずず。重く鈍く地摩《じず》れる揺れが、ベネデッタの耳朶《じだ》を打つ。
ちらりと視線を向けた後方で、源南寺《げんなじ》の本殿が半分崩れ落ちた。
驚嘆が意識の隙を生み、その刹那を刻んで晶がベネデッタの懐へと到達する。
障壁を挟んで、２人の視線が交差。
――脇構えから水平に、晶は落陽柘榴《らくようざくろ》を振り抜いた。
――激突。
臙脂よりも昏い刃《やいば》と輝きを増した障壁が、相食む衝撃を火花と散らした。

5話　少年は泡沫《うたかた》に願い、少女は天廊を舞う　1

……腹立たしい。

正しく怒りこそは、ヴィンチェンツォ・アンブロージオの原点である。

波国《ヴァンスイール》南部の地方都市で財を築いた商会の妾腹《めかけばら》として生を受けた彼は、一見は何不自由ない生活を送りながらも正妻の子供との生き残りを懸けた権力闘争を常に繰り広げてきた。

商会の財産には興味の欠片《かけら》も無いアンブロージオが、世俗を捨てるように権力とは程遠い印象の修道士に憧《あこが》れたのは自然な流れであったのかもしれない。

だが、穏やかに生を送れると目論んでいた修道院の生活も結局は椅子取りゲームが見えていなかっただけと悟るにつれ、反動のようにアンブロージオはアリアドネ聖教内での出世を希求するように変化の一途を辿《たど》っていった。

……もうその頃には既に、怒りはアンブロージオの一部と息衝《いきづ》いていた。


西域交易路の要衝として貿易で栄えた波国《ヴァンスイール》も今は昔。

蒸気機関の台頭と同時に信仰の宗主国としての威光も鈍り始めた現在では、西巴《せいは》大陸に於《お》ける復権も望むに遠く、その将来は見通す事ができなかった。

——嗚呼。何もかもが腹立たしい。

凋落《ちょうらく》から目を背けて美しいだけの片田舎《かたいなか》に落ち着いた故郷も、狭い世間で財産の奪い合いに満足している嘗《かつ》ての家族も。

西巴大陸の属国どもが信仰を蔑《ないがし》ろにして利権を貪《むさぼ》る事に夢中になっている様も、出遅れた祖国がそのお零《こぼ》れに口を開けている様も。

何もかもが腹立たしい醜態として、アンブロージオの視界を濁らせてきた。

国威発揚を旨に主戦論を唱えるステファノ・ソルレンティノに傾倒していったのは、きっと必然であったのだろう。


転機が訪れたのは、清廉潔白で糊塗《こと》された権力の渦を泳ぎ切り、王都の中央教会に昇任が認められた15年前。

臓腑《はら》に蟠《わだかま》る昏《くら》い激情を押し隠し、用意された7席を相食み合う枢機委員会の会合に使い走りとして初めて同席が許された日の帰り。

名匠の手からなる7つの美徳が見下ろす裁定の壁の前で、転機《それ》は顔を伏せる正式な立拝を取って顕《あらわ》れた。

「お初にお目にかかります、アンブロージオ卿と見受けましたが」

「確かにそうだが、……君は？」

「おお、申し訳ない。俗世と斉しく名を捨てたため、私は名乗る事ができないのです。

——強いて名乗りを求められるのであるならば、……」

東巴《とうは》大陸特有の、どこか捉《とら》えどころのない微笑《ほほえ》みを浮かべた青年が一層に頭《こうべ》を垂れて、ぬうるりと口元に三日月を刻んだ。

――――どうか、神父《ばどれ》とお呼びください。

還《かえ》るべき神柱の地でなく、このような涯《はて》の島国で散ろうとする己さえも。

……腹立たしい。

「がっ、ぁはっ」

激痛に刹那、現在と過去《記憶》が混濁していたらしい。

耐え切れず突いた膝《ひざ》が、己の血溜《だ》まりに沈んだ。

揺れる視界の中、断ち切られた左肩から噴き出す夥《おびただ》しいまでの出血が、血溜まりに終わりない深紅の波を生む。

源南寺の本堂を奔り抜けた昏い灼閃《しやくせん》が回避の余裕すら与えずにアンブロージオを斬り飛ばしたのだと、その光景を漸く理解する事ができた。

「アンブロージオ卿《きよう》!」

気遣うというよりも、状況に焦るベネデッタの叫びが煩わしく思考を乱す。

……当然か。

アンブロージオの眼前に突き立つ潘国《バラトウシユ》の神器。これを引き抜く事が叶《かな》わなければ、ここまで代償を支払った意味さえも無くなるからだ。

神器に残存する潘国《バラトウシユ》の神気を誤魔化す術式が行使できるのは、神父《ばどれ》から献上された術具を消費しての一度のみ。

術具も知識もアンブロージオしか知りえない以上、己が杭《くい》を引き抜かねばこの戦いの勝利が覚束《おぼつか》ない。

かふ。血混じりの呼吸《いき》を吐いて、天を仰ぐ。

奔り抜けた斬撃は本殿も切り裂いたか、隙間から覗《のぞ》く月光だけがアンブロージオを冷たく慰撫《いぶ》した。

明らかな致命傷、遺された猶予も僅《わず》かに。己の半生を結ぶためにアンブロージオは、いっそ傲然《ごうぜん》とベネデッタを見下す。

あの女にも斉《ひと》しく腹立たしさは覚えていた。

誰よりもそれを否定せねばならない立場であるはずなのに、沈みゆく波国《ヴァンスイール》の栄光を当然とばかりに傍観を決め込んでいた小娘が。

だが業腹にも、後世を恃《たの》めるのもまた、ベネデッタ・カザリーニでなければならないのだ。

「……見るがいい。

──我が畢生《ひっせい》の大業は、此処《ここ》に成就した！」

己に遺された生命と精霊力。その総《すべ》てを蕩尽《とうじん》し、血脂に塗《まみ》れた右手で神器を掴む。

──それまでの苦労とは裏腹に、呆気《あっけ》ないほどの容易《たやす》さで捻《ね》じれた潘国《バラトウシュ》の神器《杭》は引き抜かれた。

「後はお願いしますよ、聖女殿」

薄れゆく意識の中、漸くに零れた呟《つぶや》きが皮肉であったのは、アンブロージオらしい矜持《きょうじ》の結末であったのだろう。

◇

莫大《ばくだい》な精霊力が、互いを喰《く》い尽くさんと犇《ひし》めき合う。

光輝燦然《さんぜん》と晶《あきら》を見下ろす障壁《かべ》は、昏い焔を迸発《ほうはつ》させる落陽柘榴《らくようざくろ》に半ばまで切り裂かれるも、ベネデッタに凶刃を届かせる事なく拮抗《きっこう》を保っていた。

「……護《まも》りを無視する斬撃、それが晶さまに赦《ゆる》されている権能なのですね」

「は、あ、、ぐぅっ！」

歯を喰い縛り、前に進めと晶は全霊を籠める。

猛る精霊力に中《あ》てられたか、少年の足元で地が割れて沈んだ。

「降伏、していただけませんか？　私の神柱《聖アリアドネ》は、晶さまと敵対する意思はありません。貴方《あなた》さまの招聘《しょうへい》を以《もっ》て、高天原《たかまがはら》と講和の卓につく用意は御座《ござ》います」

じりつく拮抗の最中、ふと障壁の向こうに立つ少女が声音を和らげた。

「…………」

「近代以降、西巴大陸に於ける信仰の重きは、板に垂らした水滴の如《ごと》く失墜の一途を辿っています。龍穴に宿る神柱は次々とただ人との交わりを断ち、閉じられたままの神域が放置されている。……そのような龍穴が増えているのです」

神柱はただ、其処《そこ》に在るというものではない。

龍穴に秩序と繁栄を与える、高次の存在だ。

だがそれも、神柱とただ人の交流有っての前提である。

神域が、閉ざされたらどうなるのか。

人間の、生活圏の衰退。それこそ抗《あらが》う術《すべ》を持たないものたちは、己の生存権を懸けて圏外に在る資源を追い求めるようになるだろう。

――そう。現在《いま》の西巴大陸を席捲《せっけん》している、属領拡大の気運と同じくに。

「鉄《人》の時代の到来。私たち《アリアドネ聖教》は、神域が閉じゆくこの状況をそう呼び習わしています。人という容《概念》の繁栄こそ聖アリアドネの望む将来《さき》でありますが、それも尚《なお》、アリアドネ《聖下》の庇護《ひご》有ってもの。そのために、聖下は晶さまの招聘を望まれたのです」

「……聖下。神柱がって事か？　虚仮《こけ》にするなよ。何も無いたかが子供《俺》一人、なんで世界の反対側から神柱が気に掛けてくる」

「たかが、ではありませんよ。――されど終焉《しゅうえん》は、果実を再生の炎に焚《く》べて其方《そなた》の前に並べるだろう。鳳《おおとり》の愛《いと》おしむ英雄、其《それ》は神代を繋《つな》ぎ止める杭なれば。加護篤《あつ》き方は神代の心血を繋ぎ止める最後の杭《希望》、晶さまは神域を維持するための鍵《かぎ》なのです」

「それは……」

加護。それは、晶の前に何度となく供された言葉だった。

『氏子籤祇《うじこせんぎ》』の事だろうと、意味は理解できる。

だが、加護が篤いとは？　晶の氏子籤祇《うじこせんぎ》は、見た目だけを取り繕っただけだと朱華《はねず》も云《い》っていたはずだ。

深奥に澱《よど》んでいた疑念が、落陽柘榴《らくようざくろ》への信頼を柔く蝕《むしば》む。

じり。ベネデッタの障壁に踏み込む威勢を呑《の》み込まれ、晶の足元で後退の気配が生まれた。

「再度、お願い申し上げます。晶さま、波国《ヴァンスイール》に渡りませんか？　聖アリアドネは晶さまの来訪を心待ちにしております。神代の奇蹟《きせき》を繋ぐ希望として、波国《ヴァンスイール》は晶さまの歓迎を――」

「甘言に唄《うた》うな、下郎――っっ‼」

ベネデッタが募る言葉の先を遮り、灼闇と光輝が火花を散らす間合いに咲《さき》が飛び込んだ。

振るう薙刀《なぎなた》の穂先は鋭く違《たが》わずに、落陽柘榴《らくようざくろ》の峰とかち合った。

その刹那《せつな》、咲の覚悟が菫《すみれ》の焔《ほのお》となり噴き出す。

「んぎっ」

神器と神器の鬩《せめ》ぎ合いに、真正面から突き込んだのだ。

返る反動は凄《すさ》まじく、全力で強化し続ける焼尽雛《しょうじんびな》と少女の華奢《きゃしゃ》な身体《からだ》が悲鳴を上げた。

逆巻く精霊力が大きくうねり、右の袖口《そでぐち》から肩にかけて咲の着物が大きく裂ける。

「咲！」

「私が居る！　――いいえ。私じゃなくても、晶には護ると決めた人たちがいるでしょう！」

その後背が、いっそ傲然なほど悲痛に叫ぶ。

気を許し合える間柄でなくとも、護るべき者の先に立つ決意を咲は逃げずに向き合った。

晶もそうであれと、咲は願いを叫んだ。

「危険だ！　退《の》け‼」

「退かない！」

無謀な援護に驚く晶、その背中を咲の喝が引っ叩《ぱた》く。

「怖《お》じるな！　呑まれるな！　覚悟を決めろ！　先を護《防人》ると決めたなら、死んでも一歩を踏み出しなさい‼」

護ると決めた、その覚悟《こたえ》に偽りは無く。晶の眼差しが決意に定まった。

――そして、それは、

「咲も、だ」

晶の覚悟に南天の神気が歓喜に応え、

灼闇を呑み込む勢いで落陽柘榴《らくようざくろ》が朱金の輝きに塗り潰《つぶ》された。

呑み込まれかけていた気迫から、後退の気配が失われる。

それは、晶の意気を挫《くじ》こうとしていたベネデッタの目論見が潰《つい》えた瞬間であった。

ぱきり。晶を手中に収めようと目論んだ脚本が、たった一人の介入で挽回《ばんかい》不可能なまでに書き換えられる。

ぱきき、ぱり。その理不尽を悟り、終《つい》にはベネデッタの意気が押し切られた。

彼女の心中に生まれた諦観《ていかん》が罅《ひび》と変わり、留《とど》める手段も無いまま障壁に蜘蛛《くも》の巣《す》のように広がる。

――本当に、

煮え滾《たぎ》る憤懣《ふんまん》を隠す事もできずに、晶を支える齢《よわい》12程度の小娘をベネデッタは睥睨《へいげい》する。

「――邪魔よね、貴女《あなた》！」

「「破《ハ》アァアァッッ‼」」

硝子《ガラス》の砕音に似た響きと共に、障壁が維持している術式ごと砕け散った。

それまで有った抵抗が失われると同時に、落陽柘榴《らくようざくろ》の切っ先と焼尽雛《しょうじんびな》の穂先がベネデッタの喉元《のどもと》を捉える。
——女性《おんな》の意地か。晶よりも刃《やいば》一つ分を先んじて、焼尽雛《しょうじんびな》が薄皮一枚まで迫った。

5話　少年は泡沫《うたかた》に願い、少女は天廊を舞う 2

障壁を支えていた精霊力が、無数の輝きと散っていく。

それと同時に、ベネデッタの深奥と遠く中《なか》つ海に広がる紺碧《こんぺき》の輝きが確かに繋がった。

真国《ツオンマ》にある教会を中継点として、この瞬間より疑似的にも此処は波国と為る。

――余を望むか。

それは、ベネデッタが何処《どこ》までも待ち望んでいた瞬間。

この世界で最も尊き海の輝きが、己《おの》が信徒の願いに応じて物憂げな双眸《そうぼう》を薄く上げる。

「はい《Si》、聖下」

迫りくる赤と白金の凶刃に怖じることなく、ベネデッタの唇が弧を描いた。

「――願い給う《Desiderio》」

がつ。ベネデッタの喉元をあと少しと迫る焼尽雛《しょうじんびな》の白刃が、褐色の掌に掴み取られた。

生身の掌《てのひら》とは思えない音を響かせて、薙刀ごと咲の身体が強引に捻《ねじ》り上げられる。

「な――っ!?」「はあ!!」

その事実に咲が絶句するより早く、彼女の身体が力任せに宙を舞った。

瞬後、落陽柘榴《らくようざくろ》の斬閃がベネデッタの胴体を捉《とら》える。

――噛《ガ》ツッ！

勝った。勝利の確信は一転、硬質の手応えに晶の双眸が開かれた。

落陽柘榴《らくようざくろ》の切っ先は確かに狙い違わず。しかし淡く蒼《あお》の輝きを帯びた書物の神器《西方の祝福》が、晶の一撃を阻んだのだ。

その瞬間、夜闇に沈む世界が深い海底を揺蕩《たゆた》う紺碧に染まる。

夜闇よりも深い蒼の輝きが、際限なく澄み渡って広がった。

志尊の絶頂、神気。ただ在るだけで五体投地を伏し願いたくなるほどに、眼前の輝きはいと高きより晶たちの前に降り注いだ。

「ぐ……、くそ‼」

透徹とした深海の輝きに、晶の咽喉《のど》が呻《うめ》き鳴る。

沢山の援けに後押しを受けて障壁を越え、咲の喝を受けて一撃を届かせた。

――なのに未《ま》だ、晶《己》の覚悟は足りていないと云うのか！

「晶さま、よく頑張りました。――ですが、これで詰み《チェックメイト》とさせていただきます」

口惜しさに歪《ゆが》む晶の視線を、紺碧に輝く眼差しが優しく受け入れる。

波国《ヴァンスイール》に於《お》いて慈愛の聖女とまで謳《うた》われた乙女《おとめ》は、戦意の欠片《かけら》も浮かばない微笑《ほほえ》みに唇を綻《ほころ》ばせた。

神域解放――

「万象は此処に《Omnia hic》、綴られる《scripta sunt》――」

――聖アリアドネが振るった原典《ことば》の鑿《のみ》は、現世に在る総ての事象を己の書物に刻んだという。

西方の祝福の逸話《権能》は、原典に刻まれた事象の再現。

その権能が辿《たど》る終結点。この瞬間に起きた事象を原典に記述《封印》する事こそ、西方の祝福が誇る絶対封印の神域特性。

封じ得る対象は生命を除く総て。その前には、神器であっても例外ではない。

変化は音も無く始まった。

西方の祝福に触れている端から、落陽柘榴《らくようざくろ》が頁《ページ》と変わり解《ほど》けていく。

「何――！！？？」

「相応の神格を有している事は覚悟していましたが、真逆《まさか》、総ての頁を使用してやっと神格封印に届くとは」

ベネデッタの感嘆と共に、解けた頁が宙を舞った。

大神柱の鍛造した精髄が無数の紙片へと換わり、晶の視界を奪う。

握り締めていた柄《つか》までもが頁と移ろい、晶の指が虚空に喘《あえ》いだ。

だが晶とて、ここまで迫って呆《ほう》けるなどと愚昧《ぐまい》な醜態は晒《さら》せない。落陽柘榴《らくようざくろ》を掴《つか》んでいた掌を拳《こぶし》に変えて更に一歩、晶は大きく振り被《かぶ》る。

「あああぁぁぁっ！」

「意気は認めます。――ですが、無駄ですよ」

視界を舞う紙片の向こうから、褐色の掌が晶の拳を受け止めた。

垣間見えるその先で銀の長髪が舞い、海色の輝きがひたと晶を見据える。

拳を受け止めた掌は晶の勢いを殺さずに、ベネデッタは己のもとへと少年の身体を引き込み、巻き取られる勢いに泳ぐ晶の鳩尾《みぞおち》に拳が減《め》り込んだ。

――屠《ズ》ン。

「……ぐぶ。が、はぁ！　はっ」

神気に染まった拳に晶の身体は宙を浮き、追撃の蹴《け》りに後方へと二転三転、石畳を舐《な》めた。

……間違いなく、後衛に慣れた女性の繰り出す威力ではない。

それでも精霊力の活性に任せて、苦鳴の内に晶は身体を引き起こし、

――眼前に立つ少女《ベネデッタ》の姿に驚嘆した。

晶《あきら》を蹴り飛ばした脚を悠然と戻すその姿は、先刻までのよく知った姿ではない。

褐色の肌は皓月《こうげつ》の明かりに洗われてなお深く、長髪は白銀に煌《きら》めいている。

――そして、何処までも澄んだ海色の輝きを湛《たた》えた双眸が、漸《よう》くに立ち上がった晶を見下ろした。

「その瞳《ひとみ》、、」

「神柱と繋がった証《あかし》。――奇鳳院《くほういん》家と同じくカザリーニ家は、嘗《かつ》て聖アリアドネより血脈を分けられた半神半人の家系に御座います」

「…………何ですって」

晶の後背で立ち上がった咲が、ベネデッタの台詞《せりふ》に絶句を漏らした。

「巫《かんなぎ》、いえ、神子《みこ》の家系！　波国《ヴァンスイール》は正気なの？　貴女たちが途絶えれば、波国《ヴァンスイール》は人と神柱の繋がりを喪《うしな》うのよ」

神域の到達と干渉は、神無《かんな》の御坐《みくら》の特権である。

だが、滅多に生まれない御坐《みくら》頼りだと、土地の支配には到底届かない。

故に、神無《かんな》の御坐《みくら》に代わって神域と繋がる、疑似的な御坐《みくら》を生み出す必要があった。

……それこそが三宮四院を始めとした、神柱の眷属《半神半人》の始まり。

神無《かんな》の御坐《みくら》と同じく精霊に縛られない自由を、恣意的《しいてき》に与えられた奇跡の玉体。

神柱と交感するための代えの利かない存在である以上、彼女たちが武器を取るのは本当に最後の手段である。

その前提を無視した波国《ヴァンスイール》の行動が、咲には自殺行為と視えたのだ。

「西巴《せいは》大陸を覆いつつある鉄《人》の時代に抗《あらが》うため、仕方の無い事です。――ここまで神代に近い神域を保っているのは高天原《たかまがはら》くらいなものですよ？　……東巴《とうは》大陸ですら神域の衰退に抗い切れていないというのに」

「当然でしょう。龍穴だって無尽じゃないのよ。ただ人の都合で神柱を動かすなど、卑小の身に赦《ゆる》される行為では無いわ――」

他の神柱を従属せんとする西巴大陸の姿勢では、本来、神柱が持つはずであった神性すら歪めて貶《おとし》めてしまう。

幾ら栄華を極めたとしても、それは何時《いつ》か破綻《はたん》の瞬間《とき》を迎える行為。

「ですが、そのための手段は存在する。神代を繋ぎ止める始まりの伴侶《はんりよ》。恩寵《おんちょう》の御子たる方が、高天原に生まれていたのですから」

「俺、　、」

高らかにベネデッタの告げる言葉に、晶は愕然《がくぜん》とした。

幾度か示された恩寵の御子の響き。未《いま》だその意味も解らず、答えを求めてベネデッタを見返す。

「俺が何だって云うんだ。俺はただの……」

「精霊を宿さない玉体の方」

ベネデッタの一言に、晶は続く言葉を封じられた。

自身の秘密を指摘された動揺に、足元で砂利が啼《な》く。

「……やっぱり。晶くんの事、最初から知っていたのね」

「ええ。世界を満たす精霊力に抗うため、生命は必ず精霊を宿す。運命を伴うその軛《くびき》から逃れ、真に自由が赦された奇跡の体現」

「…………………」

滔々《とうとう》と語るベネデッタを前にして、晶は無防備に双眸を伏せた。

その言葉は耳鳴りの如《ごと》く晶の思考に木霊《こだま》して、理解に染み渡る事は無い。

だがそれでも、僅《わず》かなりとも理解できた事はあった。

何故《なぜ》、奇鳳院《くほういん》が晶如きを気に掛けるのか。

何故、輪堂咲《りんどうさき》は晶の教導に就いたのか。

――そして、朱華《はねず》は何者であるのか。


ベネデッタの耳へと、不意に遠く何処からか潮騒《しおさい》のさざめきが響いた。

懐かしい、紺碧の輝きが堪《こら》えようもなく少女の郷愁を誘う。

「真逆」

その現象に、ベネデッタは焦りの感情《いろ》を浮かべた。

恩寵の御子を薄皮一枚に覚え、興味のままに神域を繋げたのか。

「聖下。もう暫し、お待ちください！　こちらから呼ばねば、神域は曖昧《あいまい》なまま……！」

――不要。

引き留める己が神子の声に構わず、至上からの呟《つぶや》きが強引に降りる。

――龍脈は既に繋がった。既に其処《そこ》は我が領土よ。

夜闇に沈む寺院はもう無く、虫の囀《さえず》りや風鳴も静寂に塗り潰《つぶ》された。

現実と置き換わるように、装飾硝子《ステンドグラス》から零《こぼ》れ落ちる紺碧の輝きが、聖堂の床までも海底の色彩に染め上げる。

視界に広がるのは遠く異国の王宮。波国《ヴァンスイール》の神柱が坐《いま》す青月の間。

最奥の玉座に座る年齢《よわい》10を数えたばかりであろう少女が、中つ海の輝きを宿す瞳を薄く開いた。

褐色の肌に銀の髪。色彩の妙もあってか、目の前に立つベネデッタと並べば姉妹と云《い》っても納得できる儚《はかな》げな少女が、無限遠すらも見通す瞳を露《あら》わに晶へと向ける。

――……久しくに見たな、恩寵の御子。余が、民草の母たるアリアドネである。

「くぅっ」

アリアドネの声音と共に神威が吹き荒れ、咲と起き上がりかけていた諒太《りょうた》を打ち据えた。

堪《たま》らずに膝《ひざ》をつく二人を余所《よそ》に、晶はアリアドネと対峙《たいじ》する。

「俺を識《し》っているのか」

――然《しか》り。余の象は人の容《かたち》故に。

異邦の神柱は端的に、晶の疑問に応《いら》えを返した。

——恩寵の御子と云えど、母の胎《過去》を経るは摂理。創世よりを記述する余の瞳は、ただ人の過去を詳《つまび》らかにしよう。

アリアドネは幼くも艶やかに、憂う双眸を僅かに伏せた。

——其方の過去は迫害と恥辱。逃げたくあるは理解するが、過去からは逃れ得ぬ。

「俺は、、逃げたい訳じゃない」

アリアドネが見せた、晶を慈しむ眼差し。

そこに祖母が嘗て向けてくれたものと同じ輝きを見つけ、晶の心中に迷いが生じた。

朱華《はねず》のものとは似て非なる、穏やかなだけの慈愛。

——何《いず》れ過去は其方に追いつこう。忌まわしかろうと、母の懐《過去》へと還《かえ》るは必定なれば。

「なら、どうしろと」

——波国《ヴァンスイール》へと来るが善い。余と神子なれば、追いつく過去から其方を護ってやろう。

廿楽《つづら》での日々は、晶にとって辛いもので塗り潰されていた。

その縁を捨て、遠くの地へと去る。

甘い誘惑に、晶の爪先が向ける先を迷った。

「晶さま。どうか波国《ヴァンスイール》へと。私《わたくし》と共に、聖教を護る希望となってください」

請うように告げる、ベネデッタの眼差し。聖教を護ろうとする少女のそれは年齢相応に、

——揺れるそれが、妖刀を盗み出し晶と出会った頃の陸斗《りくと》に重なる。

だが今の陸斗は晴れやかに、首を振って晶へと言葉を紡いだ。

——俺は華族にならない。

請うようなベネデッタの声が、記憶の中で陸斗の決意に重なる。

何を捨てても護ると決めた、陸斗の覚悟。その声に、晶は覚悟を決めた。

「…………………………断る」

暫しの沈黙が両者の間に吹き渡った後、然《さ》して懊悩《おうのう》の残り香も見せる事なく晶はアリアドネの誘いを撥《は》ねて除《の》けた。

「確かにさ、雨月の連中《俺の故郷》には嫌な思い出ばかりだ。良い記憶なんて、数えるほどもない」

陸斗が華族へ返り咲く事に執着していたように、晶も雨月《故郷》に囚《とら》われていた。

過去《雨月での日々》という事実は、逃げようとしても追い縋《すが》るからだ。

「——けどさ、過去《終わった事》が俺《現在》を阻むと、誰が決めたんだ」

俯《うつむ》きながら、晶は必死に言葉を紡ぐ。

「過去は俺の事に興味なんかなくてさ、——結局、俺が過去《故郷》に縛られていただけなんだ」

拳を胸に当て、震える声のまま怯懦を奮い立たせる。

「陸斗は村を護るために華族へ戻る願いを——此処《ここ》で俺が過去を捨てなかったら、嘘になってしまうだろ」

陸斗が覚悟を決めたのだ。先へ進むと晶に告げて。

過去を言い訳に安穏と腐るだけの己など赦さぬと、——心奥で唸る矜持《仔狼》が、咆哮を上げた。

晶は四肢に力を籠めた。炎が舐めるかの如く、晶の身体《からだ》へ自由を満たしていく。

晶の願うままに加護と活力が漲《みなぎ》り、胃腑《いのふ》を灼《や》く熱が呼気に混じって朱金と散った。

「……3年前に来れば良かったな、波国《アリアドネ》の神柱さま。あの時なら迷わずに、貴女《あんた》の手を取っただろうさ」

……そう、理解だ。結局はそこなのだ。

――認識を出発するところが間違っておる。

彼女の言葉が、今になって蘇《よみがえ》った。

言葉では駄目だ。それでは上っ面を理解した気になれても、骨身に染みる事は無い。

朱華《はねず》は総《すべ》てを与えてくれていて、それは最初から目の前に在った。

……ただ、晶が見ようと思わなかっただけだ。

漸く、晶は己を理解する入り口に立てた。

考えよう。

晶は神無《かんな》の御坐《みくら》だと、彼女は云った。

それは、巫や神子と同じ称号だと。

精霊を宿していない事がその条件だと云うならば、晶は何を宿すための器なのか。

単純な話だ。答えは最初から、刻まれていた。

晶が怖がって目も向けようとしなかった其処にこそ、晶の意味があったのだ。

「神柱無き玉座だから、神無《かんな》の御坐《みくら》、か。……酷《ひど》い話だ」

本当に酷い話だ。

この願いを理解するのに、今の今まで掛かってしまった。

だから今、果たすべき事は、これから希《こいねが》う少女に一言だけ謝罪を伝える事だけだ。

薄《うつす》らと開く晶の双眸《そうぼう》が、何処《どこ》までも澄んだ焰《ほのお》の青に染まる。朱金に彩られたまま、畏《おそ》れも見せずにアリアドネを見返した。

――それは南天の守護鳥。日輪を遊弋《ゆうよく》する絢爛《けんらん》なる図南《となん》。

――瑞雲《ずいうん》に坐《いま》す、万窮《ばんきゅう》の主。

祝詞《いのり》は一息に、晶の唇を衝《つ》いた。

「願い奉るは、奉天芳繻大権現《ほうてんほうしゅだいごんげん》」

神柱を希う詩《こえ》と共に、アリアドネの神域に朱金の精霊力が舞い踊る。

朱はより透徹に黄金はより絢爛に、遥《はる》か高みを泳ぐ鳳《おおとり》の如く輝きは昇華を続け、

「――泡沫《うたかた》に舞い給《たま》え、鳳翼夏穏朱華媛《ほうよくかおんはねずひめ》！」

自身《おのれ》に、そして世界に応える神気の輝きに、晶は陶然と身を委ねた。

「くふ」

誰もが一言も呼吸《こえ》を吐けない静寂の中、幼《いとけな》い笑い声が晶の耳朶《じだ》を打ち、

しゅるり。白磁の肌をした童女の両腕《かいな》が、晶の首に絡みついた。

そっと、晶は胸元を這《は》う手の甲に指を添える。

呟く声音は嬉《うれ》しそうに、それでも真摯《しんし》な感情《いろ》。

「……ごめん。気付くのに、今の今まで掛かってしまった」

「善い。それも又、縁《えにし》の妙というもの。――漸く、妾《わらわ》の神名《な》を呼んでくれたの、晶」

悪戯《いたずら》に微笑《わら》う朱華《はねず》の笑顔が、久方ぶりに晶の双眸を見つめ返した。

5話　少年は泡沫《うたかた》に願い、少女は天廊を舞う　3

——同刻、鴨津《おうつ》。

「何だ？」

不安気な周囲の騒《ざわ》めきに釣られた久我《くが》法理《ほうり》は西の空に広がる威容を見止めて、散発する戦闘の指揮《て》を驚愕《きょうがく》で喪《うしな》った。

騒動の隙を狙い冦掠《こうりゃく》を謀った賊は疎《おろ》か、守備隊の正規兵すらも仰ぎ見る空の異変に言葉を無くす。

彼らの視界に映るのは、天と地を結ぶ精霊力の輝き。

「精霊技、ですかな？　……しかし、あの規模は」

法理の補佐として控えていた御厨《みくりや》至心《ししん》が、仰いだ先の光景に眉根《まゆね》を寄せた。

夜闇にあっても遠くの空を染め上げているのだ。発生元は鴨津から少なくない距離を開けているにも拘《かかわ》らず、鮮烈な輝きは人々を圧倒した。

間違いなく、ただ人が個人で賄える規模を超えている。

否《いや》。あの色彩《いろ》は本当に朱金なのだろうか？

朱はより透徹に黄金はより絢爛《けんらん》に。輝きは遥か高みを泳ぐ鳳のように。

その色彩をただ人が讃《たた》えるならば、そう、

「——朱金《あけこがね》」

「……今、何と？」

「いや、何でもない」

無心の内に自身の口から転《まろ》び出た言葉の意味に思考が及ぶにつれ、法理は漸《ようや》く鴨津に向けられた思惑の表層を理解する事ができた。

朱金《あけこがね》の輝きを有しうるのはこの世に在って一柱のみ、珠門洲《しゅもんしゅう》の大神柱しか有り得ない。

つまりあの輝きは、現世に朱華《はねず》が来臨した事を意味しているのだ。

本来、神柱へと昇った存在は、現世《うつしよ》にその姿を顕《あらわ》す事は無い。

神柱が有する象は、現世の均衡を歪《ゆが》めるほどに重いからだ。

しかし、これには例外が存在する。

龍穴の代替。特異点となる正者の器に神柱を降臨《おろ》すれば、世界は破綻《はたん》する事なく神柱そのものの権能を充全に振るう事を可能とするのだ。

それは現神降《あらがみお》ろしの原点である神技、顕神降《あらがみお》ろし。

珠門洲に於《お》いてこの神技《わざ》を行使できるのは、奇鳳院《くほういん》の血を受け継ぐ奇鳳院《くほういん》当主と嗣穂《つぐほ》の2名のみ。

しかしその両名が長谷部領《はせべりょう》へ足を踏み入れていない事は、確認している。

つまり、それ以外の誰か。それも、

——朱華《はねず》が直々に勲《武功》を期待する誰かが、あれを行使しているのだ。

だが、その存在の意味するところを理解するにつれ、一つの単語が脳裏に浮かぶ。

神無《かんな》の御坐《みくら》。その名前が思考に及び、忌々しさに法理は頬に引《ひ》き攣《つ》れを覚えた。

神無《かんな》の御坐《みくら》が生まれる可能性を持っているのは、何《いず》れかの八家のみに限られている。

久我《くが》が除外されるのであれば、珠門洲で可能性を残すのは輪堂《りんどう》家だ。

「……孝三郎《こうざぶろう》め。この裏を知っていて三味線を弾いてくれたか」

「あの輝き、ご当主殿には心当たりが有りますようで。——良ければこの至心、相談に乗りますが」

ぼそりと皮肉気な呟きの内容はさて置き、口の動きは至心に届いたらしい。

「何でもない。——有ったとしても、翁殿には及ばぬ事態《こと》だ」

しかし、法理は一言の下に至心を撥ね退けた。

神無《かんな》の御坐《みくら》が関わる以上、たかが央洲《おうしゅう》の旧家程度に恣意《しい》で情報を漏らすわけにはいかないからだ。

思わず鼻白む至心を余所に、法理は精霊器を鞘《さや》に納めて本殿の外へと踵《きびす》を返す。

未《いま》だ銃弾の飛ぶ舞台の裏手に回り、隠れて銃撃を遣り過ごしていた守備隊隊長の峯松《みねまつ》を呼んだ。

「相手の出方はどうか？」

「厄介ですな。——正直、短銃《ピストル》があれほどに難物であった事が驚きです」

取り回しに容易《たやす》く、当たり所が悪ければ一発で死ぬほどの威力。

対人戦に凶悪な威力が、即席の訓練で賄えてしまうのだ。

防人《さきもり》は兎《と》も角《かく》、初期に交戦した正規兵にかなりの被害が出ている。

「ふん。馬鹿にしていたが、中々、如何《どう》して。随分と粘ってくれる」

鼻を一つ鳴らして、法理は賊が立て籠《こ》もる鳥居向こうに足を向けた。

「ご当主さま、危険です！」

「気にするな。これはただの陽動だ。ここの連中と沖の艦船《ふね》を一掃すれば、源南寺《げんなじ》に向かうぞ」

「は？　源南寺、ですか？」

「どうやって情報を抜いたかは知らんが、あの方角からして奴《やつ》らの目的はそこだ。戦闘は終わっているだろうが、後始末程度は間に合わせんと恰好《かっこう》がつかん」

「ですが、奴らの持つ銃は無視できません」

「気にするなと云った。——此処《ここ》まで除け《虚仮》者にされて無沙汰《ぶさた》のままで捨て置けるほど、儂《わし》は耄碌《もうろく》した心算《つもり》もない」

激しさを増す弾幕の中、そう云い置いて悠然と踏み出した。

八家の当主ともあろう己が鴨津の緊急に対して蚊帳《かや》の外へと放られた事実に苛立《いらだ》ち、荒れた感情そのままに銘を叫ぶ。

「踊れや詠《うた》えや——奇床之尾羽張《くしどこのおはばり》」

刹那《せつな》の後に、法理の手には一振りの脇差。

長さは一尺九寸《約60センチ》余。拵《こしら》えは簡素に、ただ一際長い飾り紐《ひも》が鳥の尾の如《ごと》く、法理の後背を泳いでいる。

飄々《ひょうひょう》と真正面を歩む法理の姿に、賊からの銃撃が一層の激しさを増した。

とは云え、法理には焦りなど浮かんでいない。

充分に距離を取った位置から落ち着いた所作で、法理は己の神器を地摺《じず》り八相に構えた。

「……護櫻《ごおう》が総て囮《おとり》ならば、遠慮してやる必要も無し。鏖殺《おうさつ》である。伏して素っ首、差し出すがいい」

呟《つぶや》きをその場に残し、法理の身体が掻《か》き消えた。

理解しえない事象への驚愕が、その場に立つ者たちの動きを止める。

その隙が見逃されるはずも無い。夜闇を裂く焔の閃《ひらめ》きが幾重にも舞い、その度に賊の身体が斬り飛ばされて宙に躍った。

ひゅるり、しゅるり。雅楽の笙《しょう》に似た響きが闇を彩る。

共に舞いを重ねる火閃が悲鳴と逃げ惑《まど》う賊を鏖《みなごろし》にし尽くしたのは、それから幾許《いくばく》の時すら数えない後であった。

◇

紺碧《こんぺき》の神域に沈んだはずの領域が、晶《あきら》の立つ一角からその輝きに塗り替えられていく。

それは正に神話の再現、神代が鬩《せめ》ぎ合う光景であった。

咲《さき》たちはその光景に対して、手出しさえ赦《ゆる》されていない。

吹き荒れる神威に対して、片隅で耐えるくらいが精々である。

だが、晶とベネデッタは違う。

神気が見せる世界の奪い合いを前にして、その場に立つ事が赦された2人は互いに対峙《たいじ》を果たしていた。

ベネデッタの後背には、玉座に座るアリアドネ。

対する晶の後背には、黄金に燃え立つ長髪と蒼《あお》く揺らめく焔の眼差しを煌《きら》めかせた童女が立っている。

「久しいのう、アリアドネ。相も変わらず、手癖の悪さは一級品と見える」

「……貴様に云われたくも無いな、朱華媛《はねずひめ》。２度も得られるはずの無い恩寵《おんちょう》の御子を、随分と粗雑に扱っているようではないか」

「くふ。それはくろめの手落ちぞ、妾の与《あずか》り知らぬ事。——善いであろう？　やらんぞ」

「それは恩寵の御子が決める事。現世に於いて真実に自由を赦されたその者だけが、神代を繋《つな》ぎ止める奇跡と成り得るのだから」

「故に、決めてくれたであろう？　つい、先刻《さっき》。其方《そちら》は振られたのじゃ、大人しく帰りゃ」

見せつけるかの如く、童女の繊手が柔く晶を抱きすくめる。

「……仕方あるまい。余の神威を見せつけて、勝利の凱旋《がいせん》に御子を持ち帰るとしよう」

朱華《はねず》の挑発に煽《あお》られたか、アリアドネの双眸《そうぼう》に苛立ちが浮かんだ。

「既に此《こ》の地は余の神域に陥落《おち》た。如何《いか》に抗《あらが》おうとも、余の勝利は揺るがんぞ」

「然《しか》り。能く理解しておるとも」

神柱が交わす応酬の締めに、朱華《はねず》は会心の微笑《ほほえ》みを浮かべた。

朱華《はねず》の長髪が微風に泳ぎ、一気呵成《いっきかせい》に夜闇を圧《お》し退ける。

虚空を踊る朱華《はねず》の髪が聖堂に触れた瞬間、焔《ほのお》と捲いて暁に差す日輪の輝きを世界に散らした。

世界を支える五行の一角が、紺碧の輝きを熔《と》かしてゆく。

朱金の神気が舞い踊るなか、それほど間を置く事なく世界は元の姿を取り戻した。

「何故《なぜ》……。神柱は不可侵の約定を破れないはず、一体、如何なる御業《みわざ》を行使《つか》ったのですか？」

茫然《ぼうぜん》と繰り言に漏らすベネデッタの疑問も、当然のものであった。

神柱は、嘘偽りを口にする事ができない。

己が司る象《概念》そのものでもある神柱が偽る事は、己の在りようを否定する事と同義であるからだ。

言葉の重みは人のそれよりも重く、神の一《ひと》言は誓約と斉しく在る。

仮令《たとえ》、その約定が不本意なものであっても、己の方から恣意に破棄する事は叶《かな》わないのだ。

ベネデッタたちが目論んだ策動は、この地に朱華《はねず》が干渉できない約定を前提に成り立っている。

それが無ければ、神域の塗り替えは必ず朱華《はねず》に勝利の軍配は上がるからだ。

約定による神柱への掣肘《せいちゅう》が無為のものとなれば、波国《ヴァンスイール》の支配は痛み分けすらも望めなくなってしまう。

「妾《わらわ》が不可触を約したのは、此の地に神器《バーリジャータ》が突き立てられている間である。それは其方《そなた》たちが、自ら抜いてくれたであろう。何時《いつ》の世も、ただ人のみが約定を好き勝手に弄《いじ》るもの故なぁ」

「く…………‼」

勝ち誇る朱華《はねず》を前にして、ベネデッタは身構えた。

聖アリアドネの玉座を中心とした周囲のみが辛うじて朱金の侵攻を遮っているが、所詮《しょせん》、模倣にしか過ぎない神子《みこ》の顕神降《あらがみお》ろしでは恩寵の御子《神無の御坐》の出力には及ぶはずもない。

それも此処まで誤魔化しを重ねて、波国《ヴァンスイール》と龍脈を直結させた上での競り合いだ。

西方の祝福を腕に、せめて玉座のみは護《まも》ろうと、ベネデッタはアリアドネの前に立った。

「……感謝する」

その様を見て、晶が口を開いた。

「お陰で俺は、自分の事を少しは知る事ができた」

「…………いえ。理解に至れたのは、貴方《あなた》自身の力。ですが、微力なこの身が助力足り得たならば、光栄です」

真逆《まさか》、感謝を口にされるとは思っていなかったのだろう。

それが訣別《けつべつ》の一呼吸替わりである事に気付き、僅《わず》かな瞠目《どうもく》の後、少し寂しそうにベネデッタは微笑んだ。

訣別を口に、晶は虚空へ掌《てのひら》を翳《かざ》す。

自身の中に落陽柘榴《らくようざくろ》の存在は感じない。己の神器が封じられた事は事実だろう。

──だが何故か、
晶は、抜《ぬ》刀ける事を確信していた。

「斜陽に沈め──落陽柘榴《らくようざくろ》‼」

晶の願いに応え、朱金の炎が昏《くら》く燃え立つ。

刹那に輝きは内側《うち》から吹き散らされ、その掌に在るのは灼闇に削り出されたかのような臙脂《えんじ》の刃《やいば》。

「なっ……！！？？」

その有り得ない結果に、ベネデッタは己の神器に視線を落とした。

落陽柘榴《らくようざくろ》であった頁《ページ》は既に西方の祝福へと綴《と》じられて、彼女の両腕に抱えられている。

何よりも己が行使した神域特性は確かに、総ての頁を費やして彼の神器を封じた手応えはあった。

「然り、アリアドネの神子よ。其方は間違いなく、落陽柘榴《らくようざくろ》を封じてみせた。──残念であったの。妾の持つ残り三つの神器であるならば、こうも行かなかったであろうさ」

朱華《はねず》の言葉にベネデッタは漸《よう》く気付く。

――朱金の輝きに照らし出された彼女の影に、西方の祝福の影が生まれていない。

「落陽柘榴《らくようざくろ》は、日輪に落ちた妾の影を象として鍛えたものぞ。如何に本質を封じたとて、落ちる影までもは封じれまい」

落陽柘榴《らくようざくろ》の権能は、一切の護りを無視する斬撃などではない。

本来ならば日輪に生まれないはずの影を生む。その矛盾が綴《つづ》る、視界に映る影へ干渉する権能だ。

流石《さすが》に権能の行使までは及ばないが、一撃の出力だけならば問題は無い。

「勝負」

「――ええ、そうですね」

晶の言葉に、ベネデッタは肯《うべな》いを返した。

その唇が震えて、紺碧の輝きを守護する障壁と杭《くい》の法術が晶の前に立《た》ち塞《ふさ》がる。

後に言葉は要らない。

ただの一振り。灼闇の焔を携えて、晶は前傾《前のめり》に地を蹴《け》った。

神気が猛り、晶の掌から流星が一筋、流れて尾を引く。

迎え撃つ杭は無尽に生み出され、その都度に翻《ひるがえ》る灼闇の刃の前に輝きと散った。

灼闇と光輝の競り合いは終わりも見えず、晶の足には後退の影もちらつかない。

斬って、避けて、砕いて、進む。一歩の度に攻勢は激しさを増し、裏腹に晶の駆ける速度《あし》は速さを増す。

そして、

「勢《セイ》ィィィイイッッ――――!!」

閃く刀と杭の終焉《しゅうえん》は唐突に。砕け散る杭の群舞を抜けた晶は、障壁に向けて最後の一撃を放った。

――激突。

大上段《火行の構え》から叩《たた》き落とす、荒くも重圧《おも》い晶の得意とする剛の一撃。

振り絞る晶の気迫に圧《お》されたか、障壁に喰《く》い込んだ臙脂の刃《神器の影》はその半ばまでを斬り落とし、――己を構成していた灼闇の焔へと身を変えて、障壁諸共《もろとも》にその身を散らした。

――勝った。

僅かに垣間見《かいまみ》えた勝機を、ベネデッタは確かに掴《つか》んだ手応えを覚えた。

神器の影を作り出す権能。ある意味に於《お》いて封印を無効化するそれは、ベネデッタにとって最悪の相性だ。

しかし、所詮は影。

杭と障壁で圧し潰《つぶ》して自壊に導けば、晶に神器を再度創り出す余裕すら残らないはずだ。

狙いは的中し、思惑は充全に果たされた。

ベネデッタは西方の祝福を手から離して、一歩。

――虚空に躍る晶の掌に、日輪の輝きが宿っている様に瞠目をした。

彼女の誤算はただ一つ、晶の神器が落陽柘榴《らくようざくろ》のみと思い込んだ事。

絢爛《けんらん》たれ――

響く声は短く、それでも莫大《ばくだい》な神威が軌道を裂く。

「寂炎雅燿《じゃくえんがよう》！」

——祖父《じい》さんはさ、華族に返り咲く事は考えていなかったんだ。

酷《ひど》く凪《な》いだ陸斗《りくと》の呟きが、晶の脳裏に蘇《よみがえ》る。

華族に戻るのは、手段でしかない。陸斗の祖父が願ったのは、立槻《たちつき》村を護る矜持《きょうじ》だけ。

それは、アリアドネの願いに従ったベネデッタも同じか。

西巴《せいは》大陸を覆うという、鉄《人》の時代の陰。

護るという意思が人をここまで駆り立て、ぶつかり合っただけだ。

海の紺碧と炎の青。神柱を宿す互いの瞳《ひとみ》が交差する。

晶は思わず、僅かに振り抜く軌道を逸《そ》らした。


その直後。放たれた灼獄《しゃくごく》の奔流が、夜闇を裂いて源南寺《げんなじ》の本堂を圧し流す。

——それが、戦闘の終結を告げる最後の輝きとなった。

◇

暗闇の中で狗《いぬ》を撃退していた陸斗は、夜半に降る輝きに視線を上げた。

視界を染めて迸《ほとばし》る、尋常ではない朱金の神威。

「師匠！」

「見えている。無茶苦茶だ、人間に赦される規模じゃないぞ」

返る武藤《むとう》の声にも、呆《あき》れた響きが多分に入り交じった。

本来、精霊の干渉は世界に赦された範囲まで。だが遠くの山間《やまあい》で吹き荒れている炎は、明らかにその範疇を超えていた。

朱金の精霊力は、晶の宿していた輝《いろ》きだ。

誰が何を。どうして。その光景に、武藤の脳裏で晶の持つ刀が記憶に蘇る。

「晶の所属は第8守備隊か。厳次《げんじ》の奴《やつ》、何に首を突っ込んでいるんだか。――脇道に逸れている暇など無いだろうに」

ぼやきながら苦無《くない》を数本、懐から取り出した。

「陸斗。火撃符はどれだけ残っている？」

「10枚。――だけど、狗の数が多過ぎる」

「4枚だけで良い。死ぬ気で制御しろ、四象を模倣するぞ」

平然と返された声に、陸斗は唖然《あぜん》と振り返った。

呪符の励起までは兎《と》も角《かく》、制御となれば枚数に従い難易度が跳ね上がる。

「無茶を云《い》うな！　俺は――」

「晶よりも先に行くんだろう？　あれに届かなければ、夢で終わるぞ」

少年の反駁《はんばく》に、武藤は厳然と告げた。文句を塞がれ、陸斗の口が歪《ゆが》む。

「4枚って、人間業じゃないだろ」

「呪符の制御に於ける最高記録は16枚だ。安心しろ、後《ケツ》は自分が持ってやる」

反論はない。代わりに陸斗は、火撃符を4枚引き抜いた。

精霊光が、励起寸前の輝きを散らす。

「で？」「――役場の周囲に、木行の結界を張る。その上から墜とせ、、」

武藤の応《いら》えに、陸斗は唖然と振り向いた。

「おい、そんな事をしたら」

「木生火。木気を喰らって火気が膨れ上がるな」

武藤をして初めての挑戦。その事実を口にする事なく、笑って危惧《きぐ》を向ける陸斗の背中を張り叩いた。

「大丈夫だ。自分の結界で周囲へと火気を向ける。――一気に穢獣《けもの》を灼《や》き尽くすぞ」

「応！」

武藤が苦無を壁に突き立てる。

――迷う時間はない。臨界まで励起された火撃符が、陸斗の掌で炎の彩りに染まった。

◇

「……サルヴァトーレ、トロヴァートト卿《きょう》、無事ですか？」

「何とかな。とは云え権能を行使《つか》い過ぎた、流石に精霊力は限界だが」

「うむ。後は、聖女どのを担いで逃げるのが精々かね」

寂炎雅燿《じゃくえんがよう》の一撃が通り過ぎた後、其処《そこ》には辛うじて木材の残骸《ざんがい》が残るだけの灼けた平地が、

――そして、直前に介入したサルヴァトーレとアレッサンドロに護られたベネデッタが座り込んでいた。

「俺たちの、勝利《かち》だ――！」

「はい。――そして、私たちの敗北《まけ》です」

総《すべ》てを出し尽くした。

肩で息をする晶《あきら》を否定する事なく、ベネデッタは肯いを返す。

「だったらもう、ここに用は無いだろ。――さっさと帰れ」

「……追撃はしないのですか？」

ちらり。咲《さき》と諒太《りようた》に視線を向ける。神気の煽《あお》りを諸《もろ》に受けたか、２人とも直《す》ぐに判断を下せそうにはない。

晶の後背に抱きつく朱華《はねず》は、このやり取りに対して然《さ》して興味も無さげに晶を見下ろすのみ。

後で怒られる事を覚悟の上で、晶は独断で３人を見逃す事に決めた。

「どうせあんたらも、俺たちを殺す気は無かったろ。経験不十分な子供が、歴戦の精鋭相手にいくら何でも善戦のし過ぎだ。……特にベネデッタの戦闘が一本調子だしな。俺《おれ》たちに勝利する気が無いのは直ぐに判った」

「危なかったのは確かですよ。ですが勝利はしないという、こちらの意図を汲《く》んでくれて嬉《うれ》しいです」

「…………どういう事だ、ベネデッタ・カザリーニ」

肯定を返すベネデッタの後背で、息も絶え絶えのアンブロージオが瓦礫《がれき》を掻《か》き分《わ》けて立ち上がった。

「波国《ヴアンスイール》を敗北に沈めるために、猿どもの僻地《へきち》に来ただと？　それでもアリアドネ聖教を守護する我《ら》聖女の末裔《まつえい》か！　応えろ、ベネデッタ・カザリーニ‼」

片腕が喪《うしな》われ、呼吸《いき》の弱さから、長く持たない事は直ぐにも想像ができた。

「……護るためですよ、アンブロージオ卿」

「貴様が敗《ま》けるという事は、アリアドネ聖教が崩れるという事だぞ。売国の汚名を晒《さら》して故郷に帰る心算《つもり》か！」

「崩れませんよ、アンブロージオ卿《きょう》。崩れ去るのは、この聖伐を企図したソルレンティノ卿を長《おさ》とする主戦派です。聖教の教義には、揺らぎも生じないでしょう」

「なん、、だ、と」

目の前の少女が何を口にしているのか、霞《かすみ》が掛かり始めたアンブロージオの思考には今一つ染み渡らない。

「分かり易く、波国《ヴァンスイール》を動かすために都合が良い。貴方が真なる教義と信じているものは、西巴大陸を平らげるために作られた教義です」

「そ、…………」

言葉《思考》も続かない。

辛《かろ》うじて残った木材に寄りかかり、アンブロージオは視線を彷徨《さまよ》わせた。

「分派を作り、決定的な敗北を避ける。……この構造は非常に上手《うま》くいきましたが、アンブロージオ卿も知る通り、分派の総数が飽和しています。故に分派の整理こそ、私が率いる穏健派の急務でした」

それが今、成ったと、淡々とベネデッタは語った。

「教皇が不在になりソルレンティノ卿が筆頭となって、次代の権力構造が確立する教皇選挙《コンクラーベ》以前に敗北する。この時期に被《かぶ》らせないため、ソルレンティノ卿は私を波国《ヴァンスイール》から遠ざけた心算《つもり》だったのでしょう。——時機の整合が難しかったのですが、無線、でしたか？　貴方たちが秘匿していた技術が役に立ってくれました」

「…………、」

言葉は最早、続く事は無い。

ずるりと背を預けていた木材から冷えかけた地面へと、アンブロージオは静かに崩れ落ちた。

その姿に一瞥《いちべつ》のみを遺して、ベネデッタは晶に視線を戻す。

「……残る目的は知っての通りです。涅槃《ねはん》教の神器を引き抜く事ができれば、この風穴の支配権は一時的に空白になります。涅槃教から奪った風穴の支配権を取引条件とすれば、晶さまの波国招聘《ヴァンスイールしょうへい》を晶さまに認めさせる事ができる。私がこの地へ来訪した、それが目標の総てです」

こちらは叶《かな》いませんでしたけどね。自嘲《じちょう》気味にそう零《こぼ》して、アリアドネ聖教の聖女は踵《きびす》を返す。

引き連れる2人の騎士の背の向こう側で、ベネデッタは晶に微笑《ほほえ》みだけを渡してきた。

「これ以上の騒動が起こる前に、私たちは故郷へと退散すると致しましょう。——晶さまに又、お逢《あ》いできる事を願って。この身を憶えておいていただけるならば、このベネデッタ、幸せに御座《ござ》います」

◇

「――善く頑張ったのう晶、それでこそ妾《わらわ》の見込んだ比翼ぞ。――む？」

ベネデッタたちの姿が木立の向こう側へと消えた後、朱華《はねず》がふわりと艶《あで》やかに笑顔を浮かべた。

するりと宙を滑り晶の両腕に幼い肢体を収めると、朱金の輝きが散りゆく瞬きに唇を尖《とが》らせる。

「……なんじゃ、もう刻限かや？　久方振りの現世《うつしよ》ぞ。もう少し留めておいても好《よ》かろうに、の？」

「……力不足、申し訳ありません」

顕神降《あらがみお》ろしの効力が終わりに近づいているのだ。

己の中から朱華《はねず》の存在が薄れかけている事実に気付き、済まなさから晶は首《こうべ》を垂れた。

「善い、伽藍《がらん》で待っておるぞ。直ぐに帰ってきてたもれ――そうそう、咲と云ったな？」

晶の腕の中で肢体を捩《よじ》り、朱華《はねず》は後背に伏せる咲に視線を遣った。

「…………………はい」

「今は妾と晶の時間じゃ、……やらんぞ？」

「…………………は」

「ま。現世に傍《そば》で在り続ける事は赦《ゆる》してやる。……晶や、帰りはもう少しであろ？」

「はい、直ぐに。華蓮に帰還したら、伽藍に赴きます」

「くふ。晶の武勇、愉《たの》しみに待っておるぞ――」

その言葉を最後に、呆気《あっけ》なく朱金《あけこがね》の輝きは夜闇の向こうに散り消える。

夜闇が本来の色彩を取り戻す。静けさの中、晶は大きく息を吐き石段にへたり込んだ。

晶の隣へと、有無を云わさず咲が腰を下ろす。

「……っはあぁぁぁぁ、、、」

「――お疲れ様、晶くん」

「はい。咲お嬢さまも、ご無事なようで安心しました」

「まあ取り敢えず、これで終わりかしら？」

「いえ。『導きの聖教』の一件が残っています」

「神父《ばどれ》の事？」

「それも有りますが、もっと根が深いです。――ベネデッタの祝詞《のりと》を覚えていますか？」

首を横に振る咲の傍ら、晶の記憶に異国の少女が告げた一節が蘇った。

炎、土、水。世界を満たした少女の神柱が最後に変わった姿。

「アリアドネの変じた最後の姿。吹き渡る風に、己の身を代えたと」

司祭であるベネデッタの口にした祝詞だ、此処に疑いはない。

だからこそ、『導きの聖教』の代表の挨拶が引っ掛かるのだ。

――〝外海の導きにより、神柱の祝福を賜らんことを〟

口上に含まれている、『導きの聖教』の祝詞を引用したと思しきもの。

「『導きの聖教』の祝詞には、風の記述が一切入ってなかった。最後に変じたなら、風は神柱を象徴する事物。分派であるなら尚更、絶対に変質を許容できないのに」

咲は肯定を返した。確かに祝詞には、外海《とつうみ》の一文字が有ったきりだ。

「ですが『導きの聖教』の信徒たちは疑問にも思っていなかった。つまり『氏子籤祇《うじこせんぎ》』に相当する契約は履行されているという事です」

晶の推測に、ぞくりと咲の背筋が粟立《あわだ》った。

「以前の謀叛《むほん》でも今回の神託でも、一致した事物は『外海《とつうみ》の客人』でしたね。……これがアリアドネ聖教の事を指していないのであれば、」

――彼らは一体、何を信奉していたのでしょう。

晶の問いかけ《疑問》に、咲は応えるものを持っていなかった。

その沈黙だけが、２人の間に横たわる。

暫くの後、和やかに腰を下ろす石段の前に、諒太と回生符に癒やされて意識を取り戻した埜乃香《ののか》が立った。

「…………おい」

「は……、ぐっ」

ばきっ。眉間《みけん》に皺《しわ》を寄せた諒太が思い切り振り被って、顔を上げた晶の頬を殴り飛ばす。

「ちょ、っ――」

突然の暴行に咲が熱《いき》り立つが、苦笑交じりに会釈を返す埜乃香を前に言葉を喉元《のどもと》で留める。

確かに波国《ヴァンスイール》の戦力を見逃したのは、晶の失態に間違いない。

それ以外に選択肢が無かったとしても、この場を預かっている者として一言は在っても文句は云えないだろう。

——だが、

「いいか、晶。俺は、お前を認めた訳じゃ無《ね》ぇ。手前《てめ》ぇの能力に、少しだけ見所が有ると思っただけだ」

「……は、」

投げ掛けられた言葉の斜め上さに、見逃した責を問われると覚悟していた晶と咲は呆気に取られた。

2人並んで仲良く呆気に取られるその姿に、諒太が更に言い募りかける。

しかし気勢が削《そ》がれたのか、言葉の持って行く先を失い、舌打ち一つ顔を背けた。

「俺たちは先に麓《ふもと》に下りる。休んだら晶たちも下りてこい、直ぐに練兵どもを拾って鴨津に戻るぞ！」

そのまま晶たちの返事を待たずに、諒太と埜乃香は山門を潜《くぐ》ってその向こうへと去る。

最後に一つ、埜乃香が返した謝罪の会釈だけが印象に残った。

「……何だったんでしょうか？」

「さあ………」

諒太の真意も図れぬままに、2人揃《そろ》って首を傾《かし》げる。

殴り飛ばされた衝撃からか、『導きの聖教』を取り巻く謎からの不安は薄れてくれた。

如何《どう》にかなる。努めて楽観しながら、咲は話題を変えた。

「あの女性《ベネデッタ》、また来るのかしら」

「え？」

「又、って云ってたじゃない。結構、気に入られたんじゃない？」

「さあ…………」

揶揄《からか》いに笑む咲へどう返したものか。微《かす》かに胸の内に浮かんだ感情についた名前を知らない晶は、さりとて悩む素振りも見せずに首を傾げた。

「来ても、迷惑なだけだとは思いますが。案外、直ぐにでも再会するかもしれませんね」

――まぁ、そうかもしれない。

晶の返答に、咲は無言で首肯を返す。

残った謎は意図も見えないままに、神父《ばどれ》と名乗る男諸共《もろとも》に消えて失《う》せた。

顔すら知らない神父《ばどれ》を捕まえるのは、至難であろう。

――それでも、気付いた事があった。

「ねえ、晶くん」

「はい」

「先刻《さっき》、私の事、『咲』って呼んだでしょ」

「はぃ……え？」

「ねぇ。もう一回、呼んでみて」

「や、あの、それは……戦闘の最中でしたので」

正直に白状するなら、覚えてすらいない。

「別に戦闘の最中じゃなくても良いでしょ、ほら」

「――申し訳ありませんっ！」

「怒ってないわよ。謝るくらいなら、ほ～ら～」

「勘弁してください、お嬢さま！」

腰を下ろした石段の領地を、狭い分だけ2人並んで奪い合い譲り合い。

微笑みしか残さないその戦争の結末を知るのは、

――静かに見下ろす、月の明かりのみであった。

TIPS：余話。
――久我法理《くがほうり》から疑いを掛けられてとばっちりの輪堂孝三郎《りんどうこうざぶろう》は、同じ頃にくしゃみをしたとか、しなかったとか。

終　青は玄に憂い、白は朱を訝《いぶか》しむ　1

――東部壁樹洲《へきじゅしゅう》、洲都鈴八代《すずやしろ》。

神域、翠几霊窟《すきれいくつ》。

ただ人が立ち入ることのできない深山《しんざん》の渓谷を見下ろす一角に、その四阿《あずまや》は建っていた。

「――ふふ、くろめ。珍しく眠りこけていないと思ったら、疳《かん》の虫を患っておるか」

婀娜《あだ》な声音が、微風の渡る四阿を彩る。

山嵐に吹かれたか季節外れの菖蒲《あやめ》の花弁を指に摘《つま》み、矯《た》めつ眇《すが》めつと眺めながらの独白であった。

「ここに坐《いま》しましたか、あおさま」

「翠《みどり》か。随分と疲れておるな？」

四阿に続く透渡殿《すきわたどの》から声を掛けられ、菖蒲の花弁を映していた茜《あかね》の滲《にじ》む玻璃《はり》の瞳《ひとみ》が年齢《よわい》20を数えたであろう女性へと向かう。

揶揄に踊る声色に、翠と呼ばれたその女性はため息混じりに肯いを返した。

「……ご存知の通り、國天洲《こくてんしゅう》から繋《つな》がる水気の龍脈が瘴気《しょうき》に侵され始めています。――早急に陰《おん》陽師《みょうじ》を呼びたいのですが、発端が國天洲の上、向こうからの状況も見えてこないとあっては……」

「放っておけ、放っておけ。神柱《かみ》といえど童女《わらめ》であるぞ、晩《おそ》くに憤《むずか》っておるだけだ。――と云《い》ってやりたいが、そうも行かんか」

「はい。特に今は大事な時期です、このままでは秋の収穫に致命傷になりかねません」

「それは少々、面白くない。――以前、八家の小倅《こせがれ》を雨月《うげつ》の婿に向けた事があったな」

「……確か、不破《ふわ》の次男でしたか」

「呼び戻せ。このような時のために、家名《な》を返させておらなんだのだから。序《つい》でに、國天洲の内情を訊《き》き出せれば良いが」

己が信奉する神柱の提案を、舌の上で転がしてみる。

判断としては手堅く、悪くない。壁樹洲の頂点に座す玻璃院《はりいん》の当主、玻璃院翠《はりいんみどり》は首肯を返した。

特に最近、雨月の強勢に不満を持つ者も多い。

外野が騒ぎ立てる程度には二の足を踏むだろうが、有事に重宝する陰陽師の数を確保する大義名分があれば表立っての反対はされないだろう。

「そうですね。手始めに雨月家の強情さを手落ちと突いて、譲歩案の一つに組み込んでみましょう。壁樹洲の難事ならば、不破の当主も否やはないでしょう」

「ふふ、よしなに頼むぞ。さて、山風と遊ぶのも飽いた。霊窟《れいくつ》に戻るか」

四阿に設《しつら》えられた寝台から、跳ねるようにして少女が飛び起きた。

射干玉《ぬばたま》に輝く黒髪が、少女の肢体に従ってふわりと宙を躍る。

一見するだけには、有り触れている黒髪。しかし日光に照り返るその色彩は、幾重にも重なる複雑な青の輝きを宿していた。

軽やかに踊るその爪先が、四阿の中央に音も無く降り立つ。

そうして立ち上がるのは、茜差す玻璃の眼差し、陽《ひ》の加減で青に輝く黒の髪をした人外の美しさを宿した17辺りの少女であった。

「……あおさま、流石《さすが》に行儀が悪く御座《ござ》います」

「そう云ってくれるな、翠。狭い神域にしか留《とど》まれんこの身、少しは動かさんと身動《みじろ》ぎするのも飽きかねん」

呵々《カカ》と哄笑《こうしょう》を上げながら、翠の脇を通り過ぎる。


……そういう意味ではない。

信頼も敬愛も捧《ささ》げている自身の神柱であるが、どうしてこう磊落《らいらく》というか男勝りというか、そんな性格なのだろうか。

「妹の勘気《くろ》じゃ、姉である儂《わし》が気に掛けんで如《ど》、……うきゃんっ！」

「………………はぁ」

「ううぅ〜っ」

あおと呼ばれた神柱は笑いながら一歩、透渡殿に続く框《かまち》を盛大に踏み外して強《した》かに腰を打つ。

――どうしてこう、何というか粗忽なんだろう……。

半泣きで腰を擦《さす》る神柱を目に、何時《いつ》もの事ではあるが翠は嘆息を堪《こら》える事ができなかった。

何時もの事。1人と一柱は畳の敷かれた霊窟《れいくつ》の大広間に戻る。

上座に腰を下ろしたあおは、青とも黒ともとれる己の髪を一房、手にして思慮に眼差しを眇めた。

「まぁ、これまで疳の虫を患わん妹であったしなぁ、永い年月に在ればそんな事もあろう。気になるのはしろの方だな。あの占い数寄がこれ幸いにと食指を伸ばす前に、頭の一つも撫《な》でてやらんと」

「……以前から不思議に思っていましたが、どうしてくろさまの事を妹と？　伝承に聞けば、四柱の方々とも同じ刻に生まれ出たとありますが」

「そんなもの当然じゃ。儂の方がくろより頭二つ分高いし、ほれ、胸もある」

「…………見た目の話ですか」

確かに膨らみはあるが、年齢《とし》相応よりも可愛《かわい》らしいそれを自慢げに見せつけられても。

昨年に母親となった翠は、そのあまりの下らなさに眩暈《めまい》を覚えた。

「ふ。強《あなが》ち莫迦《ばか》にできるものでない。——何しろ、儂たちは見た目が変わらぬ。如何しても、希求する性格は見た目に引き摺《ず》られる」

「そのようなものですか」

生返事しか返せない翠に対し、青の輝きを宿した少女は慈愛に微笑《ほほえ》んだ。

「先んじてはくろめの癇癪《かんしゃく》か。高御座の媛《はは》さまに迷惑をかけるのは心苦しいが、陰陽省に派遣を願え。それで少しは時間も稼げよう」

「央洲《おうしゅう》に借りを作るのは気が進みませんが、選択肢はありませんか。……夏季休暇が明ければ、妹に静美《しずみ》さまとの接触を命じます」

「そうさな。まぁ欲を掻《か》けば、余所《よそ》の水脈がどうなっているか程度は探っておきたいが」

「過怠なく」

「よしなに頼むぞ」

肯《うべな》いを返す翠を前に、あおは闊達《かったつ》と笑う。

その笑みは春風駘蕩《しゅんぷうたいとう》に揺らぐ花の如《ごと》く、優しくも生命に満《み》ち溢《あふ》れて力強い。

彼女こそは東部壁樹洲《へきじゅしゅう》を遍《あまね》く知ろ示す木行の大神柱、

――青蘭《せいらん》であった。


「……………そういえば、見た目が重要と仰《おっしゃ》られていましたが」

「うむ？」

「その理屈でいけば、長姉はしろさまとなってしまいますが」

「…………………………………」

西部の大神柱は青蘭よりもやや背が高く、見た分の年齢《とし》相応程度に胸がある。

翠の的確《いたい》な指摘に、青蘭はさっと視線を横に逸《そ》らした。

「あおさま？」

「あの腹黒は姉と認めん。精々が云って、……同い《双子》よ」

……それでは逆に、関係が近しくなってしまうのではなかろうか。

疑問が思考を擽《くすぐ》るが、賢明にも翠はその事実を舌に乗せなかった。

壁樹洲の不破家が産んだ神無《かんな》の御坐《みくら》が４００年前に起きた内乱の発端であった事は、三宮四院八家にのみ伝える事を許された秘匿事項である。

内乱の爪痕《つめあと》は深く、歴史に名を刻むほどに後を曳《ひ》いた。

爾来《じらい》、西部伯道洲《はくどうしゅう》の大神柱とは兎《と》に角《かく》、折り合いが悪い。


不満気に饅頭《まんじゅう》を齧《かじ》る青蘭を横目に嘆息を喉元《のどもと》で堪えて、北部國天洲の方向に視線を遣った。

瘴気が滲《にじ》み始めたと云っても、未《いま》だ僅《わず》か。

天候の濁りも無く、晴天の蒼《あお》は長閑《のどか》さを保っている。

――何事も無く、杞憂《きゆう》で済めばいいけど。

そう穏やかには行ってくれないだろう。

それは予感ではなく、確信であった。

神柱の血脈を受け継ぐ巫《かんなぎ》たる四院は、ただ人よりも直感に優れている。

それは、天啓とも呼べる確度を誇るほどだ。

その直感が告げてくる。

――この暗雲は如何《どう》にも根が深く思えてしまう、と。

◇

――北部國天洲、洲都七ツ緒《ななつお》。

神域、黒曜殿《こくようでん》。

晶《あきら》たちが決戦に挑んでいる頃、玄麗《げんれい》は暗く沈む神域の只中《ただなか》でその顔《かんばせ》を突《とつ》として上げた。

「……………晶？」

黒曜殿に佇《たたず》むのは彼女独り、その呟《つぶや》きに返る応《いら》えは静寂《しじま》のみ。

しかし、遥《はる》か遠くで幽《かす》かに揺らいだその呼び声は、玄麗をして信じるに及べずとも塞《ふさ》ぎ込んだ彼女の感情に細波《さざなみ》を起《た》てた。

「晶？　……………晶ぁっ‼」

叫ぶ名前も虚《むな》しく、黒曜殿に広がる水面《みなも》へ沈む己の四肢から、幾重にも波紋が広がり消えるだけ。

それでも僅かに生まれた希望に、玄麗は必死に縋《すが》った。

自身が支配する水気の龍脈を辿《たど》り、これまで認識し得なかったほどの細い水気の龍脈にすら必死に神気を通して晶の痕跡《こんせき》を探る。

己の内部を具《つぶさ》にする所業に、黒曜殿の水気が苦鳴を上げた。

「……これは、、くろさま⁉　お止《や》め下さいっ、、くろさま‼」

鳴動する黒曜殿の異変に気付いた静美が、玄麗の取り乱しようを目の当たりに必死で制止を願う。

僅かに落ち着きを取り戻したのか、ややあって玄麗は水面から立ち上がった。

「——静美。晶が、、……………生きておる」

「⁉」

神柱ですら困惑を隠せない事象を前に、言葉の意味を咀嚼《そしゃく》するのに静美は数拍の間を必要とした。

「……………申し訳ありません、くろさま。光明に縋りたくなるお気持ちは察しますが、晶さまは」「そのような事、判っておるわ‼」

下手《へた》な慰めは毒と敢えて否定を口にするが、それ以上の苛烈《かれつ》さが凍《い》てつく鋭さを孕《はら》んで静美へと返る。

神柱の惑いを反映してか、暫くぶりに静寂を取り戻した水面が、黒曜殿の壁際に寄せては返る穏やかな濤声《とうせい》を響かせた。

「じゃが、吾《あれ》の神名が破られた。吾《あれ》が直々に別《わ》けた神名じゃぞ、違《たが》う事なぞ万に一つもあるものか！」

神柱にとって、名前とは己自身でもある。

ただの言葉ではない。極論すれば、象を別けた神器と同じ扱いになるのだ。

過去に玄麗が神名を別けた事例はただの一つ、晶に雅号を授けた際の回生符しか有り得ないと静美は気付いた。

「晶さまの持っていた呪符ですね。誰かが行使《つか》ったという事は」

「有り得ぬ。――そも、あれは晶にしか行使できぬ。呪符の励起には、晶に宿る吾《あれ》の神気と呼応する必要が……待ちや」

静美への反駁《はんばく》から漏れた己の呟きに、玄麗は身体《からだ》を揺する事さえ忘れる。

「何故《なぜ》、行使できる？　晶から吾《あれ》の神気が喪われていない、……封じた？　吾《あれ》の神気を、誰ぞが封じた？」

玄麗の呟くその感情に、静美はぞくりと背筋を舐《な》められるほどの凍える幻痛を覚えた。

感情《いろ》が削がれゆく童女の顔《かんばせ》が、静美の目の辺りで虚無の如き能面に彩られる。

「あかか、しろか、あおか、……はさまか。誰ぞかが吾《あれ》の神気を、晶の奥底に封じて隠してくれたな！」

荒唐《こうとう》無稽《むけい》過ぎて可能性から排除していた事実が、漸《ようや》く玄麗の思考に浮かび上がった。

晶から玄麗の神気を突如に追えなくするには、神気を封印するか晶が死ぬかの2択しかない。

晶に満たされている神気を己の神気に染め変えるためには、先ず、神柱《くろ》の神気を圧《お》し流す必要があるからだ。

神気を圧し流すならば、その行為は即座にくろの知るところとなる。

晶が生きて、玄生《げんせい》の呪符を行使した。

この事実は、くろにとって晶が他の神柱に抵抗している証《あかし》と映った。

「待ちやれ、晶。吾《あれ》が救ってやる！　静美、晶の居場所を探してたもれ。四洲の何《いず》れかに晶は隠されておる！」

「何れおいても、晶さんの居場所を掴《つか》まない事には指針も立てられません。手掛かりが無ければ」

「……かなり遠く、南方で刹那《せつな》に燃えた。それしか判らぬ」

「……南方ですね、手の者を差し向けます」

激情を必死に宥《なだ》める静美に対し、玄麗は傲然《ごうぜん》と令を下した。

「急げよ、静美。――確実に居場所を掴むのじゃ」

「御意のままに」


「――と、申されましても」

困惑のままに、千々石楓《ちぢわかえで》と同行《どうぎょう》そのみは視線を交わす。

やれ雨月討伐と駆けずり回っていた矢先、静美から下された一報は状況の根底を覆すほどの衝撃を伴っていた。

「…………気持ちは分かるわ。でも今からなら、金子《きんす》の流用先が晶さんの探索に代わるだけよ。問題は、晶さんの居場所が何処《どこ》か、という点ね」

「はい。その、南方だけですと、どの洲《くに》にも可能性があるとしか……」

楓《かえで》の指摘は、静美をして当然のものと頷《うなず》くしかない。

何しろ、國天洲《こくてんしゅう》は北限の地だ。己の洲を除いたとしても、狭い島国の国土とはいえ7、8割に及べば相当な広さが残っている。

「この際、七ツ緒の南方直線と範囲を決めて、どこが最も可能性を持っているのか、ね」

「……単純な直線で有力な華族と考えますと、先ず央都天領《てんりょう》。次に伯道洲の八家第三位、弓削《ゆげ》家が所領の奈切《なきり》。最後に珠門洲《しゅもんしゅう》の八家第二位、久我《くが》家所領の長谷部《はせべ》が浮かびますわ」

「珠門洲は候補から外しても、問題ないかと具申いたします。——精々が年齢《よわい》10の頃に、金子の当ても無く南限に辿り着けたとは到底思えません」

そのみの指摘も頷ける。

——しかし、

「……いえ、長谷部領も候補に入れておいて。珠門洲の洲都《華蓮》を含んでいないのは、何故?」

「直線距離からはやや西にズレています。入れますか?」

「ええ。それと、伯道洲の洲都も入れて頂戴《ちょうだい》。どの道、晶さまを隠すなら神柱の干渉は間違いなくあるもの」

静美は首を横に振って、候補を重ねた。

そう。神柱がこの誘拐に関与しているならば、有り得ない可能性は有り得ない。

神柱の決定はその神柱が支配する洲に於《お》いて、総《すべ》ての事象がその結果に繋《つな》がるように流れていくからだ。

どれだけ細い可能性であっても、神無の御坐《晶》以外にその決定から逃れる術《すべ》は与えられていない。

「でしたら、壁樹洲の洲都《鈴八代》を入れないのは何故ですか？　晶さまと関係があった八家は不破《ふわ》家です。壁樹洲こそ疑わしいのでは」

「――不要でしょう」

そのみの指摘を、静美の背後から届く声が切って捨てた。

奥の暗がりから足音も無く、質素ながら上質の仕立てで織られた紺の着物を着た女性が進み出る。

襟元に小さく揺れるは、亀甲紋に九重結び。

義王院《ぎおういん》の前当主、義王院伊都《ぎおういんいと》であった。

「壁樹洲の神柱は、４００年前の内乱で神無《かんな》の御坐《みくら》を喪《うしな》いかけるまでに相当の被害を出しています。他洲の神無《かんな》の御坐《みくら》に色香を向けるほど、反省していないとも思えない」

「お母《か》上《あ》さま……」

「話は聞きました。――取り敢えず、可能性のある場所で最も近いのは天領《てんりょう》ね。幸い、夏季休暇も直《す》ぐに明けるでしょう。静美、貴女《あなた》は学院に戻りなさい。護衛と称して幾人かを伴えば、央都でも蠢動《しゅんどう》は容易《たやす》いはずです」

「はい。……あの、お母上さまは」

「雨月《うげつ》が抜けるとあっては、華族たちの整理《処分》が必要でしょう。特に洲議の者たちは権力ごっこに遊ばせ過ぎました。……國天洲に議会制度は早かったみたいね」

確かに議会制度を組み込んでから、利権を貪《むさぼ》る華族たちの醜態は度々に問題視されている。

これを機に整理をするのは、静美としても納得のできる判断であった。

「取り上げますか？」

「いいえ、そこまではしないわ。それよりも、学院には玻璃院《はりいん》と奇鳳院《くほういん》が在学しているのでしょう？　彼女たちの出方程度は窺《うかが》っておきなさい。不要とは云《い》ったけど、晶さんが決定すれば玻璃院《はりいん》だって受け入れるわ」

「はい、何とか晶さんと対面が叶《かな》うように動きます。……お母上さま、晶さんは赦《ゆる》してくれるでしょうか？」

「分からないわ」

娘《静美》から漏れる気弱に応えられる言葉は、伊都も持っていない。

——ただ、どうであれ、

「真摯《しんし》に、言葉を重ねるしかないでしょうね。雨月を信用し過ぎて放置したのは、義王院《ぎおういん》の失態と認めねばなりません」

「はい。申し訳ありません、お母上さまにもご無理を押し付けました」

「私如《ごと》き、気にしてはいけませんよ。義王院《ぎおういん》の悲願。いえ、娘の倖《しあわ》せ、願わぬ親が何処にいますか」

混迷を極める日々が続き、それでも漸くに与えられた光明。
伊都からの言葉に安らぎを覚えて、静美は不覚にも涙を零《こぼ》した。
――混迷の果て。漸くに得た光明を辿り、義王院《ぎおういん》が真実へと足を進めた。

終　青は玄に憂い、白は朱を訝《いぶか》しむ　2

――西部伯道洲《はくどうしゅう》、洲都小幣《こぬさ》。

神域、純景大聖廟《じゅんけいだいせいびょう》。

聖廟と呼ばれる大広間の中央で、その女性は不意に視線を上げた。

向けられた先は、ただの虚空。

その傍《そば》に控える年齢10辺りの少女も女性の仕草を真似《まね》て視線を向けてみるが、その瞳《ひとみ》に映るのは天井に設《しつら》えられた格子模様のみ。

「しろさま？」

「――くろめ。女童《めのわらわ》の癖に一端《いっぱし》に荒れておるような、のう？」

「？　――あっ」

返事を期待してのものではないのだろう。少女が首を傾《かし》げても応えずに、しろと呼ばれたその女性は少女の後背に顔《かんばせ》を向けた。

そこには30手前だろうか、疲れた表情をした女性。

その姿を見止め、少女の表情が笑顔に綻《ほころ》んだ。

「母《かあ》さま！」

「神楽《かぐら》。しろさまに能《よ》くお仕えしていましたか？」

「はい！」
少女の笑顔に苦笑を浮かべ、彼女の頭を掻い繰りに撫《な》で回して応《いら》えの代わりにする。
娘の笑顔に癒やされはしたが、苦悩が消えるわけではない。ため息を漏らさんばかりの表情で、
母親は神楽の隣に腰を下ろした。

着物の襟に縫われた家紋が僅《わず》かに揺れる。

鷹《たか》の羽《は》紋の俵を囲み、尾を噛《か》む虎の三《み》つ巴《どもえ》。

西部伯道洲を統べる四院。陣楼院《じんろういん》当主、陣楼院滸《じんろういんほとり》であった。

「……ええ。水気の龍脈に不穏の影は差していましたが、遂に先日、瘴気《しょうき》が滲《にじ》んだと」

「まあ、危うさはあったからのう。國天洲の様子はどうじゃ？」

「一時、堕《お》ちかけましたが、既《すんで》持ち堪えたようですね」

「ならば好《よ》い。くろの事じゃ、暫くは大丈夫であろ。――此方《こちら》は此方で動けば、自《おの》ずと吉が出よう」

伏せられた双眸《そうぼう》はそのままに、しろは鷹揚《おうよう》に微笑《ほほえ》んだ。

その姿は伏せられて覗《のぞ》く事の叶わない双眸を除き、髪の色から爪先までがその神名《な》の通りに白銀《しろ》を想起させる壮麗な容姿をしていた。

年齢《とし》の頃は17、8辺りか。

優し気な相貌《そうぼう》ではあるが、その実、一筋縄ではいかない性格だという事を、この場に立つ2人はよく理解していた。

明察秋毫《めいさつしゅうごう》、智謀を以《もっ》て万象を敷く真白の佳人。

彼女こそは、西部伯道洲を遍《あまね》く知ろ示す金行の大神柱。

――月白《つきしろ》であった。


「では、國天洲に様子を問い合わせるとしましょう」

「時候の挨拶《あいさつ》程度に止《とど》めておけ。使者には一ヵ月《ひとつき》の逗留《とうりゅう》と、洲都の確認だけを命じよ」

「何も気付かれていないと勘違いされかねませんが?」

使者を参じさせる目的は、大きく分けて二つある。

意思の疎通と、此方が何かを知っていると教える釘刺しだ。

釘刺しの場合、もう少し派手に金子をばら撒《ま》かないと効果が薄れる可能性がある。

「それは無い。我が動くほどならば、陰陽師《おんみょうじ》の足らん壁樹洲《あおあかす》と珠門洲《あか》が深刻と為ろう。――先触れが読めぬなら、どれ、我が観てやろうか」

符易で良いかの。愉《たの》し気に呟《つぶや》きながら右の掌《てのひら》を翻《ひるがえ》すと、その指に色鮮やかな木符が5枚挟まっていた。

赤、青、白、黒、最後に黄色。

色とりどりのそれを暫く掌に遊ばせてから徐《おもむろ》に放り投げ、
無造作に月白の掌を離れた5枚は畳の上に呆気《あっけ》なく落ちた。

「さて、配置は、――む?」

「あら?」

ぱきっ。脆《もろ》く微《かす》かな轢音《れきおん》と共に、黒と赤の木符が真っ二つにその断面を曝《さら》す。

覗き込む月白と滸の表情が、困惑に染まった。

「國天洲《くろさま》は分かりますが、珠門洲《あかさま》に何か関わりが？」

「……さての。割れ方は瓜二《うりふた》つじゃから、無関係では無かろうが。左の角を向き合いかけているところを観るに、女童が二柱《ふたり》、牙《きば》を剝《む》き合おうとしておる」

「内乱ですか⁉」

思わず滸が上げた吃驚《きっきょう》に、月白は双眸を薄く開ける。

純白の姿に混じる月白の虹彩《こうさい》は、その神名《な》の通り月の淡いを宿したかのような金色の輝きに染まっていた。

「……そこまでは行っておらんよ。じゃが、放置をすればそうもなろう。——割れた先を見るに、原因はくろじゃな。方針は変えぬ方が良いか」

「直ちに國天洲へと使者を向かわせます」

月白の呟きに、滸が慌ただしく聖廟を去る。

静けさを取り戻した廟の中央で、思考に耽《ふけ》る月白を見上げる神楽は内心で疑問を浮かべていた。

己が奉じる目の前の神柱《つきしろ》が、何よりも易占《うらない事》を好んでいる事は知っている。

だが易占とは、ただ人が神柱に神意を問う儀式だ。

つまり月白が易占を行うという事は、神柱《己自身》で神柱《己自身》に何かを問うているという事実に他ならない。

「我が易占を揮《ふる》う事とが、そんなに不思議かの？」

疑問が視線に溢《あふ》れていたのだろう。再びに伏せられた双眸を神楽の方に向けて、月白がそう口にした。

「も、申し訳ありません」

「好い。陣楼院《じんろういん》の子らは、幼心に必ずその疑問を浮かべるでの。……誰もそうであった、恥じる事は無い」

「はい」

「其方《そなた》の思う通り、易占とは大神柱に神意を問う儀式である。

確かに我だけならば、結果も見通せぬであろうさ。――じゃが、他の神柱も関わるとなれば、前提が変わってくる」

白地に金の縁をあしらった盃《さかずき》を手に、月白は変若水《おちみず》を口に含んだ。

白銀に輝く粒子が一条、その口元を棚引いて虚空に散る。

「神柱は偽りを口にできぬ。そして易占には必ず、応えを返さねばならぬ。易占はの、難易を問わねば決して裏切れぬのじゃ」

「はい」

よく解らないまでも、曖昧《あいまい》なままに神楽は月白に肯《うべな》った。

その仕草までも嘗《かつ》て語ってみせた陣楼院《じんろういん》の少女たちと同じで、彼女は愉し気に咽喉《のど》を鳴らす。

「く、ふふ。まぁ、其方も何《いず》れ解る。――それよりも、気になるのはこの卦《け》じゃ」

一頻《ひとしき》りに咽喉を鳴らし、月白は鋭い眼差しで中央を指した。

黄札がぽつりと、その先に一枚。

「落ちる位置に揺らぎが無い、他の符とも等間隔に離れておる」

「無関係なのでは？」

「有り得ぬ。４００年前の内乱ですら、何らかの揺らぎは符に出た。高御座《はは》の媛《は》さまめ。揺らぎが無いところを観るに守勢を決め込んでいるのか？　――よし」

思考に決着を得たのか、月白は一つ大きく頷《うなず》いた。

「くろは、姉気取りのあおに任せて、我はあかを乱すか。神楽や、もう直ぐ昼餉《昼食》であろ？　されば――」

月白の願いに首を傾げながら、神楽は邸内を進んでいた。

年季の入った檜《ひのき》の板が、彼女の歩みに鶯《うぐいす》を想起させる軋《きし》みを啼《な》き上げる。

キツキツ。小鳥と戯れる気分に、少女の口元は自然と綻んだ。

――と、

進む向こう側に壮齢の男性《おとこ》が歩む姿を見止め、神楽の微笑みが大輪の笑顔と咲いた。

歩む速度が小走りに、男性の下へと駆け寄る。

年齢《とし》の頃は30を超えたばかりか、未《いま》だ若さを残す男性の表情が神楽の姿に柔らかいものへと変わった。

「父上《ちち》さま！」

「――これは、神楽さま。滸さまなら執務室に御座《ござ》いますが」

「はい。父上さまは暫くのご逗留ですか？」

「いえ。央洲《おうしゅう》との調停が終わりましたので、これより奈切領《自領》へと帰還いたします」

「そうですか……」

滅多に逢《あ》えない父親との会話が直ぐに途切れ、残念そうに神楽は俯《うつむ》く。

その様子に苦笑を一つ、少女の頭を掻い繰りに撫で回した。

謝とよく似たその仕草に満更でもなさそうな表情を刹那《せつな》に浮かべ、取り繕うように神楽は頬を膨らませた。

「……もう、私も10《とお》を数えたんですよ。流石《さすが》に幼子扱いは止《や》めてください」

「私にとっては、未だにて。ですが、早いものですな」

「えへへ。──あ、そうだ。父上さまにお願いが有るのですが」

──途上にて、最初に逢う者へ命じよ。

神楽の脳裏に過《よぎ》るのは、月白から願われた神託。

滅多に逢えない娘からの、滅多にされないおねだりに父親である男性は目を瞬かせた。

しかし久方ぶりの我儘《わがまま》と、快諾に頷く。

「なんなりと──」

願いを受け入れてから、去ってゆく神楽の背中を眺めながら父親は首を傾げた。

それは、随分と奇妙な願い出であった。

「珠門洲《しゆもんしゆう》に使者として訪《おとな》えとは、……また随分と奇妙な」

少なくとも、未だ幼い娘が願うおねだりではないだろう。

しかし幸いにも、奈切《なきり》領は珠門洲との洲境である。向かうにはそれほどに手間も無いか、と思い直して踵《きびす》を返した。

「久方振りに顔を合わせたい者もいるしな、丁度いい機会だ」

その背に揺れるは、重ね花形車に撫子《なでしこ》。

八家第三位、弓削《ゆげ》家が当主にして陣楼院《じんろういん》滸を支える比翼。

高天原《たかまがはら》に於《お》いて、最強と広く名を轟《とどろ》かせている、

——弓削孤城《ゆげこじょう》であった。

◇

其処《そこ》は、陽《ひ》の光も差せぬ山間《やまあい》の奥底。

僅かに流れる瘴気を辿《たど》り、うねる闇が古木の合間を縫って泳いでいた。

——ひた、ひた……ヒタ、卑詑《ヒタ》、否唾《ヒタ》。

闇が総《すべ》てを呑《の》み込み静寂が生まれ、過ぎた後には何も変わらぬ薄暗い木立だけが残る。

——否《ヒ》、卑《ヒ》。

ただ闇に潜める嗤《わら》いが、木立の狭間を彩り消えるのみ。

「収穫、収穫。危ない橋を渡った甲斐《かい》があったというもの」

アンブロージオ。否《いな》、波国《ヴァンスイール》の干渉は充分に目的として達成できた。

神器の回収が叶《かな》わなかった事が心残りであるが、それはもう些細《ささい》な事だ。

神無《かんな》の御坐《みくら》。思いがけない存在の登場に高揚を覚え、闇の中央に赤黒い三日月が刻まれる。

闇をしてあらゆる策を無為にされかねない鬼札だが、準備段階でその存在がどの神柱に囲われているのかを知れたのが僥倖《ぎょうこう》であった。

それも、火行の神柱とは。

それだけでも、波国《ヴァンスイール》を使い捨てた甲斐が釣銭込みで有ったというもの。

――否《ヒ》、卑《ヒ》、卑《ヒ》ィ。

瓢箪《ひょうたん》のように鯰《なまず》のように、歓喜から闇が大きくうねり波打つ。

闇が嗤うも、立てる音は虫の声よりも密《ひそ》やかに、

――やがて闇の姿は、余人が姿を覗かせた事すらない山稜《さんりょう》の奥へと辿り着いていた。

周囲に満ちるのは、正者に居場所を望ませぬほどに濃密な瘴気。

闇が目的としていたここは、周囲一帯でも最大の瘴気溜《だ》まりの深部であった。

ずるり。闇の裡《うら》から人の姿が進み出る。

その正体は波国《ヴァンスイール》と珠門洲を相手取り、翻弄《ほんろう》し尽くした神父《ばどれ》と名乗る男。

「ヒ。人界の薄汚れた瘴気の方が、心地も好いが。――泥土に沈むかの如《ごと》き濃密な瘴気、生き返るのう」

満足気に頷き、神父《ばどれ》は大きく瘴気を吸って吐く。

明らかにただ人に有り得ない所業、最奥の暗がりに潜む巌《いわお》が蠢《うごめ》いた。

――――餓《ガ》。

「……久シイナ。御大将トハ」

巌が身動《みじろ》ぎをする度に、苔《こけ》むした欠片《かけら》がパラパラと地に崩れ落ちる。

そこに佇《たたず》む巌の正体は、年降りた強大な大鬼《オニ》であった。

「おぉ、おぉ。此《こ》れは此れは、童子殿。――息災であったかね？」

「見テノ通リダ。数百年モ経《た》テバ、瘴気ノ淵《ふち》コソ心地ガ好イト漸《ようや》クニ理解シタ。御大将コソ、如何《いか》

ナ酔狂ダ？　潘国《故郷》ニ種蒔《たねまき》ト嘯《うそぶ》イテイタダロウ」

「幾年《いくとせ》前の話をしておるか。そちらは既に花の時も過ぎて、収穫を愉しむ真っ最中よ。――お主、何十年を寝戯けた？　引き籠《こも》りも過ぎて、人語繰りが錆《さ》びついておるが」

「人間《ジンカン》ニ遊ブノモ飽イタデナ。御大将モ珍シイ、瘴気ノ澱《おり》ハ御身ニ合ワント云《い》ッテタデアロウ」

確かに、化生が寝戯けるなど。神父《ぱどれ》も人界に潜む年月が長かったか。

自身が口にした的外れに、神父《ぱどれ》は肩を揺らして一頻り嗤いに過ごした。

「潘国《バラトウシュ》も越えて、更に西まで足を運んでおったからのう。――西巴《せいは》大陸は、滅多に妖魔も出んほどに瘴気の淀《よど》みが薄い。如何な儂《わし》でも瘴気に喘《あえ》ぐほど、あちらは恩寵《おんちょう》も瘴気もありつけぬ無味な光景が広がっておった」

「ホウ」

「神域が閉じる。波国《ヴァンスイール》曰《いわ》く『鉄《人》の時代』だそうよな。種蒔序《つい》でと潘国《バラトウシュ》を勧めてやったら、面白いように入れ食いで群がってくれよった」

財貨が銃火にその身を代えて、欲望が船となって潘国《バラトウシュ》を目指す。その光景を思い浮かべ、神父《ぱどれ》はぬうるりと嗤う。

序でに高天原に侵攻させるための駒も育ててみたのだが、此方《こちら》は片手間も良い所の暇潰《ひまつぶ》しであったので、そこまでは期待もしていなかった。

しかし、遊びは思いがけない結果をくれた。

アンブロージオという名であったか？　あれは随分と思いがけない結果を遺してくれた。

興味も薄れ始めた小者の名前に、それでも僅《わず》かな感謝と嗤ってやる。

「ソウイエバ先日ニ生成《なまな》リガ二匹消エタガ、御大将ノ仕業カ？」

「おお、確かに。南限で遊ぶ前に華蓮《かれん》を突いておこうと、沓名ヶ原《くつながはら》の蛇めを叩《たた》き起《お》こした。間に合わせの頭数も揃《そろ》えたかったのでな、真国《ツオンマ》で修めた鬼道《グイタオ》で呼び込んだ」

「成ッタバカリノ粗野ナ鬼ダ。所構ワズ、噛《か》ミツイテクレタダロウ？」

そこが良いのよ。そう神父《ばどれ》は嘯いた。

そうして暫くしてから尽きぬ話題に浸るも良いがと、神父《ばどれ》は童子に向き合った。

「――さて、本題に入ろうか。神無《かんな》の御坐《みくら》を確認した」

「今世デノ勝チ目ハ無クナッタナ、御大将ハ雌伏ト眠ルカネ」

童子の驚きはそこまででも無かった。神柱が望む通り乱世の狭間に産まれるのは、神無《かんな》の御坐《みくら》の宿命と云ってもいいからだ。

しかし、
だが、如何に難敵であっても、彼らには年月という絶対の弱点が存在する。

劣勢を覆す神無《かんな》の御坐《みくら》であれど、寿命の前には屈服するしかないのだ。

「否《ヒ》。否よ、童子殿。時機とすれば、現在《いま》、此《こ》の時こそが最良なのだ。蛇が突いて、波国《ヴァンスイール》の侵攻に疲れた、現在、此の時が。加えて神無《かんな》の御坐《みくら》は、火行のお手付きよ。ここまでお膳立《ぜんだ》てが揃えば、今動かぬ理由が無くなる」

「フム」

神父《ばどれ》は嗤って、雌伏を否定した。

それに、動かざるを得ない理由も生まれている。

「どうやら、命綱を看破した者がおるらしい。――儂の信徒が総て奪われた」

「……嘘ノ神ノ吐《つ》イタ虚構ガ暴カレタカネ。一筋縄デハイカヌナ」

『アリアドネ聖教』から『導きの聖教』を分派させ、教義ごと信仰を乗っ取る。

その信仰こそが、嘘を象とする神柱《いはしら》たる神父《ばどれ》を支えていた。

『導きの聖教』が潰《つぶ》された程度では、信仰は無くならない。

だがその絡繰りが看破され、一度でも教義に疑いが生じれば『導きの聖教』は崩れ去る。

何故《なぜ》ならば、疑いこそが信仰の毒であるからだ。

晶《あきら》が看破した真実の剣は、正しく神父《ばどれ》の急所を一突きにしていた。

「儂も余裕が無いのだよ、観経童子《かんぎょうどうじ》殿にも手伝ってもらおうかの。

夜行じゃ、夜行じゃ。百鬼夜行じゃ。洲隧《くにお》とし、」

一呼吸《いき》考えて、嘗《かつ》て滑瓢《ぬらりひょん》とも呼ばれた神父《ばどれ》はぬうるりと哄笑《こうしょう》に溺《おぼ》れる。

「――いやさ、神柱堕《かみお》としと興じようぞ‼」

外海《とつうみ》より流れ着いた客人神《まろうどがみ》。

嘘を象とする悪神が、声高らかに次なる目的を謳《うた》った。


――否《ヒ》、卑《ヒ》、否《ヒ》、否《ヒ》イ、卑《ヒ》イ。

閑話　天泣に頬は濡《ぬ》れて、戸惑うも遠く　2

――國天洲《こくてんしゅう》、五月雨領《さみだれりょう》。

領都、廿楽《つづら》。

連翹山《れんぎょうやま》に建つ雨月《うげつ》の屋敷へ不破直利《ふわなおとし》が帰参したのは、盆も明けようとする葉月《8月》中旬の昼下がりであった。

未だ日天も高いというのに、幾人かの陪臣が足音を立てて直利の前を過ぎていく。

外玄関に消えてゆくどの者の顔にも浮かぶ、色の濃い焦りの表情《かげ》。

出立前に見た和気藹々《わきあいあい》とした雰囲気は欠片も残らず、まるで戦支度と云わんばかりの物々しさが屋敷の内部を占めていた。

「――加久保《かくぼ》殿」

「これは、不破殿。漸くの御帰還、ご無事でしたか」

過ぎる一団の中に仲の良い陪臣の一人を見止め、挨拶《あいさつ》と呼び止める。

比較的温厚な人柄の加久保は、直利の姿に安堵《あんど》を返した。

「瘴気《しょうき》溜まりに足を取られた由、思った以上に遅れました。――この騒ぎは一体？」

「不破殿もか。瘴気溜まりの対応に追われて、この有様よ。陰陽師《おんみょうじ》の頭数《かず》が足りなくなるなど、この一帯では初めての事態で御座《ござ》いますな」

「それほどに……」

「然《しか》り。既に日夜の関係なく、穢《ケガ》レが市井《しせい》にまで侵入《はい》り込んできよる。颯馬《そうま》さまの栄達を目前に控えての失態。義王院《ぎおういん》さまに面目も立たんと、御当主さまも酒匂《さこう》さまと連日の会合よ」

「現在《いま》も、で御座《ござ》いますか」

「うむ」

加久保の首肯に、直利はその足を屋敷の東へと向けた。

屋敷の東端《ひがしはずれ》にある天山《てんざん》の書斎に立ち、障子の外から声を掛ける。

「御当主さま。不破直利、帰還いたしました」

「――入れ」

想像してはいたが、返る声色にも何処《どこ》か精彩が欠けている。

上辺だけ平静を保ちつつ、障子を開ける。

書斎の中央では、天山と颯馬、そして陪臣第一席の酒匂甚兵衛《さこうじんべえ》が車座を囲っていた。

「遅くなり申し訳ございません。――不破直利。只今《ただいま》、帰参いたしました」

「電報《しらせ》は受けている。……災難だったな」

「こちらに比べれば何ほどでもなく。私も浄化に立ち会いたいのですが精霊器を日垂ル神《ひだるがみ》に掴《つか》まれまして、打ち直しを求めねばなりません」

「鍛冶司《かぬちのつかさ》に依頼は出しておく。其方《そなた》としても腰が落ち着かんだろう、代わりの精霊器を預けておこう。――其方が戻ってきてくれて、丁度良かった」

貴重な精霊器を預ける事に躊躇《ちゅうちょ》をしていない事実から、抜き差しならない事態が如実に窺《うかが》えた。

膝行《しっこう》で書斎に進み、車座の一端に加わる。

「丁度良かったとは？」

「……その話は後だ。現在、瘴気溜まりが五月雨領で群発しておる。しかも、怪異《上位の穢レ》が数体、山稜辺りを彷徨《うろ》ついている」

「そこまで……」

気休めすら口にできずに、直利は続けようとした二句を失った。

土地の記憶そのものでもある怪異は、十分な瘴気さえあれば再び現世《うつしよ》に顕《あらわ》れる生きた災害だ。

当然にして、強大な存在。しかもそれが複数。

百鬼夜行が起きたとしても頷《うなず》ける、雨月始まって以来の有事である。

「御当主さまと颯馬さまの御出陣で、怪異は総て討滅していただいた。あの類《たぐい》がそうそう生まれるとは考え難い。一先ずは安心できるだろう」

「なら良いのですが。怪異が複数とは、尋常ではありません。……まるで、伝承に聴く荒神堕ちのような、」

「しっ！　滅多な事を口にするものではない」

雨月陪臣の第一席として永く座る酒匂甚兵衛が、顎鬚《あごひげ》を触りながら直利の焦りを掣肘《せいちゅう》した。

酒匂は、嘗て天山の教導を務めた、雨月家からの信頼も篤《あつ》い重鎮である。

そんな老人からの取り成しに、直利は渋りつつも追及の手を下げた。

「……父上。5日後に予定しております、天領《てんりょう》学院への帰還を遅らせる事はできますが」

「駄目だ。ただでさえ、義王院《ぎおういん》さまのご不興が続いているのだ。休暇明けを遅らせるなど、恥ずかしいだけの失態を御前に晒《さら》すわけにはいかん」

「……はい」

思い余った様子の颯馬が、天山へと膝を向けて言上した。

颯馬の実力は、現時点で義王院流《ぎおういんりゅう》の奥伝まで到達している。

並の衛士《えじ》では比肩すら烏滸《おこ》がましいほどの才気は、この難事にあって確かに貴重な戦力。

だが迷う事なく天山は、颯馬の提案を却下した。

「義王院《ぎおういん》さまのご不興？　婚約は通らなかったのですか？」

「――うむ。どうにも静美《しずみ》さまは、穢レ擬き《晶》を殊の外、気に入っていただいておられたようでな。あれの死を耳にするや、素気無く我らの登殿を中座される始末よ」

「何と。――雨月の勝手を咎《とが》められたのですか？」

「廃嫡は醜聞であろうが、それなりに聴く出来事でもあろう。何故にあれほど、あれ如きに拘《こだわ》るかは分らぬが」

「手続きに問題があったのでは」

「廃嫡自体は当家の勝手だ。人別省の動きが妙に鈍かった以外は、それほど問題無く進んだしな」

「それは知っていますが……」

義王院《ぎおういん》との婚約が通る事自体は、直利とて疑っていなかった。

ちらり。視線を颯馬に遣ると、膝に置かれた少年の両拳《こぶし》が激発せんばかりに震えている。

当然だろう。才気煥発《さいきかんぱつ》と持《も》て囃《はや》されてきた颯馬は、それ故に、他者から否定される経験が皆無であったからだ。

ふと、晶の呪符が、直利の脳裏に浮かんだ。

「先日に回生符を手元から喪《うしな》う事態に陥りまして、――御守り代わりと持っていた晶くんの回生符に手を付けました」

「行使《つか》えぬのでなかったか？　……あぁ、其方が精霊力を籠めたのか」

「いいえ。精霊力を籠める必要なく、呪符は燃えました。――晶くんは、精霊力を行使できていたようです」

「精霊無しが精霊力を行使できる訳が無かろう。何かの間違いではないのか？」

「行使は確かに。それに晶くんには、回生符を１００枚続けて書かせていました。あれを総てと考えると、彼が保有していた精霊力は……」

「――莫迦莫迦《ばかばか》しい」

言い募ろうとした直利の言を、酒匂が横から断ち切った。

「精霊力は不破殿が籠めたのであろう？　肌身に離さず持っていた空《から》の呪符が漏れ出る精霊力を吸収するのは、偶《たま》に聴く話だ」

「そうでしょうか……」

空の呪符が自然と行使できるようになって命拾いをした話は、直利とて確かに聴いた事はある。だが、酒匂が口にした前例は、最下位の回気符を長年、身につけた結果の漸《ようや》くであったはずだ。

酒匂の断言を受けても尚《なお》、引っ掛かるものを覚える直利であったが、反論の言葉を持つ事もできずにその場を退《ひ》いた。

まあ良い。場に蟠《わだかま》る疑念を払うように膝を叩《たた》き、天山は話を戻した。

「……静美さまは、晶との再会に歓楽極まっていたのだろう。あれの死に哀情を強く覚えられたようでな、一時の激情に流されたであろうが強いお方だ。直《す》ぐにでも現実に目を向けて、颯馬との縁を望まれるであろう」

「そこは間違いないでしょう。……でなくば、御当主さまを拘留もせずに、五月雨領へと帰還《かえ》す事を赦《ゆる》した筋が通りません。腹立ちはあるが、雨月の言い分を理解はされているというところでしょうな。――ですが此処《ここ》まで拗《こじ》れた以上、颯馬さまには早急に学院へと赴いて、直接に静美さまを説得していただく必要はあるかと」

「仕方があるまいな。颯馬よ」

酒匂の進言に、天山は颯馬に柔らかく微笑《ほほえ》みを向けた。

「儂《わし》の不甲斐《ふがい》無さを押し付けるようで気が引けるが、学院で静美さまとの会談を取り持て。何とか静美さまのお気持ちを、其方に向けていただくのだ」

「……はい。五月雨領の難事に、離れなければならない私をお許しください」

「ふ。儂を何だと思っている？　其方の器には劣るであろうが、雨月当主としてまだまだ現役であるぞ」

「父上のお心遣い、有り難くあります。静美さまとの会談は、必ずやお任せいただければ」

天山の応《いら》えに安堵した颯馬は、学院に向かう支度のためと書斎から退席する。

出ていく颯馬の背を三人が見守る中、入れ違いに手伝いの女性が慌ただしく入ってきた。

「失礼いたします。西の街道から穢獣《けもの》の群れが溢《あふ》れたと、今しがた伝令に届きました」

「何⁉　あそこには保久《やすひさ》を向かわせていたはずだ。息子はどうしたか！」

「も、申し訳ありません！　伝令の傷も深く、詳報は……」

「ええい、埒《らち》が明かん。儂が直々に問い質《ただ》す、案内せよ！　……御当主さま。申し訳ありませんが、火急の用にて中座をさせていただきます」

「良い。急げ、甚兵衛」

「はっ！」

己の後継と可愛《かわい》がっていた保久の安否だけに、酒匂《さこう》甚兵衛の顔色が一変する。

焦りの表情に胸中を察した天山の許しを得て、慌ただしく酒匂は退室した。

一気に静けさを取り戻した書斎の中央で、直利は天山の正面に座り直す。

「大事が無ければよいのですが」

「酒匂保久もなかなかの手練れ、穢獣《けもの》の群れ如《ごと》きでは早々に後れを取るまいが……。とはいえ、西の街道は洲鉄《しゅう》の線路に沿っている。直利よ。急ぎ代わりの精霊器を用意させる、酒匂の焦心を安堵させてやれ」

「畏《かしこ》まりました」

大量輸送を可能とする洲鉄は、山に囲まれた五月雨領と外界を繋《つな》ぐ重要な交易手段だ。

生鮮食をはじめ燃料や木材の取引と、五月雨領の生活を支えている。

洲鉄の線路を守る事は、五月雨領を維持する上で蔑《ないがし》ろにする訳にはいかなかった。

帰還したばかりとはいえ洲鉄を護《まも》る要請に否やも無く、直利は叩頭《こうとう》で受け入れる。

「ああ、それと先刻の話だが。昨日の遅くに、不破《ふわ》家から赤便《速達》が届いた」

「不破？　不破の当主《兄上》からですか？」

「うむ。このような状況故に済まぬが、内容は検《あらた》めさせてもらった」

差し出された書簡を受け取り、素早く文字に目を走らせた。

書かれた内容に、直利の表情も曇る。

「……この騒動。どうやら壁樹洲《へきじゅしゅう》にも響いているようですね」

「ああ。浄化に回せるだけの陰陽師が足りなくなったと。此方《こちら》の状況も逼迫《ひっぱく》していたからな、陰陽師の派遣を渋っていた事に痺《しび》れを切らしたのであろう」

それも有るだろうが、ここ最近の雨月は交渉事に強気一辺倒の姿勢で臨む事が多かった。

義王院《ぎおういん》との縁組を見据えて物入りを焦った結果だが、周囲からの反感もそれなりに買った。

——事実、天山は読み取らなかったようだが、書簡の随所から雨月に対する不満と直利の置かれた状況を案じる隠語が重ねられている。

手紙に隠せるだけの表現でこれだ。壁樹洲の鬱憤《うっぷん》はかなりのものになっているだろう。

不破家当主《兄上》は温厚な性格だが、直接に顔を合わせたら相当な愚痴を聞かされるだろう事は想像に難く無かった。

二重の気鬱《きうつ》に襲われて、直利は内心だけで慨嘆する。

「分かりました。西の街道を掃除した後、陰陽師を幾人か引き連れて鈴八代《すずやしろ》へと赴きます」

「頼むぞ。——あぁ、そうだ直利」

「はい」

天山の頼みを受けて、直利も退席すべく立ち上がった。

廊下に続く障子に手を掛けた時、思案に暮れていた天山の声が背中に投げかけられる。

「其方、かんなのみくらという名称《な》を聴いた事があるか？」

「……いえ、寡聞にして存じません。何方《どちら》からの名称でしょうか」

「静美さまが中座される際に、儂に問うてきた。正直、他愛《たわい》もない問いかけと思うが、どうにも気になってな。雨月の書物を紐解《ひもと》いても、それらしき言葉は見当たらぬではどうしたものか」

問われて、直利も記憶の底をひっくり返す。

だが記憶を結ぶ言葉は無く、直利は降参とばかりに頭を下げた。

「思い当たるものはありませんが……。事が一段落したら、此方でも書物を探してみます」

「うむ。頼んだぞ」


ガラリ。玄関を開け外に一歩。

途端に晴れた空から大粒の雨が数滴、直利の頬を濡《ぬ》らした。

「天泣か」

「まぁまぁ。廿楽《つづら》の街までご不便でしょう。傘を用意いたします、暫くお待ちくださいな」

「頼みます」

慌ただしく屋敷の奥に走り込んだ家人を余所目《よそめ》に、直利は今一度天を仰ぐ。

晴れた空から落ちる雨粒は、狐の嫁入りと称するには冷酷《つめ》たく硬い。

まるでそれこそ天が泣いているような不穏さだなと、直利は独白に零《こぼ》した。

陽光に降り頻《しき》る中、受け取った和傘を広げ雨の中へと踏み出す。

正門へと向かう直利の眼前で、山風が一陣、雨足を大きく波立たせた。

閑話　貴方と穏やかに、これからを語らう

「……勘助《かんすけ》、、勘助‼」

「へぇい。――お呼びでしょうか、女将《おかみ》さん」

商家の蔵で反物を油紙に包んでいた勘助は、呼ばれて蔵の外へと足を向ける。

明るい日向の下、反物商の女将が勘助を睨《にら》みつけた。

「何、呆《ぼ》っと仕事してんだい。怠けモンに食わせる飯《まんま》なんざ無いよ！」

「すんません」

覚えの無い怠慢を責められるが、丁稚《でっち》になって漸く3年の勘助に抗弁など許されない。

絹織物は兎角、管理に気を遣う。日焼けしない程度に虫干しと風通しを繰り返さないと、直ぐに紙魚《しみ》の食いものとなるのだ。

日の良い場所に反物を干して仕舞うの繰り返しは、育ち切っていない丁稚の身体《からだ》には過ぎた重労働である。――怠ける余裕など欠片《かけら》も無い。

……というか、蔵の虫干しを指示したのも当の女将だろうに。

そう愚痴りたくもなる理不尽に、それでも勘助は頭を下げた。

「虫干しは終わったようだね。――なら、掃除と水撒《みずま》きに回りな。愚図愚図すんじゃないよ」

「分かりましたぁ」

絶対に仕事の進み振りを見ていたに違いない。口の中だけで愚痴りながら、桶《おけ》に水を汲《く》んで勘助は表へと出た。

時刻は暑気も猛る昼下がり。暑気に曝《さら》された温《ぬる》いそれが、勘助の手元で涼やかに波を立てる。

日向の表道へ水を撒いていると、正面の通り向こうから晶《あきら》が歩いてくる姿を見止めた。

「――よう、勘助」

「晶。鴨津《おうつ》への出向は終わったのかよ？」

「何とかな。……守備隊に問題は無いか？」

「特には。って云《い》いてぇ処だが、ちと厄介な陳情が寄せられてきてな。戻ってきてくれた事は、正直に云えば有り難い」

「厄介？　危険なのか？」

勘助から返ってきた意外な返事に、晶は首を傾《かし》げて問い返した。

百鬼夜行の討滅に加え、その直前には山狩りまでしている。

中位以上の穢《ケガ》レを誘引するほど、晶たちの担当区域には瘴気《しようき》も流れていないはずだが。

「さてね。妙覚山の麓《ふもと》に住む狩人《かりうど》の爺《じい》さんからの陳情だ。――何でも山の中腹で、木立の間を泳ぐ鯰《なまず》を見たってさ」

「鯰《なまず》？」

「そう見えたらしい。正直、爺さんも焼きが回ったかと思ったぜ」

穢獣《けもの》の種類は数も多いが、その生態は基本的に在来の生き物を基にする。

何故ならば、それが最も効率的だからだ。

中空を泳ぐ魚の化生が存在しないわけではないが、普段の棲《す》まう場所は水の中が相場である。

本来ならば老爺《ろうや》の戯言と切って捨てるのだが、口振りからしてそれでは終わらなかったらしい。

「妙覚山に入ったのか？」

「中腹までな。鯰の痕跡《こんせき》は辿《たど》れなかったけど、阿僧祇《あそうぎ》隊長が随分と気にしていた。何か因縁があるらしい。来週にでも、南葉根《なばね》山脈の山稜《さんりょう》付近まで足を向けるって」

「……分かった。詳細を訊《き》いておくよ」

「頼む。隊長たちの手前、俺たちじゃ訊き辛くてさ。――それで？」

互いの近況を語り、勘助は晶に本題を急いでやった。

勘助の丁稚先は3区でも1区寄りの場所にある。

守備隊仲間がこの辺りに足を運ぶ事は基本的に無く、勘助に用があるのだと直ぐに予想はついた。

「知恵を借りたい。これから目上の女性に会うんだが、失礼にならん手土産《てみやげ》に心当たりはあるか？」

「手土産？　そうだなぁ。華族連中の接待に、女将さんが必ず用意する茶菓子があったよな。っても、俺が思いつくのはそれくらいだぞ。御用菓子なんざ、俺たちは見るだけでも畏《おそ》れ多《おお》い」

「行ってみるか。――何処の店だ？」

「ええっと……」

――恃《たの》まれた知恵を二人で絞り、ややあって晶が雑踏の中へと消えていく。

その後背を見送りながら、勘助は乾きかけた柄杓《ひしゃく》を手桶《ておけ》に突っ込んだ。

「――頑張れよ、晶」

ぱしゃり。撒かれた水が、砂埃《すなぼこり》の立つ地面に黒い波の跡を刹那《せつな》に刻む。

その様を見ながら、そう勘助は独白のうちに応援を投げた。


夕刻の山間《やまあい》は、陽に面していても暮明《くらがり》に沈むのは早い。

3区の繁華街より歩いて2刻《4時間》。鳳山《おおとりやま》の中腹にある奇鳳院《くほういん》の正門前に、晶の姿は在った。

当然ではあるが守衛と思《おぼ》しき衛士《えじ》たちが投げ掛ける無遠慮な視線に、今更ながら晶の足は後悔に竦《すく》む。

不審者を見るような視線に耐えて数分、晶の不安とは裏腹にあっさりと正門は開いた。

扉の向こうで深く一礼をする、年齢の頃30は数えただろう洋装に身を包んだ女性。

「――初めまして、晶さん。奇鳳院《くほういん》の当代当主を務めています、奇鳳院紫苑《くほういんしおん》と申します」

「初めまして、奇鳳院《くほういん》の御当主さま。今日は無理を聴いて戴《いただ》いた事、感謝いたします」

「まぁ、ご遠慮なさらずに。晶さんは当家の家族同然。気軽に足を運んでも、拒む者などおりませんよ。――御免なさいね。本来ならば嗣穂《つぐほ》に出迎えさせるのですが、休暇が明けたために天領学院《てんりょう》に戻っております」

「御当主さま直々の出迎え、身に余る光栄です」

華族と縁が切れてから3年。晶が見せる付け焼き刃の礼節に言及を求めず、紫苑と名乗るその女性は品の良い笑顔を浮かべる。

――その面立ちに浮かぶ影は、娘である嗣穂のそれとよく似ていた。

屋敷の中にある一室に通された晶は、舶来だろう桃花心木《マホガニー》製の机の上へ小さな紙包みを置いた。

「これは？」

「その、申し訳ありません。友人と相談しまして、手土産を一つ。……ありがとうございます。奇《く》鳳院《ほういん》さまに拾っていただけた事で、俺はここに居る事ができています」

晶の言葉に包みが解かれる。

白が映える求肥《ぎゅうひ》の上に餡子《あんこ》が載った餅菓子《もちがし》。

あら、葦切《あしき》り餅《もち》ね。中身を覗《のぞ》き込んだ紫苑は、目尻《めじり》を下げて屈託なくそう呟《つぶや》いた。

「嗣穂もこれが好きなのですよ。小さい頃なんか、甘味と訊けばこれを無心するくらい。——あの娘は、晶さんに失礼を働いていないかしら？　もう少し、顔を見せる回数を増やせと云い聞かせているのですけれど」

「この身に過分な程に良くしていただいています」

「なら良いのですが……。奇鳳院《くほういん》の生まれ故に余り恋愛《女性の倖せ》を教える事もありませんでしたけど、どうか末永く可愛がってあげてくださいな。

晶さん、……」

いえ。そう口を濁してから、決然と晶を見据える。

「雨月晶さんと呼んだ方がいいのかしら？」

「どうとでも。……ご存知だったんですね」

そう呼ばれる事に関して、驚きは余り無かった。

神無《かんな》の御坐《みくら》の意味を理解するに、それは当然にしてそう結論が出る事実であったからだ。

鴨津で晶が顕神降《あらがみお》ろしを行使した事実は、朱華《はねず》を通して既に奇鳳院《くほういん》も掴《つか》んでいるのだろう。

そしてそれは神無《かんな》の御坐《みくら》に関する一端を晶が理解したという、事実の証明でもあった。

「予想は直ぐにでもついていました。何しろ、神無《かんな》の御坐《みくら》は八家にのみ生まれる奇跡です。そうと決まっている以上、晶さんが國天洲《こくてんしゅう》の出身である事を加味すれば、選択肢は雨月と同行《どうぎょう》に限られます。過去数年の國天洲の動向を調べれば、推測を確信に変える事は容易《たやす》かったですね」

なにしろ雨月家は晶を隠匿するのに必死になる余り、それ以外を疎《おろそ》かにし過ぎていたからだ。

晶という存在に気付いてしまえば、雨月の嫡男が颯馬《そうま》でない証拠は気付かぬ方が間抜けと云わんばかりに晒《さら》されていた。

晶が神無《かんな》の御坐《みくら》である自覚を持ちえたのは喜ばしい。だからこそ、紫苑は奇鳳院《くほういん》当主として晶の真意を問う必要がある。

お訊きしたいのですが。そう居住まいを正して、紫苑は正面から晶を見据えた。

「……義王院《ぎおういん》を憎んでいますか?」

「憎む?　いいえ、とんでもない。過去に持てなかった謝罪の言葉を、せめて一言だけでも伝えたい。それだけが、義王院《ぎおういん》さまへの心残りです」

そうですか。晶の返答に、紫苑の表情は晴れやかなものへと移り変わる。

晶の口調に悩めるような淀《よど》みは無く、その内容は紫苑にとっても望ましいものであったからだ。

「では奇鳳院《くほういん》として、晶さんの願いを取り持ちます。暫くお待ちいただきますが、義王院《ぎおういん》との対面は難しくないでしょう」

「良いのですか?」

「勿論《もちろん》です。――ですがそのためにも、晶さんのお話をしなければなりませんね」

「俺の？」

「はい。晶さん。いえ、神無《かんな》の御坐《みくら》という歴史。――そして、貴方《あなた》自身のこれからについて、です」

意外な言葉に面食らう晶に年相応のあどけなさを見止め、紫苑は微笑みを湛《たた》えて頷《うなず》きを返す。

落陽《らくよう》の影が窓の外を覆い尽くす直前に燃える輝きの中、奇鳳院《くほういん》当主の底を覗かせない双眸《そうぼう》が晶の戸惑いを映して揺れていた。

余話　何《いず》れ夢に見れば、あの夏の笑顔

盛夏の日差しが、少女の頬に新緑の濃い影を落とした。
降り頻る蝉の騒《ざわ》めきが、耳障りなまでに生の謳歌《おうか》を掻《か》き立てる。
「は、、」
沈黙に耐えかねたか、艶《つや》やかな唇が熱の籠《こも》った息を吐いた。
山腹に張り出た大樹の枝に足を置き、視界に垣間《かいま》見《み》える渓流を睥睨《へいげい》してほぼ一日。
夕刻の訪れは、山奥になるほど訪れ《アシ》が早い。
帰還の距離も考えると、そろそろ切り上げる必要があった。

いい加減に見切りをつけるかと、肩に結わえる荒縄へと手を添えたその時。
視線の奥で、がさりと草叢《くさむら》が蠢《うごめ》いた。
鼻面が。次いで斑《まだら》に縞《しま》のある巨躯《きよく》が、慎重に姿を見せる。
鹿だ。それもかなり若い。
「ええね。――御前、ちぃとは落ち着いてや」
待望の獲物を前に、少女は期待で騒ぐ精霊を宥《なだ》めた。
周囲の騒めきを余所に、若い身体が自然な空虚《うろ》へ溶け込む。

少女の緊張とは裏腹に、その不自然さに気付かなかったのか。鹿は周囲の臭いを嗅《か》ぎ回りながら、慎重に流れの速い一角へ足を向けた。

水呑み場《みずのば》でも流れの速い上流を選ぶならば、群れを放逐《お》われた経験の浅い雄であろう。夏場は青い葉も多い。少女の視界で、動く肥えた体躯《たいく》は魅力的に映った。

——久々の、
逸《はや》る感情を全力で抑え、手にした槍《やり》を慎重に構える。

穂先に垂らした胡麻油《ごまあぶら》が、陽光を鈍く照り返した。

「お肉‼」

呼気へ混じる食欲からの呟《つぶや》きを置き去りに、少女は大樹の枝を強く蹴《け》る。

空に踊る木の葉と共に、眼下で水を呑む鹿へと狙いを定めた。

慎重を重ね、渓流へと近づいたのだろう。暫くの休息に油断をしているのか、鹿は鼻を鳴らして水面《みなも》を舐《な》めている。

頭上から迫る少女の影に、鹿は未《ま》だ気付いていなかった。

体躯を切る空の音は無い。精霊力も騒ぐ事なく。

——静穏を保つままに、少女は大空を滑るように落ちた。

奇鳳院流《くほういんりゅう》 精霊技、初伝、——角鴟刺《かくしざ》し。

少女の体躯が圧《お》し退《の》ける大気の揺らぎ。至近に迫る不穏の気配に漸く気付いたか、若鹿は水の流れから鼻面を上げた。

逃げる機会は既に遠く、黒い瞳孔《どうこう》に少女の影が落ちる。

──叫《キヨ》、、！

飛沫《しぶ》く渓流へ響く、物悲しい今際《いまわ》に生きた証《あかし》。

水面を跳ねる音へと、僅《わず》かに垂れる血臭が混じり消え。

やがて瀞《せせらぎ》が日常を取り戻す頃。倒れ伏した鹿を足元に、少女は着物の袂《たもと》で口元を拭《ぬぐ》った。


南葉根《なばね》山脈と平地が深く入り組む、珠門洲《しゆもんしゆう》東部の一角、谷戸《やと》領。

田圃《たんぼ》の稲穂から目を上げた農民たちは、向こうの山裾《やますそ》から降りてきた茶色の小山に目を見張った。

重く砂利が鳴る小山の直下に薄紅の精霊力を散らす少女の姿を見止め、安堵《あんど》した笑顔を浮かべる。

「ほうの姫さま、随分と脂の乗った鹿じゃなぁ」

「──今夜は鹿鍋《ししなべ》かの」

口々に向けられる羨望《せんぼう》に、ほうと呼ばれた鹿の躯《からだ》を抱える少女は笑顔を浮かべた。

「は、は、爺《じい》さんたち。あまり酒を過ごしなや」

粗く返したる少女の声に、農民たちは笑い声で一斉に応じる。

「姫さま！」

「おう、ハル。見んし、締まって良《え》ぇ鹿じゃろ」

帰り路《みち》を急ぐ畦道《あぜみち》の途上、ほうは向こうから小走りに寄ってくる少女を見止めた。

跳ねる息を必死に抑える少女の腕の中で、笊《ざる》に盛られた胡瓜《きゅうり》と茄子《なす》が愉《たの》し気に踊る。

「なんぞ、誤魔化されませんぇ。朝にどれだけ捜し回ったか、――主さまのお務めも放り出して」

「……主さまには、ちゃんと断ったぞ。土産も用意すると云いち、快《こころよ》ぉ許してくれたにな」

「本当ですか？　御当主様が捜し回っていましたよ」

ほうが言い訳を返すも、視線はハルの向こうへと流れた。

大方、主さまに挨拶《あいさつ》を済ませたら充分と、誰にも告げずに山へと潜ったのだろう。少女の仕草に予想《アタリ》をつけて、ハルは肩を怒らせた。

果たして図星を指され、ほうは苦く頬を掻く。

「はは。村長《ハルの父》さ伝言じゃ。鹿の肉を切り分けるけ、取りに来ぉて。――村の衆《し》と均等にな」

狩人《かりうど》の獲《と》る肉は、村の貴重な収入源の一つ。その欠片《かけら》とて、口に入る事は滅多に無い。

狩人とは別に少女の獲ってきた獣は、村民へと下げられる御馳走《ごちそう》であった。

代金代わりとばかりに、ほうは少女の笊に手を伸ばして胡瓜を掴《つか》み取る。

揺れる笊に、ハルは呆《あき》れて唇を尖《とが》らせた。

「――行儀の悪ぅ姫さまじゃ」

「今年の胡瓜は大振りじゃの。瑞々《みずみず》しくて善か」

採れたものでも小振りのそれを、鹿を抱えたまま器用に齧《かじ》る。

呆れはされても鹿肉の魅力から怒られる事は無い。ほうは、実家で待つ父親を宥めるべく帰り路へと踏み出した。

ほうの住む屋敷は、土地神の神社と隣接していた。

正門代わりに三本足の鳥居を潜《くぐ》り、敷いておいた茣蓙《ござ》の上へ鹿を転がす。

「帰ってきたか、ほう」

「——父さま。大物ですき、今夜は鹿鍋ですよ」

少女の殊更に明るい返事に、父親の良寛《りようかん》は苛立《いらだ》ちを吐いて踵《きびす》を返した。

「鹿の腑《ふ》分けは家人に任せぇ、其方《そなた》は禊《みそぎ》じゃ」

「精進潔斎《五穀断ち》には、日が遅いき」

「水垢離《みずごり》で構わん。神域に不浄《血臭》を持ち込むなと云《い》っている」

「はぁい」

権禰宜《ごんねぎ》を兼ねる家長からの命。断れそうにない響きは、折れざるを得ない。

諦《あきら》めてほうは、肩を竦《すく》めるだけに応じた。


入念に水垢離を済ませた後、ほうは清水の滴る爪先を水面へ浸した。

土地神の神域へと続く洞穴に波紋が広がり、幾重にもさざめきを囁《ささや》き返す。

虚の闇が広がる奥で、何かの巨躯がぐるりと蠢いた。

——蛇。

決して大きくない洞穴で、鱗《うろこ》の壁が一巡。その奥から角を備えた異形の大蛇が相貌《そうぼう》を覗《のぞ》かせた。

赤い瞳孔が少女を睥睨し、その咽喉《のど》から漏れる息に意味が混じる。

明瞭《めいりよう》な、人の言葉。

「還《かえ》ってきたか。怪我《けが》は無いか、やや子」

「案じ召されるな、主さま」磊落《らいらく》に笑い返し、ほうは水面に跪《ひざまず》いた。

「土地の加護に疑いは無か。御前の逸り癖は、少々の困りものじゃが」

「御前とやや子は、共に其方。何方《どちら》が言葉を傾けても、結果は同じよ」

籠る土地神の言葉に、笑いが浮かぶ。

思う処《ところ》に苦み走る父親の声が、ほうの背中を叩《たた》いた。

「――主さま。余《あんま》りほうを甘やかさんでくれ。18を控えて、山遊びを止《や》めんときた」

「そうも云うな。幾つを数えても、土地にある限り私にとっては稚児《おさなご》よ」

「お陰で崖《がけ》に落ちようが。命を拾ってもお転婆を改めん」

落語めいた主従の会話に、ほうも思わず唇を尖らせる。

父親の言葉に思う処は有るが、彼女とて言い分が無い訳もない。

「守備隊もおらん小領じゃあ。戦えるもんがうち一人ときたら、腕を鈍《なま》らせんが」

「――だろうと思ってな、政尚《まさなお》に領への帰参を命じた。陰陽師《おんみようじ》として奇鳳院《くほういん》に能《よ》く仕えたち、充分に安堵ができよう」

華蓮《かれん》に伺候していた兄が帰る。意外な父の判断に、ほうは双眸《そうぼう》を瞬かせた。

「それは慶《よろこ》ばしい。政尚兄《に》ぃが帰参召されるとは」

「何れは領地を継いでもらわんといかん。――いい機会じゃ」

「と仰《おつしや》いますと？」

含みのある父親の言葉。本題はこれかと、ほうは姿勢を正した。

「ほうに縁談が来ておる。良縁ゆえ、応諾した」

「うちに？　兄上よりも先に、ですか」

兄を無視して先に婚儀を挙げるのは、ほうとしても憚《はばか》られる。

「伝手《つて》はその兄だ。先達って、國天洲の陰陽師と誼《よしみ》を通じたらしく、当の御仁と意気投合したとの事よ」

「北辺とは随分な遠方から、――真逆《まさか》」

幾ら意気投合をしたとて、遠い土地の相手。奥田舎《いなか》くんだりに縁談など、ほうの事としても想像に難しかった。

直《す》ぐに思いつく理由は一つ。周囲へひた隠してきた秘密の露見を疑い、父親を睨《にら》んだ。

少女の感情に中《あ》てられたか、ほうの背後に薄紅を纏《まと》う女性が浮かぶ。

御前と呼ばれた精霊も、鋭く良寛へと視線を遣った。

「いいや、手紙で否定しておった。ほうが神霊遣いとは、露見しておらぬ」

神柱の頂に手を掛けた、精霊の最上位。希少な存在を宿した女性は、血筋を繋《つな》げる最上の価値を孕《はら》む。

地方の小領でしかない谷戸《やと》領にあって、その価値は想像するよりも厄介を呼び込むのだ。

それ故に良寛は、その事実をひた隠しにしてきた。

「なら良いのですが……」

即答で返されて、ほうも取り敢えずの矛先を収めた。

「其方が陰陽師として優秀と、政尚が自慢したらしくな。向こうは、火行の陰陽師を血筋に欲しかったらしい」

「政尚兄ぃのしゃべくりめ」

「そう云ってやるな。母の白無垢《しろむく》と行李《こうり》一式があるけぇ、道具入れは不要じゃ」

「そうなると、、、嫁入りは春先ですか？」

「うむ。儂《わし》は行けんが、政尚の段取りで顔見せを行うと。明後日には華蓮《かれん》に向かってもらう」

「承知致しました」

突然の話であったが、ほうは不満を口にする事なく頭を下げる。

結婚は親が決めるものだ。文明開化が囁かれる昨今であっても、人の営みはそう変えられない。

「しかし明後日とは。――華蓮まで徒歩なら、お相手と行き違いになりかねんが」

「心配いらん。二つ隣の名瀬《なぜ》領に鉄道が通った。噂《うわさ》が確かなら4日程度で華蓮へ着く」

流れるような父の返事。その辺りは想定済みかと、ほうは安堵を吐いた。

「八家のお里は贔屓《ひいき》されとるの。――然《しか》るに、お相手は？」

「雨月《うげつ》家じゃ。それも本統の正妻として是非にとな」

予想以上の大名家に、今度こそほうは絶句した。

雨月家を掲げるとなれば、國天洲《こくてんしゅう》のみならず天下広しであれ一家しか存在しない。

「八家第一位とは、政尚兄ぃも随分な縁を取り持ったものじゃ。自身の婚期も含めて、運気を使い果たしたか」

唖然《あぜん》と漏らす呟きに、良寛と土地神も笑いを忍ばせた。

「奴《やつ》も危踏んでおったよ。断り切れん姿勢で押し切られたらしいが」

「くくく。——違いない。まぁ、あれにも私の加護はある。そう遠くない内に、良縁は結ばせようさ」

2人と一柱。一頻《ひとしき》り笑いに過ごし、ほうは立ち上がる。

「明後日までに準備をしましょう。華蓮で化粧道具を求めても？」

「構わん、縁を逃さなければそれでいい」

白粉《おしろい》に紅。高価なそれらは、小領の地で使う機会すらそう無い。

山を駆け回る生活にあっても、女性の身であるほうは憧《あこが》れに口元を綻《ほころ》ばせた。

「それと、ハルも連れていくように。あの者は、華蓮へと奉公に出すと決まった」

「何故《なぜ》でしょうか。若い衆《し》が一段と減ろうに」

良寛の声に、ほうの視線が剣呑《けんのん》さを帯びる。

「——私が決めた。あの者は、そうする必要が生まれたのだ」

「……畏《かしこ》まりました。主さまの決定ならば、否やはありませぬ」

揺るがぬ大蛇の声に、ほうは何とか不満を収めた。

土地神がそう判断を下したのだ。何らかの思惑があるのだろうが、縁の切れるほうが知る処では無い。

踵を返し、少女の後背は神域から去った。

それを見送り、谷戸領の土地神が神域の奥へと身体《からだ》を戻し始める。

「これで、良かったろうかね？」

「さてのぅ。それこそ、私は賽《さい》を振っただけじゃ」

良寛の呟きに、土地神は僅かな感情《いろ》だけを返した。

因果の応報は、後世が下すだけ。その事実に思いを巡らせて、良寛は少しだけ嘆息した。

◇

出立は当日の朝早くであった。白々明けの空に未だ靄《もや》が残る中、ほうは見送りの村人に囲まれて明るい笑顔を向けていた。

笑顔で別れを告げる姿は、努めて不安を覗かせず闊達《かったつ》としている。

奉公に向かうハルも緊張を隠せず、ほうの後背に控えていた。

「ではな、達者で暮らせ」

「は」

流石《さすが》に緊張も隠せないのか、明るく表情を装っていても返事は何処《どこ》か硬い。

言葉も短く。首肯だけで、良寛の厳しい命じを受け入れた。

「ほう。いや、房江。儂は祝言に赴くが、夜劔《よつるぎ》家の者としてはこれが今生の別れである」

「――はい。父さまもお達者で」

ふと、良寛の言葉が緩む。その様子を感じたか、漸《ようや》く心ばかりの笑みをほうは浮かべた。

名残で時間を無駄に過ごす余裕は無い。

これまでの人生を振り切るように、少女は大きく身体を翻《ひるがえ》した。

ほうの背にハルの追う気配。視線を巡らせる先で、ハルの視線が交差した。

彼女が谷戸から出るのはこれが生まれて初めて、無理もない。

「怖いか、ハル。そんな事じゃ、幸福が逃げていくぞ」

「幸福なんぞ、見た事もありゃせんが」

硬い声音であっても変わらない少女の応えに、ほうは笑顔を返した。

「見上げや、ハル。論国《ロンダリア》だかの諺《ことわざ》じゃ幸運の神さまは睫毛《まつげ》で踊っているらしいぞ。ハルが地面を向いとりゃ、直ぐに落ちようが」

聞き齧っただけの知識だが、ほうの慰めにハルは少しだけ笑みを浮かべた。

視線を巡らせて、遠ざかる里を眼下に収める。

「……何時《いつ》か、還ってこれるやろか」

「そうさね。ハルが願えば、きっと」

名残惜しい呟《つぶや》きは、ほうにとって叶《かな》う事の無い願いだ。

ハルの想《おも》いが何時《いつ》か届けと、言葉短く夜劔の姫であった少女は応じてやる。

夏も未《ま》だ猛りを迎えるその日、谷戸領から2人の少女が旅立った。

夜劔房江《ふさえ》が雨月家へと正式に輿《こし》を入れる前年。今は記憶に残している者も少ない、小さな夏の出来事であった。

あとがき

拙作『泡沫《うたかた》に神は微睡《まどろ》む』の三巻を手に取っていただき、ありがとうございます。
作者の安田《やすだ》のらと申します。

拙作は、晶《あきら》の成長を軸として書いています。
一巻ごとに一歩ずつ、ゆっくりと。——成長を阻む象徴として、晶の前に敵が立《た》ち塞《ふさ》がるのでしょう。

今巻の敵は、外海《とつうみ》から来た異国の使者です。
彼女たちが晶の何に立ち塞がっているのか、是非とも想像してみてください。

今巻で晶は、自身の真実を知りました。
真実は晶にとってどうしようもなく、そして残酷なもの。
だからこそ、今巻で晶は大きく一歩を踏み出せたのでしょう。

それは、僕にとっても同じ事です。

晶と肩を並べ、僕も一歩ずつ成長をしてきました。

何処まで行けるか判りませんが、晶に置いていかれないよう僕も頑張って書いていきたく願っています。

今後ともよろしくお願いいたします。

安田のら

お便りはこちらまで

〒102－8177
カドカワBOOKS編集部　気付
安田のら（様）宛
あるてら（様）宛

カドカワBOOKS

泡沫《うたかた》に神《かみ》は微睡《まどろ》む　3
紺碧《こんぺき》を渡《わた》れ異国《いこく》の風《かぜ》、少年《しょうねん》は朱《あか》の意味《いみ》を知《し》る

2024年1月10日　初版発行

著者／安田《やすだ》のら

発行者／山下直久

発行／株式会社KADOKAWA

〒102-8177
東京都千代田区富士見2-13-3
電話／0570-002-301（ナビダイヤル）

編集／カドカワBOOKS編集部

印刷所／大日本印刷

製本所／大日本印刷

●お問い合わせ
https://www.kadokawa.co.jp/（「お問い合わせ」へお進みください）
※内容によっては、お答えできない場合があります。
※サポートは日本国内のみとさせていただきます。
※Japanese text only

Printed in Japan
ISBN 978-4-04-075289-1 C0093

新文芸宣言

かつて「知」と「美」は特権階級の所有物でした。

15世紀、グーテンベルクが発明した活版印刷技術は、特権階級から「知」と「美」を解放し、ルネサンスや宗教改革を導きました。市民革命や産業革命も、大衆に「知」と「美」が広まらなければ起こりえませんでした。人間は、本を読むことにより、自由と平等を獲得していったのです。

21世紀、インターネット技術により、第二の「知」と「美」の解放が起こりました。一部の選ばれた才能を持つ者だけが文章や絵、映像を発表できる時代は終わり、誰もがネット上で自己表現を出来る時代がやってきました。

UGC（ユーザージェネレイテッドコンテンツ）の波は、今世界を席巻しています。UGCから生まれた小説は、一般大衆からの批評を取り込みながら内容を充実させて行きます。受け手と送り手の情報の交換によって、UGCは量的な評価を獲得し、爆発的にその数を増やしているのです。

こうしたUGCから生まれた小説群を、私たちは「新文芸」と名付けました。

新文芸は、インターネットによる新しい「知」と「美」の形です。

2015年10月10日
井上伸一郎

前略、山暮らしを始めました。

浅葱　イラスト／**しの**

隠棲のため山を買った佐野は、縁日で買ったヒヨコと一緒に悠々自適な田舎暮らしを始める。いつのまにかヒヨコは恐竜みたいな尻尾を生やしたニワトリに成長し、言葉まで喋り始め……「サノー、ゴハンー」

カドカワBOOKS

最強の眷属たち――
その経験値を一人に集めたら、
史上最速で魔王が爆誕!?
第7回カクヨム
Web小説コンテスト
キャラクター文芸部門
特別賞

歩くたび増えていく
新しい出会い、新しいスキル
この世界で、
のんびり旅はじめます。
異世界ウォーキング
コミックス好評発売中！&
講談社
「マガジンポケット」にて
コミカライズ好評連載中!!
漫画：小川慧

奇跡に詠唱は要らない――
気弱で臆病だけど最強な
魔女の物語、書籍で新生！